Ayelet Gundar-Goshen

Ungebetene Gäste

Ayelet Gundar-Goshen

# Ungebetene Gäste

Roman

Aus dem Hebräischen
von Ruth Achlama

KEIN & ABER

Ebenfalls von Ayelet Gundar-Goshen:
*Eine Nacht, Markowitz*
*Löwen wecken*
*Lügnerin*
*Wo der Wolf lauert*

— 1. Teil —

# GAST
# FREUND
# SCHAFT

# — 1 —

»Wie alt ist sie?«

Der Arbeiter steckte den Zeigefinger in das weiche Bäckchen des Kleinen, und Naomi unterdrückte den Impuls, ihm das Baby wegzureißen. »Es ist ein Junge. Er heißt Uri.« Und kurz darauf, als sie merkte, dass sie seine Frage nicht beantwortet hatte: »Er ist vierzehn Monate alt.«

Der Arbeiter nickte. Sie war nicht sicher, ob er das Gesagte verstanden hatte. In den anderthalb Stunden, seit sie aus der Grünanlage zurückgekommen war und ihn hier beim Streichen vorgefunden hatte, waren nur wenige Worte zwischen ihnen gefallen.

Aber der Mann hatte verstanden. »Schalom Uri«, sagte er, verhakte seine fleischigen Daumen und schwenkte die Hände wie Vogelflügel vor dem Gesicht ihres sichtlich faszinierten Sohns.

»Ich habe eine Tochter. Anderthalb. Sagt den ganzen Tag, ›will nicht‹.«

Naomi lächelte, verkrampfte sich jedoch innerlich.

Jedes weitere Wort von ihm zeigte ihr nur, wie gut sein Hebräisch war. Dann hatte er sicher auch verstanden, was sie Juval am Telefon vorgeworfen hatte, als sie den Handwerker bei der Heimkehr vom Spielplatz in der Wohnung vorfand: »Wie kannst du einen arabischen Arbeiter in die Wohnung lassen, wenn ich mit Uri allein zu Hause bin.« Sie hatte Juval aus einem anderen Zimmer angerufen und leise gesprochen, aber als sie dem Arbeiter jetzt im Wohnzimmer gegenüberstand, fürchtete sie, er könnte doch mitgehört haben. Als sie sich nach dem Gespräch mit seiner Anwesenheit abzufinden versuchte, hatte sie ihm Kaffee angeboten und auf sein Ja kurz gezögert, ehe sie eine lila Kapsel aus der Box nahm, in die Maschine steckte und einen Teller mit Keksen dazustellte, die er, wie sie jetzt sah, nicht angerührt hatte.

»Essen Sie nichts?«

Der Arbeiter deutete auf die Balkonbrüstung, die zur Hälfte mit einer ersten Farbschicht bedeckt war. »Wenn man mit dem Streichen fertig ist, isst man Kekse.« Auch sie schloss solche Händel mit sich selbst. Während der Vorbereitung auf ihre Anwaltsprüfung hatte sie sich einen kleinen Preis für jeden Abschnitt versprochen, den sie durchgenommen hatte. Steuerrecht – eine Waffel. Verleumdung – noch eine Waffel. Schadenersatzrecht – zwei Waffeln. Der Arbeiter wandte sich wieder der Brüstung zu, was Uris lauten Protest auslöste. Der Mann drehte sich erneut um und schnalzte mit der Zunge – *tack-tack-tack* –, wie man es bei Pferden tut, um sie zu beruhigen, und

Uri strahlte. Naomi merkte sich diesen Laut – *tack-tack-tack* –, verschob ihn mental in den Ordner »Dinge, um Uri zu beruhigen, wenn er schreit«, ein Ordner, dessen volle und geheime Bezeichnung lautete: »Dinge, mit denen fremde Menschen Uri eventuell beruhigen können, während er bei mir nur noch heftiger schreit.«

Der Arbeiter ging wieder an die Arbeit. Sie beobachtete ihn, als er sich zu Eimer und Spachtel bückte, direkt neben dem Bougainvillea-Kübel. Kleine Kalkspritzer saßen auf den violetten Blättern, wie von einem Milchregen. Er schaute in den Eimer und rührte die Tünche um. Uri rangelte, um sich ihren Armen zu entwinden. Naomi setzte ihn ab, und schon strebte er eilig zum Balkon. »Nein, Schatz, dahin jetzt nicht.« Sie schnappte ihn im letzten Moment, bevor er die Schiene der Schiebejalousie überquerte, die Wohnzimmer von Balkon trennte, spürte seinen Protestschrei den Bruchteil einer Sekunde, bevor er erklang. »Luli, wir gehen jetzt nicht dorthin, erst wenn der fleißige Mann fertig ist.« Uris Geschrei steigerte sich zu ungeahnten Höhen, und wie gewohnt verwandelte sich ihr Groll auf ihn in Groll auf Juval (seit Uris Geburt hatte sie einen Schalter im Kopf, der ihren Unmut vom Sohn auf den Ehemann ableitete, eine Erdung für Feindseligkeit). Der Kleine sollte jetzt eigentlich sein Morgenschläfchen halten. Sonst verwandelt er sich in ein Nervenbündel. Jeden Tag um elf Uhr – wenn man ihn da nicht hinlegt, mutiert das liebe Engelchen zum garstigen Teufelchen. Juval weiß das, und doch hat er gerade jetzt einen Handwerker bestellt. Zur Zeit des Schlafenlegens.

*Dann leg ihn doch schlafen. Wer hindert dich dran.* Juvals ruhige Stimme dröhnte ihr im Kopf. Sie brauchte ihn nicht bei der Arbeit anzurufen, um zu wissen, dass er genau das sagen würde.

Vielleicht ist es mir unangenehm, mit freien Nippeln dazusitzen, wenn ich mit einem arabischen Arbeiter allein zu Hause bin.

*Vielleicht wird es Zeit, ihn nicht mehr an den Nippeln zum Schlafen zu bringen. Der Junge ist schon ein Jahr und zwei Monate alt.*

Gerade deswegen schwang sie das jammernde Baby nun mit einer entschiedenen Bewegung hoch, ging ins Schlafzimmer und knöpfte mit flinken Fingern die Bluse auf. Ihre Brüste waren groß und schwer, voll mit Milch. Um die Nippel entstand ein feiner Stromkreis, wie immer, wenn sie stillen wollte. Uri hörte auf zu weinen und schenkte ihr den sehnsüchtigen Blick, den sie liebte. Sie setzte sich zum Stillen auf den Sessel, sprang jedoch gleich wieder auf und schloss die Tür ab. Der Kleine protestierte mit herrischem Wutgeschrei gegen die Verzögerung, und Naomi setzte sich rasch wieder hin, geschmeichelt und genervt zugleich. Sie öffnete den BH, und Uri stürzte sich gierig auf ihre Brust.

Sie lehnte sich entspannt auf dem Sessel zurück. Wie viele Stunden hat sie seit seiner Geburt hier verbracht, in den Banden der Mutterschaft. Juval hat recht, sie muss aufhören, ihn an der Brust einschlafen zu lassen. Uri trinkt ja selbst schon lieber aus dem Fläschchen. Aber dieses Wort – *Entwöhnung* … Die irre Überfülle ihrer anschwellenden Brüste, diese Üppigkeit, von der keiner mehr würde trinken wollen, die Milch in ihrer Brust, die mangels Nachfrage sauer werden und versiegen würde. Naomi schloss die Augen und ließ Uri saugen, vielleicht ja zum letzten Mal. Dieser Gedanke hatte etwas Angenehmes, Trauriges und Wunderbares. Heute werde ich ihn entwöhnen. Seine Lippen berühren zum letzten Mal meine Nippel. Das ist das letzte Mal, dass er von mir trinkt. Sie schwamm in der Vorstellung wie in einem dicken Brei und wusste, sie würde niemals schöner sein als jetzt.

Das Klopfen an der Tür erschreckte sie. Und schlimmer noch, es weckte Uri. Seine Augen waren schon zugefallen, und nun riss er sie wieder auf. Kurz vergaß sie, wo sie war, wo die anderen waren. So viele Tage hatte sie allein mit dem Baby im Haus verbracht, immer zu zweit in Stille gehüllt wie in eine Blase. Die Außenwelt, die Nachrichtensprecher, alles nur ferne Klänge aus den Fernsehern der Nachbarwohnungen, die verstummten, sobald sie die Jalousien zuschob.

Und nun dieses Klopfen, das ihre Finger veranlasste, rasch die Bluse wieder zuzuknöpfen, ein Tropfen Milch nässte den Büstenhalter. Das ist der arabische Arbeiter, begriff sie leicht verzögert, der arabische Arbeiter klopft an die Tür. Und obwohl er ihr bisher keinen Grund gegeben hat, sich vor ihm zu fürchten, ist sie erschrocken, trotz des *Tack-tack-tack*, das er zuvor mit der Zunge gemacht, trotz des Vogels, den er Uri mit den Fingern geformt hat. Wer ist denn dieser Mann, den Juval in ihre Wohnung gelassen hat. Und wieso hat Juval nicht darauf bestanden, dass der Bauunternehmer, der das Gebäude renoviert, seinen Arbeiter begleitet und beaufsichtigt.

*»Verzeihung, darf ich stören?«*

Mach ihm nicht auf. Ruf Juval an und sag ihm, er solle jetzt – *jetzt gleich* – den Bauunternehmer telefonisch herbeordern. Oder selbst kommen. Wenn wir im ersten Obergeschoss wohnen würden, könnte man vielleicht noch aus dem Fenster entkommen. Aber im fünften Stock wäre das gefährlich. Die Stimme des Arbeiters hinter der Tür hat Uri vollständig aufgeweckt. Er rangelt mit den Ärmchen – Himmel, wie sie dieses Rangeln hasst, diesen verzweifelten Kampf seines Körpers, sich ihren Armen zu entwinden –, und als sie ihn auf den Boden setzt, krabbelt er rasch zur Tür. Gerade diese Sehnsucht ihres Sohns nach dem Arbeiter – selten hat sie ihn so begeistert von einem Fremden gesehen –, gerade sie veranlasst Naomi aufzustehen und die Tür zu öffnen.

»Verzeihung, ich war eingeschlafen«, sagte sie und musterte sein Gesicht, um zu sehen, ob er ahnte, ob er begriff, dass sie Angst vor ihm hatte.

»Ah, Entschuldigung, Verzeihung.«

Die panische Miene des Arbeiters machte sie verlegen. Er hat Angst, ich könnte mich über ihn beschweren, begriff sie, könnte dem Boss sagen, er hätte mich im Schlaf gestört. Doch die Macht, die sie offenbar über ihn besaß, beruhigte sie nicht etwa, sondern beschämte sie. Deshalb beantwortete sie seine Ansage, »der Eimer ist umgekippt, und ich wollte nach einem Putztuch fragen«, rasch mit »macht nichts, schon okay«, seltsam froh darüber, dass er ihr endlich die Gelegenheit bot, ihre Weitherzigkeit zu demonstrieren. Im Gänsemarsch trabten sie ins Wohnzimmer – der Arbeiter voraus, Naomi hinterher, der watschelnde Uri als Nachhut. Der Eimer mit der Tünche lag auf dem Balkon, eine weiße Lache hatte sich neben der Bougainvillea gesammelt und rann langsam am Rand der neuen Fliesen entlang.

»Ich hole einen Lappen«, sagte sie und ging in die Küche. Der Arbeiter wartete draußen. Uri zögerte auf halbem Weg und krabbelte dann entschieden weiter auf den Mann zu, der ihm den Weg zu dem schmutzigen Bereich verstellte und wieder mit der Zunge schnalzte: *tack-tack-tack*.

»Hier«, sagte sie, als sie mit dem Lappen zurückkam, und bückte sich zum Aufwischen. »Nein, ich mach das sauber«, sagte der Arbeiter, beugte sich vor, um ihr den Lappen abzunehmen, und die körperliche Nähe – er ist in meinem Alter, erfasste sie endlich – beschleunigte ihren Atem. Sie ging auf Abstand, war sich plötzlich des einen Blusenknopfes bewusst, den sie beim Aufstehen nicht mehr zugekriegt hatte.

Sie hastete in den leeren Flur, um ihre Bluse zu ordnen. Der Klang zerspringenden Glases hinter ihr schreckte sie auf. Seit sie mit dem Buggy nach Hause gekommen war und den Arbeiter dort vorgefunden hatte, hatte sie genau auf dieses Geräusch gewartet. Sie fuhr herum und sah den Kleinen neben dem zerbrochenen Keksteller.

*»Uri! Nein!«*

Ihr Aufschrei erschreckte den Jungen. Er brach in Tränen aus, umringt von Glasscherben. »Aber ich hatte den Teller oben auf den Tisch gestellt«, würde sie Juval am Abend sagen, »hatte nicht gedacht, dass er mit der Hand so hoch raufreichen würde.« »Klar, man kann nicht alles voraussehen«, würde Juval erwidern, und beide würden wissen, dass bei ihm so was nicht passiert wäre.

Uri ging auf alle viere, wollte weinend zu ihr krabbeln, seine Händchen inmitten der Scherben. Sie spurtete los, in der klaren Einsicht, nicht rechtzeitig zu kommen: Er würde sich an den Scherben verletzen, ehe sie ihn hochreißen könnte.

*Tack-tack-tack.*

Der Arbeiter stand auf dem Balkon hinter Uri und schnalzte laut mit der Zunge. Der Kleine blickte hoch, um zu sehen, wo das Geräusch herkam. Das hielt ihn genau die eine Sekunde auf, die Naomi brauchte. »Da hab ich dich!«, rief sie, schwang ihn in die Höhe, und Uri vergaß augenblicklich seine Schmach und Pein, jauchzte vielmehr überrascht bei seinem Höhenflug. Der Arbeiter sah auf die Glasscherben und fragte, wo er einen Besen fände. Naomi zögerte kurz, sagte »Moment« und ging ihn selbst holen, mit Uri unterm Arm, denn wie sollte sie den Kleinen auf den scherbenbedeckten Wohnzimmerboden absetzen, und ihn dem Arbeiter zu übergeben, war ihr unangenehm. Sie holte Besen und Kehrschaufel, beide unter einem Arm, das Kind unterm anderen. Der Arbeiter trat auf sie zu, sagte beharrlich: »Bitte, lassen Sie mich helfen«, streckte die Hand aus – nach dem Besen? Nach Uri? Und Uri reckte ihm seine drallen Ärmchen entgegen.

Naomi bückte sich, um die Tellerscherben zusammenzukehren. Hob die Kekse auf, die heil geblieben waren, und warf sie in den Mülleimer. Danach fegte sie den Wohnzimmerboden zwei Mal nacheinander, bückte sich, um unter Sofa und Sessel zu schauen, zog unter dem Tisch eine Glasscherbe hervor und fegte ein drittes Mal. Die ganze Zeit war Uri auf dem Arm des fremden Mannes, und als sie den großen Staubsauger holte, schmiegte der Junge sich in dem Lärm an ihn, ohne zu weinen.

»Fertig, danke, er kann wieder runter.« Der Arbeiter hielt kurz inne, ehe er Uri losließ. Ein fleischiger Daumen mit weißen Kalkspritzern streichelte das Bäckchen ihres Sohns, das so weich war, dass Naomi sich kaum vorstellen konnte, dass eines Tages die Bartstoppeln eines Soldaten darauf sprießen würden. Nun setzte der Arbeiter Uri ab, der augenblicklich die Blumenkübel auf dem Balkon ansteuerte.

*»Uri! Nein!«*

Sie hasste ihre Stimme dabei – laut, streng –, eine Mütterstimme. »Er wirft dauernd was um«, sagte sie entschuldigend zum Arbeiter, »man kann ihn keine Sekunde allein lassen.«

»Genau wie Nasrin«, sagte er, und sie wollte gerade fragen, wer Nasrin sei, als sie begriff, dass er seine Tochter meinte, die Anderthalbjährige. Nun bedauerte sie, sich nicht eher, aus eigenem Antrieb, nach ihrem Namen erkundigt zu haben, und vielleicht als Ersatz für die versäumte Frage sagte sie: »Ich hole einen neuen Teller Kekse.«

Sie gab Uri Spielsachen aus der Kommode, in der Hoffnung, er würde sich wenigstens die paar Minuten damit beschäftigen, bis sie das Wohnzimmer wieder aufgeräumt hätte. Aber der Junge hatte die ärgerliche Angewohnheit, Spielzeug liegenzulassen und sich lieber anderen Dingen zuzuwenden. Vor zwei Tagen hatte er an der Tischdecke gezerrt und dabei ihre Lieblingsvase zertrümmert. Nur durch ein Wunder war das Ding auf dem Boden und nicht auf seinem Kopf gelandet. Aus dem Augenwinkel sah Naomi den Arbeiter auf dem Balkon einen Hammer aus seinem Werkzeugkasten ziehen und damit einen widerspenstigen Nagel aus der Brüstung schlagen. Der Anblick seiner großen Hand mit dem Hammer trieb sie erschrocken in die Küche. Sie richtete einen neuen Keksteller für den schuftenden Mann auf dem Balkon. Warum hast du Angst vor ihm, warum schreckst du immer noch zurück? Sie beäugte ihn verstohlen. Die Muskeln schwollen unter seinem staubigen Hemd. Die Schultern waren zu breit, die Daumen zu fleischig. Sie beschloss, Juval per SMS sofort nach Hause zu zitieren. Schließlich ist sie jetzt Mutter, nicht einfach bloß eine Frau, und eine Mutter trägt Verantwortung für ihr Kind. Auch wenn dieser Arbeiter ihr wie ein guter Mensch vorkommt, muss sie ihr Kind vor allem bewahren, was ihm in dieser verrückten Welt im Allgemeinen und in diesem verrückten Land im Besonderen zustoßen könnte.

Juval würde ungehalten reagieren, so viel war klar. Aber Freunde und Verwandte würden ihr recht geben. Seit der Geburt hatte sie kaum mal das Haus verlassen, der morgendliche Spaziergang zur Grünanlage und fertig. Die Nächte verliefen schlaflos, in einer Abfolge von Aufstehen und Stillen. Die Tage spielten sich zwischen Küche und Wohnzimmer ab, mit Muttermilch, Früchtebrei und Babycreme. Sie las keine Nachrichten und sah möglichst wenig fern. Wollte sich und Uri mit einer Milchblase umgeben. Aber eines wusste sie noch: Es war nicht die richtige Zeit, eine Frau und ihr Baby mit einem arabischen Arbeiter, der einen Hammer schwang, allein in der Wohnung zu lassen.

Als sie den letzten Keks auf den neuen Teller gelegt hatte, steckte der Arbeiter den Kopf vom Balkon herein und fragte, ob er die Toilette benutzen dürfe. »Ja, natürlich«, sagte sie. Er stellte den Eimer mit dem Spachtel auf die Brüstung. Sie zog sich in die Küche zurück, wählte mit bebender Hand eine neue Kapsel, diesmal in Gold, für einen weiteren Kaffee, den sie ihm machen wollte. Aus der Toilette kamen peinliche Geräusche. Er pisst nicht bloß, begriff sie, er kackt hier in deinem Haus. Sie warf einen Blick auf die Putzmittel unter der Spüle. Sobald er weg wäre, würde sie loslegen – weiße Handschuhe, Chlorbleiche mit Zitronenduft. Sie konnte es kaum abwarten, die Toilette von seinen Spuren zu reinigen, seinem Geruch, seinem Arsch auf ihrer Klobrille. Unwillkürlich stellte sie sich ihn dort vor. Gestern hatte sie ein neues Stück Seife mit Lavendelduft in die Toilette gelegt. Als sie die weiße Seife aus der Papierhülle schälte, hatte sie an Uris Haut gedacht, nachdem sie ihm das Badehandtuch abgenommen hätte. Auch ein Fläschchen mit einer Vanillestange hatte sie gestern in die Toilette gestellt. Und ein weißes Handtuch hingehängt, das sie letztes Mal bei Ikea gekauft hatten. Die Kaffeemaschine brummte in rhythmischem Ton, der die Klogeräusche übertönte. Der Espresso füllte das gläserne Tässchen. Naomi schob hastig eine weitere Kapsel nach, um die Maschine in Gang zu halten, damit sie bloß nicht sein Kacken hörte. Das gleichmäßige Brummen des Geräts betäubte ihre Ohren, ließ sie darin versinken. Erst mit einiger Verspätung erfasste sie, dass Uri auf dem Balkon plärrte.

Sie hastete zu ihm. In ihrer Abwesenheit war er auf den Bougainvillea-Kübel geklettert und hatte sich über die Brüstung gelehnt. Sie erschauerte am ganzen Körper bei dem Gedanken, was hätte passieren können. Der Eimer mit der Tünche war auf den Balkonboden gefallen, hatte eine weitere weiße Lache auf die Fliesen gekippt und die Hose des schluchzenden Kindes nass gemacht. Auf die violetten Blätter war ein neuer Milchregen niedergegangen.

*»Uri! Nein!«*

Er brüllte und heulte, das rote Mündchen weit aufgerissen, sabberte Speichelfäden. Sein Geschrei gellte ihr in den Ohren, doch dann hörte sie plötzlich noch andere Schreie. Sie packte das tobende Kind fester und blickte über die Brüstung.

Ein Mann lag bäuchlings unten vor dem Haus, das Gesicht auf dem Gehsteig. Ein roter Fleck hatte sich um seinen Kopf gebildet. Passanten umringten ihn. Eine alte Frau schrie: »Ruft einen Krankenwagen!«

Naomi rannte zum Telefon, das auf der Arbeitsfläche in der Küche stand. Die Laute klangen weiter über die Brüstung – die heisere Stimme des Nachbarn von unten: *Man hat ihm einen Hammer an den Kopf geworfen!* Die Stimme der Alten von gegenüber: *Araber renovieren im fünften Stock!* Eine unbekannte Stimme schrie: »*Ruft die Polizei, das ist ein Anschlag!*«

Sie erstarrte, den Hörer in der einen Hand, den rangelnden Uri unter dem anderen Arm. Nun stellte sie ihn auf den Boden, immer noch schluchzend, und kniete sich zu ihm nieder, strich ihm mechanisch über den Rücken, bis er sich beruhigte. Aus der Toilette hörte sie die Wasserspülung rauschen. Die Tür ging auf, und der Arbeiter kam heraus, stellte die lärmende Belüftung ab. Leichte Schamröte stieg ihm ins Gesicht, weil sie ihn gehört hatte.

Naomi drehte sich zur Spüle, kehrte ihm den Rücken und spülte mit bebenden Händen Geschirr. Du wusstest, dass Uri dauernd Sachen umwirft, wusstest, dass ein Hammer auf dem Balkon lag. Und doch hast du den Kleinen allein gelassen. Sträfliche Fahrlässigkeit, Naomi, oder nach der roten Lache um den Kopf des

Mannes unten zu urteilen, fahrlässige Tötung. Drei Jahre Gefängnis. Zwei Waffeln.

»Da sind Kaffee und Kekse«, sagte sie, ohne sich umzudrehen, hörte den arabischen Arbeiter ihr danken und spürte, dass er kurz zögerte, denn er war ja noch nicht fertig mit dem Tünchen der Brüstung draußen, wollte andererseits die Hausherrin nicht kränken, die ihm zum zweiten Mal Gebäck anbot.

Also blieb er stehen – sie hatte ihm ja keinen Stuhl angeboten –, biss in einen Butterkeks, trank einen Schluck Espresso. So stand er noch da, als die Martinshörner draußen heulten, schwere Schritte und dann ein heftiges Klopfen an der Tür zu hören waren. Als die Polizisten ihn abführten – zu überrumpelt, um zu protestieren, erst als sie ihn unten in den Einsatzwagen stießen, hörte sie ihn schreien: »Aber warum? Was habe ich denn getan?« –, watschelte Uri zur offenen Tür, deutete mit seinem drallen Händchen auf ihn und winkte ihm zum Abschied.

## 2

Zwei Monate vor den Wahlen hatte der Mann vom Lebensmittelladen Avram Wadadscha zu sich gerufen und ihn gefragt, ob er arbeiten wolle. Avram war nicht gleich hingelaufen, denn beim letzten Mal hatte der Händler ihn am Kragen gepackt und ihm gesagt, wenn er hier noch mal seine Scheißfeuerzeuge verkaufe, würde er ihn in hohem Bogen nach Äthiopien zurückkicken. Aber diesmal war der Mann gar nicht böse. Er fragte Avram lächelnd, wie alt er sei, und als Avram fünfzehn antwortete, sagte er mit noch breiterem Lächeln, dann sei es ja sogar legal. Das stimmte nicht hundertprozentig, denn Avram war noch nicht ganz fünfzehn, aber Madonna hatte gemeint, er müsse lernen, ein bisschen zu lügen, zumindest was weiße Lügen anginge, und dies kam ihm wie eine weiße Lüge vor.

Auf Avrams Ansage, dass er fünfzehn war und arbeiten wollte, nahm der Händler ihn mit ins Warenlager. Zwischen Waffelkisten und Zigarettenschachteln lagen die Plakate des Kandidaten. »Weißt du, wer das ist?«, fragte er. Avram dachte an Madonna und wollte bejahen, spürte aber im letzten Moment dieses Jucken in den Kniekehlen und schüttelte den Kopf. »Das ist der Mann, der diesen Staat retten wird. Unser Kandidat für das Ministerpräsidentenamt.«

Avram betrachtete »unseren Kandidaten« fürs Ministerpräsidentenamt: Er hatte große blaue Augen und eine hohe Stirn mit einer Furche. Hatte einen tipptopp gepflegten Bart und ein weißes Hemd. Hatte dicke Brauen mit Abstand dazwischen, nicht wie bei Avram. Ihm hatte Madonna versprochen, eines Nachts, wenn er schliefe, mit der Pinzette anzutanzen, um seine Brauen endlich voneinander zu trennen, und seitdem wartete Avram sie.

»Der wird aufräumen in unserem Staat«, sagte der Lebensmittelhändler, »all diese arabischen Maniacs rausschmeißen und die Scheißheinis aus Afrika gleich mit. Nicht euch«, beschwichtigte er, »nur die anderen, die illegalen Migranten. Die Nichtjuden.«

Der Händler blickte Avram an und wartete darauf, dass er »ja, ich verstehe« mit dem Kopf machte. Also tat Avram ihm den Gefallen.

»Da hast du Leim«, sagte der Mann und deutete in eine Ecke. »Du nimmst die Plakate und klebst sie hin, wo du kannst – an Anschlagtafeln, Bushaltestellen, Mauern. Aber tus bei Nacht, ha, damit sie dir nicht was von wegen erlaubt oder verboten vorquatschen.«

Avram nickte wieder, und der Lebensmittelhändler lächelte aufs Neue. »Vierzehn Schekel pro Stunde. Sagen wir, fünf Stunden pro Nacht. Das macht …«

»490 Schekel die Woche«, sagte Avram, und der Händler blickte ihn kurz an, bevor er einen Taschenrechner hervorzog und checkte und sagte, »*walla*, stimmt. Und wenn du nach dem Kleben Lust auf einen Eisriegel hast, kannst du dir einen nehmen. Aber nur einen pro Nacht, ja?«

Dann hob der Ladenbesitzer den Arm, um Avram ein Eis aus dem großen Kühlschrank zu holen, und dabei roch es aus seiner Achselhöhle, und Avram dachte, dass Madonna sich irrte mit ihrer Behauptung, Russen würden nach Fisch stinken. Der Händler stank nach hundsgewöhnlichem Schweiß.

Am Abend rief er Madonna an und sagte es ihr.

»Quatsch«, meinte sie. »Du hast nicht richtig geschnuppert. Wenn du ganz dicht rangegangen wärst, hättest du's sofort gemerkt. Russen sagen immer,

Äthiopier würden stinken, dabei stinken sie selbst nach vergammeltem Fisch.«

Avram wollte nicht mit Madonna streiten und schwieg lieber, blieb jedoch bei seiner Meinung. Sie versteifte sich immer auf alles. Deshalb hatten sie Madonna auf ein Internat für auffällige Kinder geschickt. Hatten behauptet, sie hätte eine Verhaltensstörung, weil sie ständig mit allen in Streit geriet.

»Das ist bloß, weil ich nicht will, dass sie mich Esther nennen«, hatte sie einen Tag vor ihrer Abfahrt ins Internat behauptet, und vielleicht stimmte das, denn tatsächlich hatte keiner was von Internat gesagt bis zu dem Tag, als sie mit der Lehrerin über den Vornamen gestritten hatte. Die Lehrerin hatte die Namen verlesen und war bei Madonnas hängengeblieben, der damals noch Tigist lautete. »Das kann man ja nicht aussprechen«, hatte die Lehrerin gefaucht, »das ist kein Hebräisch.«

»Stimmt«, erwiderte Madonna, »aber so heiße ich.«

»Dann heißt du von jetzt an Esther.«

Kein Mensch sonst regte sich darüber auf. Die Hälfte der Mädchen in der Klasse hatte man schon in Esther umbenannt, genau wie die Hälfte der Jungen bereits Avram hieß. Aber Tigist sprang auf und schimpfte, wieso man ihr plötzlich einen anderen Namen geben wollte, noch dazu einen uralten aus der Bibel. Die Lehrerin bemühte sich sogar, nett zu sein, erklärte, Esther sei jetzt sehr angesagt. Sogar die Sängerin Madonna habe diesen Namen zusätzlich angenommen, als sie sich für die Kabbala zu interessieren begann. Darauf hatte Tigist laut losgeprustet – dann sollten sie sie ab jetzt halt einfach Madonna nennen.

Eine Woche später war sie schon im Internat. Als Avram zum Abschied kam und sie mit »Schalom Tigist« begrüßte, korrigierte sie: »Madonna. Du nennst mich Madonna. Und du rufst mich jeden Tag an, und wir bleiben gute Freunde.« Und so geschah es.

Nachdem Avram den Auftrag erhalten hatte, die Plakate des Kandidaten zu kleben, konnte er Madonna nicht mehr jeden Tag anrufen. In ihrem Internat durften sie nur von neun bis zehn Uhr abends telefonieren, und um diese Zeit arbeitete Avram. Zuerst war Madonna deshalb ein bisschen böse gewesen, hatte dann aber Verständnis gezeigt, besonders, als er ihr von dem Eisriegel erzählte, den er sich jeweils nach der Arbeit nehmen durfte.

»Geh nachts hin und nimm haufenweise«, sagte sie, als sie am Schabbat sprachen, »dann kannst du sie im Viertel verkaufen.« Avram meinte, das ginge nicht, und sie sagte, er sei bloß ein Angsthase.

»Ich bin kein Angsthase«, gab Avram zurück, »ich will einfach nicht, dass er fragt, wohin so viele Eisriegel verschwinden, denn darauf wüsste ich keine Antwort.«

»Sag ihm, es hätte einen Stromausfall gegeben, und alles sei verdorben«, erklärte Madonna, »das ist eine weiße Lüge.«

»Das ist keine weiße Lüge, Madonna.«

»Es ist eine Lüge, die du einem Weißen erzählst, oder? Dann ist es eine weiße Lüge.«

Avram lachte, und Madonna lachte auch, und das war großartig, denn ihre Telefongespräche waren schon seit Längerem etwas seltsam, als hätten sie sich nicht mehr viel zu sagen.

Als Avram noch lachte, fragte Madonna ihn, wie viel zwölf mal elf einviertel seien, und als er hundertfünfunddreißig sagte, lachte sie noch mehr.

»Und siebzehn mal fünfeinhalb?«

»Dreiundneunzig Komma fünf.«

»Weißt du was, nimm wenigstens zwei Eisriegel statt einem, nur um zu wissen, dass du's kannst.«

Und als Avram wieder Nein sagte, ergänzte Madonna: »Einen für mich. Nimm einen zweiten für mich, als würde ich ihn mit dir auf der Bank schlecken«, und da wusste Avram, dass er es tun musste.

Aber als er bei Nacht ankam, um Plakate und Leim und zwei Eisriegel statt einem zu holen, fixierte der Kandidat fürs Ministerpräsidentenamt ihn mit einem Blick, der es ihm versagte. Die ganze Nacht strich Avram Leim und klebte Plakate, und die ganze Nacht sah der Kandidat ihn zufrieden an. Jeden Tag bemerkte Avram weitere Dinge an ihm, die ihm gefielen. Seine Lippen zum Beispiel – wenn man sie von Nahem betrachtete, erkannte man, dass sie ein bisschen lächelten. Oder seine Ohren, die nicht genau gleich groß waren und ihn deshalb plötzlich netter wirken ließen. Alle paar Tage trafen neue Plakate ein, und wenn Avram ins Lager kam, entdeckte er, dass der Kandidat das Hemd gewechselt oder sich mit verschränkten Armen hinter den Schreibtisch gesetzt oder eine Flagge in die

Hand genommen hatte. Aber egal, was er tat, er sah immer ernsthaft aus, und ein bisschen froh, und völlig im Recht.

»Ich kanns nicht glauben, dass du die Nacht lieber mit Fotos von diesem Nazi verbringst, als mit mir zu reden«, sagte Madonna, und Avram war verärgert.

»Warum Nazi?«

»Liest du keine Zeitungen? Uns geben sie hier welche. Damit wir wissen, was im Land geschieht. Und ich sage dir, dein Kandidat ist total durchgeknallt.«

»Zeitungen sind allesamt große Scheiße«, gab Avram zurück. Der Ladenbesitzer sagte diesen Satz häufig, und er hörte sich richtig an.

»Okay, wen scherts. Hast du ein Eis für mich gegessen?«

Avram bejahte, obwohl es nicht stimmte, und sagte sich dann noch hundertmal, dass Madonna selbst gemeint hatte, er müsste lügen lernen, zumindest, wenn es um weiße Lügen ging.

Am Morgen sagte der Lebensmittelhändler, es sei losgegangen. »Ich habe auf dem Herweg Plakate der Schlampe gesehen«, erklärte er. Die »Schlampe« war Kandidatin der Gegenpartei. Der Händler nannte sie nie bei ihrem Namen. Avram fand das ein bisschen komisch.

»Sicher hat man ihr erzählt, dass unsere ganze Stadt mit Plakaten des Kandidaten vollgeklebt ist, und nun will sie auch. Aber wir werden sie ficken, was, Junge?«

Avram nickte.

Also ging Avram von nun an zusammen mit dem

Lebensmittelhändler – Stas hieß er – auf Tour. Avram klebte Plakate des Kandidaten, und Stas riss Plakate der Schlampe ab. Mal redete Stas über den Kandidaten und wie er im Staat aufräumen würde, und manchmal schwiegen sie.

Einmal wollte Stas von Avram wissen, ob er eine Freundin habe, worauf Avram antwortete, nicht direkt, aber er hätte Madonna, und da lachte Stas und haute ihm auf die Schulter, aber nicht zum Wehtun, nur unter Freunden, und Avram grinste.

## — 3 —

Ihr schien, es seien Stunden seit der Festnahme des Arbeiters vergangen, als Juval eintraf. Sie hatte ihn nicht angerufen. Vielleicht ein Nachbar, vielleicht jemand von der Polizei. Sie saß im Wohnzimmer und stillte Uri, bis er einschlief. Auch danach verharrte sie auf dem blauen Sofa. Fast täglich blieb sie wie versteinert dort sitzen, das Kind an der Brust, damit der Kleine nicht aufwachte und zu schreien begann, aber jetzt tat sie es auch, um nicht selbst loszuschreien, als diene die starre Haltung weniger Uris Schlaf als ihrer eigenen Seelenverfassung.

Vom Sofa hörte sie laute Schritte im Treppenhaus, ein hysterisches Rennen, ganz anders als der gemächliche, fast träge Gang, mit dem Juval sonst abends heimkam. Die Wohnungstür öffnete sich – vielleicht hätte sie sie hinter den Polizisten abschließen sollen, aber das Schloss lag, wie alle anderen Gegenstände in der Wohnung, gegenwärtig außerhalb ihres Gedankenbereichs –, und als die Tür aufging, kam ihr Mann schnaufend und blass hereingestürzt.

»Bist du okay?«

Seine Augen überflogen den Wohnraum, suchten vielleicht Spuren, die der Terrorist hinterlassen haben mochte. Sein tiefblauer Blick war verstörter, als sie ihn je gesehen hatte. Juval war ja sonst unerschütterlich. Nichts auf der Welt konnte ihn aus der Ruhe bringen.

»Naomi, bist du okay?!«

Sie nickte langsam, meinte, bei einer zu heftigen Regung ihren Kopf vom Körper fallen und über den Boden rollen zu sehen. »Hat er dir was getan?« Sie schüttelte verneinend den Kopf. Gegenüber der Couch hing ein Schwarz-Weiß-Foto der Stadt New York. Die Gebäude dort kamen ihr zu hoch vor. Juval stand zwischen ihr und dem Bild. Als er sich zu ihr hinkniete, sah sie hinter ihm den Rand des Rahmens. »Du hast keine Ahnung, wie sehr ich mich um euch gesorgt habe«, sagte er. Mit einem Schlag, als wären monatelange Streitigkeiten und langsam angestaute Wut wie weggeblasen, nahm er sie in die Arme. Seine Finger waren überraschend zärtlich. Seine Erleichterung strömte auf sie über. Ihr gellten noch die Schreie und Martinshörner in den Ohren, aber anderswo, unter der Haut, breitete sich ein warmes, fast vergessenes Empfinden aus, das Gefühl, geliebt zu werden.

»Wenn euch was passiert wäre, hätte ich es mir nie verziehen.« Juval beugte sich über den schlafenden Kleinen und gab ihm einen Kuss auf die Stirn. Sie war sicher, dass es ihn wecken würde, Uris Schlaf war sehr leicht, aber diesmal schlief der Junge weiter. Vielleicht hatte der Tumult von vorher ihn erschöpft – Polizisten, Geheimdienstleute und zwei Nachbarn, die durch die Wohnung liefen und alle Zimmer absuchten. Nur um sicherzugehen, dass der Terrorist hier nichts versteckt habe, behaupteten sie. Obwohl Naomi sehr wohl wusste, dass der Arbeiter nichts hinterlassen hatte, beobachtete sie konzentriert, wie die Leute die Wohnung nach einem Sprengsatz absuchten. Sie zogen die Spielzeugschubladen auf, tasteten mit derben Händen die Fächer ab, in denen Uris Kleidung zusammengefaltet lag, stöberten im Kühlschrank, in den Schränken und Kommoden. Als sie endlich gingen, war das Haus voll von Fingerabdrücken fremder Menschen. Vielleicht hätte sie ihnen Tee anbieten sollen, oder Kaffee aus der Maschine. Schließlich hatten sie so schwer für sie gearbeitet, um zu garantieren, dass sie in Sicherheit war.

»Vielleicht legen wir ihn ins Bett?«

An jedem anderen Tag hätte sie Juval abgewiesen, aus Angst, Uri könnte aufwachen, sobald er ihn von ihrem Körper löste und in sein Bettchen legte, und all ihre Mühen könnten umsonst gewesen sein. Aber jetzt lastete das Kind schwer auf ihr. Sie bekam kaum Luft und gab Juval mit den Augen grünes Licht. Er nahm ihr den Kleinen behutsam ab und brachte ihn ins

Schlafzimmer. Das Gewicht des Kindes war weg, und dennoch blieben ihre Atembeschwerden. Er legte Uri ins Bett, auf den Rücken, doch sobald er ihn losließ, drehte sich der Kleine auf den Bauch. Im Schlaf ballte er die Fäustchen und brachte sie nah an seinen Kopf, und so lag er dann da, in derselben Position, die Juval mit seinen Soldaten übte, um sich gegen eine Handgranate zu schützen. Er nahm die blaue Decke und breitete sie über den kleinen Körper. Dann fuhr er ihm mit bebender Hand durch die goldenen Löckchen.

Wenn der Junge heranwuchs, würde sein Haar sicher nachdunkeln, wie bei seinen Eltern. In einem alten Fotoalbum war Juval mit hellem Haar zu sehen, und nun war es dicht und dunkel. Noch konnte man nicht sagen, wie das Kind einmal aussehen würde. Die Zeit ist eine Unbekannte. Und eines Tages würden sie ihm erzählen müssen, was heute Morgen hier geschehen war, welche Gefahr er überstanden hatte. Ein frommer Mann wäre jetzt sicher in die Synagoge gegangen, um den Segensspruch über die Errettung aus Gefahr zu sprechen, aber Juval war nicht religiös. Er kniete sich vor dem Kinderbett auf den Boden, küsste die kleinen Hände, das Näschen, das wie die Nase eines Häschens zitterte. Er hätte auch seine Wimpern geküsst, fürchtete jedoch, ihn damit zu wecken. Er stand auf und schöpfte wieder Atem.

Die kurze Distanz zwischen Schlafzimmer und Wohnraum durchmaß er ruhigen Schritts. Im Gehen blickte er an die Zimmerwände, als könnte jeden Moment ein bewaffneter Terrorist aus einer Geheimtür springen. »Was war ich bloß für ein Idiot«, sagte er und kniete erneut vor ihr nieder, »wer holt denn einen arabischen Arbeiter ins Haus und lässt seine Frau mit ihm allein.« Naomi schüttelte verneinend den Kopf, mit Tränen in den Augen. Er wusste ihre Beherrschung zu schätzen, dass sie ihm partout keine Vorwürfe machte, zumal sie ihn in den letzten Monaten, seit Uris Geburt, praktisch für alles beschuldigte. Die Tatsache, dass er sie um ein Haar verloren hätte, erhöhte ihre Schönheit. Vielleicht haben die Menschen deswegen lieber echte Blumen als welche aus Plastik. Plastik ist unverwüstlich und muss daher nicht geschützt werden. Was zunächst als Vorteil erscheint, ist nichts als ein großer Nachteil: Was nicht schutzbedürftig ist, regt uns nicht zur Liebe an.

Naomis Körper war rund und schön. Seit der Geburt klagte sie unaufhörlich über ihre Gewichtszunahme. Er begriff das nicht. Er fand sie wunderschön. Aber sie glaubte ihm nicht, und er war es müde, Dinge zu sagen, die keinen Glauben fanden. Jetzt blickte er sie an, als sie auf dem Sofa saß wie eine zerbrechliche Puppe. Nicht auszudenken, dass sie erst vor einer Stunde hier allein mit einem anderen Mann gewesen war und dass dieser ihr was hätte antun können. Sicher hatte doch auch er, der andere, ihre Nippel gegen die Stoffbluse drücken gesehen, auch er ihre vollen, geschmeidigen Oberschenkel bemerkt.

Gänsehaut überlief seinen ganzen Körper, wenn er daran dachte, was dieser Terrorist ihr hätte antun können. Den Hammer, den er vom Balkon geworfen hatte, hätte er ja genauso gut ihr auf den Kopf hauen können, oder Uri. Vieles hätte er tun können. Und schon sah er ihn Naomis Blusenknöpfe aufreißen, ihre zarte weiße Haut entblößen, die er früher unaufhörlich gestreichelt hatte und die sie ihm nun seit Monaten meistens verweigerte. Sah ihr Haar, das sie seit Uris Geburt stets aufgesteckt trug, damit es sich ja nicht in den Händen des Kindes verfing, nun wirr und zerzaust zurückgebunden, sah es und erbebte, sah es und geriet in Erregung.

Er neigte sich zu ihr und küsste sie auf die Wangen. Sie atmete schwer. Seine Lippen suchten ihre. Sie wandte den Kopf nicht ab. Blieb zwar immer noch eiskalt unter seinem Streicheln, aber die Starre war nicht feindlich, nicht gegen ihn gerichtet, sondern gegen jenen anderen, der zuvor hier gewesen war. Er schlang wieder die Arme um sie, entschlossen, sie aufzutauen, ihr neues Leben einzuhauchen, denn die langen Monate, in denen sie einander ferngeblieben waren, schienen ihm jetzt mit ihrer Angst vor dem fremden Mann zusammenzuhängen, und nun war ihm klar, was er zu tun hatte, wie er sie aus dieser milchigen Lethargie herausholen konnte. Er griff nach ihrer Bluse und knöpfte sie auf. Mit Leichtigkeit löste er die Knöpfe, hätte sie jedoch am liebsten mit einem Schwung abgerissen, allein der Gedanke daran machte ihn an. Ihre Brüste waren groß und voll. Seit der Geburt des Kindes hatte sie sie ihm die meisten Tage versagt, aber jetzt entzog sie sich nicht. Seine Lippen wanderten über ihre Haut. Ihr Atem wurde noch schwerer. Er legte sich aufs Sofa und zog ihren Slip herunter. Wollte, dass sie ihm die Hose abstreifte, aber sie rührte sich nicht. Er stellte fest, dass sie sehr feucht war, befreite sich aus Hose und Unterhose und wollte schon in sie eindringen, hielt jedoch inne, drehte sie mit einem Handgriff auf den Bauch auf dem blauen Sofa und drang nun in sie ein, hörte ihre Ächzer auf dem Sofakissen, kurze Atemstöße, ihre Hand langte über ihren Rücken, wollte ihm vielleicht etwas signalisieren, vielleicht tat er ihr weh, er wusste es nicht, hielt nicht inne, bewegte sich nur schneller, heftiger in ihr, stieß seinen Leib auf ihren, und die ganze Zeit meinte er, beobachtet zu werden. Er versank noch und noch in Naomis Körper, spürte jedoch weiterhin, dass sie nicht ein und nicht zwei, sondern drei waren. Er schloss die Augen, um das Gefühl zu vertreiben, aber die geschlossenen Lider verstärkten es nur noch. Er schlug die Augen auf, löste mit schneller Hand das Gummi aus Naomis Haaren, verstreute es über ihre Schultern, nahm es in die Hand, seidenweich, zerrte es zurück, ihr Hals beugte sich, ihm zu.

Und immer noch diese zusätzliche Präsenz.

Unwillkürlich blickte er sich um. Ein Augenpaar starrte ihn von der Wohnungstür an.

## — 4 —

Eines Nachts brachte Stas seinen Sohn mit, der so groß wie Avram war und ein Nike-Sweatshirt und weiße Nike-Sneaker trug. Stas sagte, sein Sohn sei zum Helfen gekommen, aber es war klar, dass man ihn gezwungen hatte, denn er klebte keine Plakate des Kandidaten und riss keine Plakate der Schlampe ab, sondern stand nur dabei und schaute auf seine weißen Turnschuhe.

Stas redete von dem Kandidaten und darüber, wie er im Staat aufräumen würde, aber sein Sohn blickte nur weiter auf seine weißen Nikes und nickte nicht mal. Avram nickte viel, und nach und nach hörte Stas auf, auf seinen Sohn einzureden, und wandte sich mehr an Avram. Und das war schön. Auf dem Rückweg fragte Stas seinen Sohn, ob er nächste Nacht wieder mitkommen wolle. »Auf keinen Fall, geh mit dem Schwachkopf.«

Danach herrschte lastendes Schweigen im Auto. Es lastete, weil es Stas unangenehm war. Das sah man ihm an. Avram machte sich nichts draus. Es war nicht das erste Mal, dass man ihn einen Schwachkopf nannte. Er schwieg viel, und deshalb dachten die Leute manchmal, er sei nicht ganz richtig im Kopf. Madonna meinte, es sei völlig in Ordnung, dass Avram nicht viel sagte, er solle nur so viel reden, wie er Lust habe, er hätte andere gute Eigenschaften.

»Welche?«

»Dass du Dinge siehst, die andere nicht sehen. Deshalb bist du doch heute gekommen, oder nicht?«

Sie hatte ihm das am Tag vor ihrer Abreise ins Internat für auffällige Kinder gesagt, als er sie zu Hause besuchte, obwohl sie alle gebeten hatte, wegzubleiben, sie müsse packen. Er war trotzdem gekommen und hatte festgestellt, dass sie gar nicht packen musste, was gabs schon groß zu packen. Sie hatte einfach nicht alle sehen wollen, weil sie fürchtete, dann loszuheulen, und sie heulte doch nie.

Er blieb bis wirklich spät bei ihr. Sie redete viel und er wenig, bis er um zwei Uhr nachts »Schalom Tigrit« sagte und sie »nenn mich Madonna« erwiderte. Und: »Eines Nachts komm ich mit der Pinzette und trenn dir die Augenbrauen.«

Auch Avram hatten sie ins Internat schicken wollen, aber in ein anderes. Die Rechenlehrerin hatte mit der Direktorin und die wiederum mit Avrams Mutter gesprochen und ihr gesagt, sie hätte einen hochbegabten Sohn. Es wäre schade, eine solche Gabe zu vergeuden. In Tel Aviv gebe es ein eigenes Internat für solche Kinder, damit ihr Potenzial nicht im Provinzstaub versande.

Aber Avram dachte an Madonna, die sich mit der Pinzette durchs Fenster einschleichen und sein Zimmer leer vorfinden würde. Er hatte eine Woche nach ihrer Abreise zum Internat ja auch in ihr Zimmerfenster gespäht, obwohl er wusste, dass sie nicht da sein würde, nur um zu sehen, ob vielleicht doch. Und als er im Geist Madonna mit der Pinzette in seinem leeren Zimmer stehen sah, machte ihn das so traurig, dass er seiner Mutter sagte, er wolle dableiben. Seine Mutter willigte ein. Möglich, dass auch sie ihn gern dahaben wollte, obwohl sie das Gegenteil behauptete. Vielleicht beharrte sie deshalb nicht darauf.

Nachdem sie jene Nacht die Plakate geklebt hatten, setzten Stas und sein Sohn Avram an der Ecke zu seiner Straße ab. Stas sagte gute Nacht, Junge, und sein Sohn sagte nichts. Avram wünschte gute Nacht und stieg aus dem Auto, aber statt nach Hause ging er die Straße entlang, die ganz leer und ruhig und sogar hübsch war. Überall sah er das Foto des Kandidaten für das Ministerpräsidentenamt, und das war großartig. Avram blickte in die blauen Augen des Kandidaten und auf seine Ohren, das rechte ein wenig kleiner als das linke, und besonders studierte er die geraden Brauen mit dem hellen Zwischenraum. Er wollte mit Madonna reden, obwohl es schon spät war. Er zog das Telefon heraus und rief sie an, meinte auch zu wissen, was er sagen würde. Einmal im Leben wusste er genau, was er sagen wollte. Und wenn sie nicht antwortete, würde er eine Nachricht hinterlassen und ihr schicken. Obwohl er im Leben noch keine Voice Mail aufgenommen hatte, denn es fiel ihm ja schon schwer, seine Mitmenschen direkt anzusprechen. Jetzt würde er es tun. Würde sagen: »Schalom, Madonna, ich dachte, du würdest eines Nachts endlich kommen, um mir die Brauen zu trennen, wie du's versprochen hast.«

Aber nach einigen Klingelzeichen antwortete eine

Jungenstimme, und als Avram fragte, ob er Madonna sprechen könne, sagte die Stimme, die sei gerade beschäftigt, und dahinter hörte er Madonna überlaut lachen, wie am Unabhängigkeitstag, als alle im Gehölz wie vollgedröhnt gealbert hatten, und Avram konnte dieses Lachen nicht ertragen und legte auf.

Die Straße war so ruhig wie zuvor, aber Avram hörte immer noch Madonnas Lachen. Er wollte es nicht hören, hörte es aber. Daher fing er an zu rennen, und tatsächlich schlugen seine Füße so fest auf den Boden, dass er nichts anderes mehr hörte. Er lief und lief und lief und dann immer noch weiter.

Schließlich gelangte er an die Stelle, wo sie die Plakate des Kandidaten geklebt hatten, er und Stas und sein Sohn mit den Sneakern von Nike. Es war gut, dort anzukommen. Eine ganze Wand mit Plakaten des Kandidaten, wie ein Teppich, und kein einziges Plakat der Schlampe.

Doch dann hielt ein Auto vor der Wand, und zwei junge Männer sprangen heraus, holten eine Klappleiter, Leim und Plakate aus dem Kofferraum und begannen ihre Plakate direkt über das Konterfei des Kandidaten zu kleben. Darauf stand die Schlampe neben der Landesflagge, und ihr Gesicht war so weiß wie die Füllung, die man in Stoffpuppen stopft. Avram fragte, »was tut ihr da?«, und der eine Kerl antwortete, »wir kleben, das ist unser Job.«

»Aber warum überklebt ihr ihn?«, fragte Avram weiter.

»Weiß nicht, so hat man's uns gesagt«, antwortete

der Mann und wollte schon ein weiteres Plakat über Gesicht und Hemd des Kandidaten kleben.

»Tu das nicht«, sagte Avram.

Der Mann fixierte ihn und fragte: »Bist du auf Schläge aus?«

Avram überlegte kurz, wusste jedoch, dass er keine Schläge wollte. Er wollte einfach nicht, dass Stas am nächsten Morgen vorbeikam und sah, dass alles, was sie bei Nacht getan hatten, zerstört war. Und er wollte nicht, dass die Visage der Schlampe sich auf das Gesicht des Kandidaten drückte. Und er wollte nie mehr mit Madonna reden.

Danach prügelten sich die jungen Männer und Avram. Der Kleinere schubste zuerst. Kleinere Kerle schlagen meist als Erste, damit man nicht denkt, sie hätten Angst, anzugreifen. Der mit der Kippa legte als Zweiter los, damit man ihn nicht etwa für feiger hielt. Als Avram dem Kleineren einen Stoß gab, flog dem das Telefon aus der Hosentasche, und Avram hörte das Display zersplittern und den Besitzer schreien, »ich polier dir die Fresse«. Daraufhin packte ihn der mit der Kippa und bog ihm die Arme auf den Rücken, und der Kleinere bellte, »für den Hurensohn, Hurensohn, Hurensohn« und versetzte ihm einen Kinnhaken.

Wie viel ist siebenmal siebzehneinhalb? Hundertsechsunddreißigeinhalb. Wie viel ist zweiunddreißig Zähne minus zwei? Dreißig.

Dann konnte er sich aufrappeln.

Der junge Kerl mit der Kippa sagte, »*jalla*, es reicht«, aber Avram sprang ihn an und spuckte ihm Blut und

Spucke und zwei Zähne ins Gesicht. Das ärgerte den Kippa-Träger, ärgerte ihn noch mehr als den Kleineren das zerschmetterte Display. Er trat Avram in den Bauch und sagte zu seinem Kumpan, »halt ihn, halt ihn fest«, und haute ihm noch einen Faustschlag rein, zwischen Kinn und Wange.

Wie viel ist hundertdreiundfünfzig geteilt durch vier?

Achtunddreißigeinviertel.

Dann konnte er aufstehen.

Der Kleinere schwang die Leiter, die die beiden zum Plakate-Kleben mitgebracht hatten, in die Höhe und knallte sie ihm mit voller Wucht auf den Kopf.

Avram lag auf dem Gehsteig. Blutete aus Nase und Mund. Er war nicht sicher, wie viel siebenundneunzig durch dreiunddreißig ist, wusste aber, dass zweiunddreißig Zähne minus drei neunundzwanzig ergab. Er hörte die Autoreifen quietschen und wusste, dass der Kerl mit der Kippa und sein kleinerer Kumpel ohne ihre Leiter und ihre Plakate weggefahren waren. Über ihm, von der Wand, blickte der Kandidat mit gütigen blauen Augen herab.

## — 5 —

Sie spürte Juval in sich erstarren und dachte im ersten Moment, er sei gekommen. Noch nie hatte er derart gewaltsam mit ihr geschlafen. Er hielt ihr Haar in den Fäusten gepackt, hatte damit ihren Kopf zurückgezerrt, und seine Stöße in ihrem Innern waren stark und wild gewesen, als wollte er in sie einbrechen, als hegte er den Verdacht, tief in ihr sei noch etwas, das sie vor ihm verberge, und da wolle er jetzt hin. Der abrupte Übergang von heftigem Bewegen auf ihr und völliger Reglosigkeit verwirrte sie. Zuerst genoss sie den Gedanken an dieses rasche, ungeplante Ende. Als hätte sie ihn besiegt. Doch dann hörte sie seine Stimme über ihrem Ohr, heiser und nervös: »Reg dich nicht. Da ist jemand.«

Plötzlich war sie sich ihres Körpers sehr bewusst, nackt auf dem Sofa, Glied für Glied. Der Po. Der Anus. Die Muschi. Da war jemand, und er hatte es gesehen, hatte sie gesehen; kurz dachte sie, sie würde nie, nie wieder nur sich selbst gehören.

Im nächsten Moment sprang Juval schon hoch und stürmte auf den Eindringling an der Tür zu. Naomi griff hastig nach der Fernsehdecke und bedeckte sich damit, so gut es ging. Hinter sich hörte sie einen Schmerzensächzer, der sie herumfahren ließ. Juval stand nackt an der Tür und drückte einen etwa dreizehnjährigen Jungen an die Wand.

Als sie in dessen Augen schaute, verstand sie. Es war unübersehbar. Dunkelbraun und darüber lange Wimpern, zu zart für einen Jungen. Sicher waren sie ihm peinlich, diese Wimpern, vielleicht hänselten ihn andere Jungs deswegen. Aber wenn er heranwuchs, würden diese Gesichtsmerkmale lernen, miteinander auszukommen, lange Wimpern über braunen Augen, so war es ja auch bei seinem Vater. Und sofort realisierte sie, dass er ihr nicht von seinem großen Sohn erzählt hatte, nur von seiner kleinen Tochter, Nasrin, mit ihren anderthalb Jahren, die oft Dinge runterwarf. Es überraschte sie, dass der Arbeiter, den sie für ungefähr gleichaltrig eingeschätzt hatte, schon einen so großen Sohn hatte.

»Was machst du hier?«, zischte Juval, packte den Arm des Eindringlings noch fester, »ha, du Hurensohn, was hast du hier zu suchen?«, und zu ihr gewandt: »Naomi, geh schnell Uri holen und ruf die Polizei an, mir scheint, wir haben hier noch einen erwischt.« Der Junge versuchte sich loszureißen, aber Naomi wusste, dass er keine Chance hatte. Juval war um zwei Köpfe größer als er und gestählt, nicht nur vom Wehrdienst. Während seines Grundstudiums hatte er ehrenamtlich in einem Internat für gefährdete Jugendliche gearbeitet. Hin und wieder war einer der Zöglinge wild geworden. Man hatte dem Team dort beigebracht, sich zu verteidigen.

Der Junge öffnete den Mund, schrie auf Arabisch »*Baba! Baba!*«, und blickte hysterisch in alle Ecken der Wohnung, als erwarte er jeden Augenblick, dass sein Vater auftauchen und ihn aus dem Griff des nackten Monsters befreien würde. Er weiß nicht, dass sein Vater verhaftet wurde, erfasste Naomi, er weiß nicht, was geschehen ist. »*Baba!*«, schrie der Junge noch einmal. In seinen Augenwinkeln standen schon erste Tränen, vielleicht der Angst, vielleicht der Erniedrigung.

»Juval, lass ihn los, er hat nichts damit zu tun.«

Er ließ nicht los, lockerte aber ein wenig den Winkel, in dem er den mageren Arm verbogen hielt. »Was tust du hier?«, fragte er erneut, wie aus der Pistole geschossen.

Der Junge antwortete nicht. Er ließ die Augen zwischen dem aufgebrachten nackten Mann und der in eine Decke gehüllten Frau schweifen und fragte: »Wo ist mein Vater?« Sein Hebräisch klang schwer und fremd, aber verständlich.

»Bist du der Sohn des Arbeiters?«

Der Junge nickte. Juval drückte ihm den Arm wieder fester an die Wand. »Warum bist du hergekommen?«

»Um mit Papa zu essen.« Er deutete mit dem Kopf auf die dicke schwarze Tasche, die ihm am Riemen über der Schulter hing.

Juval betrachtete sie argwöhnisch. Wer weiß, was für einen Sprengsatz er darin versteckte. Aber der Geruch war unverkennbar. Auch Naomi roch ihn. Durch den schwarzen Stoff drang der Duft frischer Pitas. Juval blickte dem Jungen wieder ins Gesicht. Er hatte genug Zeit mit Kindern im Internat verbracht, um seinem Augenmerk trauen zu können: Wer gefährlich war und wer nicht. Wer die Wahrheit sagte und wer etwas verbarg.

Schlagartig ließ er den Arm des fremden Jungen los, der sich diesen gleich mit der Hand rieb. Sein Blick verriet, wie sehr der Druck ihm wehgetan hatte, aber er sagte nichts darüber, fragte nur wieder: »Wo ist mein Vater?«

Naomi musterte ihn. Seine Trainingshose hatte ein

paar Farbspritzer, und die nackten Arme waren mit Tünche gesprenkelt. Er arbeitete wohl auf einer anderen Baustelle in der Nähe. Vermutlich war er mit seinem Vater zum Mittagessen verabredet gewesen. Vielleicht hatten sie in der Grünanlage sitzen wollen, bei den Anschlagtafeln voller Wahlplakate. Schon zweimal hatte sie arabische Arbeiter in der Mittagspause auf der Bank bei den Spielgeräten sitzen gesehen. Sie hatte Uri auf den Kleinkinderschaukeln geschaukelt und war dann schnell wieder abgezogen. Grüße wurden dabei keine gewechselt.

»Warum bist du ohne Anklopfen in die Wohnung geplatzt?«, fragte Juval und fügte tadelnd hinzu: »Du hast uns ausgespäht!« Sein Ton war laut und vorwurfsvoll, aber eindeutig nur wegen seiner Schuldgefühle. Gewiss hatte der Junge gedacht, es sei keiner in der Wohnung außer vielleicht Handwerkern. Womöglich hatte er sogar leise angeklopft, und Naomi und er waren zu sehr mit sich selbst beschäftigt gewesen, um was zu hören. Der Junge hatte die Tür aufgemacht, in der Erwartung, seinen Vater dort tünchen zu sehen, und hatte stattdessen sie beide beim Vögeln auf dem Sofa vorgefunden. Unter anderen Umständen hätte es sogar erheiternd sein können. Und doch hatte Juval das Gefühl, der jugendliche Eindringling sei Zeuge einer furchtbaren Szene geworden. Der Mann, der Naomi gepackt und an den Haaren gezerrt und umgedreht und penetriert hatte – Juval war nicht ganz sicher, wer das gewesen war. Er hasste den Jungen, weil er ihn außer sich gesehen hatte. Oder vielleicht umgekehrt – in seine intimsten Tiefen versunken. Mit einem Schlag war er sich sehr seines Glieds bewusst, das ihm zwischen den Beinen baumelte, noch feucht von ihr.

»Wo ist mein Vater?«, fragte der Junge zum dritten Mal.

Juval und Naomi wechselten Blicke. »Dein Vater ist nicht hier«, sagte Naomi schließlich. »Ich glaube, am besten gehst du jetzt nach Hause.«

»Vielleicht sollten wir der Polizei melden, dass er hier ist«, meinte Juval.

»Polizei?«, fragte der Junge erschrocken. »Warum Polizei?« Von Minute zu Minute schien sein Entsetzen zu wachsen. Jetzt versuchte er nicht mal mehr, die Tränen zurückzuhalten. Sie rollten ihm langsam die Wangen hinunter.

»Es besteht kein Grund, die Polizei einzuschalten«, widersprach Naomi Juval entschieden. »Schau ihn dir doch an, er hat nichts damit zu tun. Er soll nach Hause gehen.« Sie beugte sich auf Augenhöhe zu dem Jungen. Seine Augen flatterten verlegen über ihre nackten Schultern und dann rasch zu Boden. »Hör mal, du musst jetzt heimgehen, okay?«

Er schwieg.

»Weißt du, wie du nach Hause kommst?«

»In Papas Auto«, flüsterte er.

Sie sah Juval an, der unterdessen zum Sofa gelaufen und in seine Hose geschlüpft war. Sie wollte gerade vorschlagen, den Jungen gemeinsam heimzufahren, als Juval ihr ins Wort fiel. »Bis hierher und nicht weiter. Bei aller Hochachtung, das ist nicht unsere Aufgabe.

Wenn dieser Mensch so um seinen Sohn besorgt ist, hätte er das bedenken sollen, bevor er handelte. Ich fahre diesen Teenie nicht nach Hause.«

Sie wusste, dass sie Juval nun zur Seite nehmen und ihm den Geschehensablauf erzählen musste. Jetzt auf der Stelle. »Komm kurz mit ins Schlafzimmer«, sagte sie, »wir müssen reden.«

»Soll er heimgehen, und dann reden wir.« Juval klang scharf und bestimmt. Er wollte diesen fremden Jungen nicht im Haus haben, und gewiss hatte er nicht vor, sich mit Naomi ins Schlafzimmer zu verziehen, während Uri im Nebenzimmer schlief. »Obwohl ich immer noch nicht sicher bin, ob wir ihn einfach gehen lassen sollen.«

Unter der dünnen Decke spürte sie Milch aus ihren Brüsten tropfen. Das passierte gelegentlich, wenn Uri nicht genug getrunken hatte. Meistens wurde die Milch von den Spezialeinlagen aufgesogen, die sie in den BH legte, aber jetzt trug sie keinen BH, ja gar nichts unter der Decke, und auf einmal war sie sehr verlegen bei dem Gedanken, dass der Junge sie so tropfen sehen könnte. »Verzeihung, wartet mal einen Moment auf mich«, sagte sie und kam sich dämlich vor, als die Worte ihren Mund verließen. Sie eilte ins Badezimmer, um sich abzuwischen und anzuziehen. Als sie einige Minuten später zurückkam, stand Juval allein im Wohnzimmer.

»Wo ist er?«

»Ich habe ihm gesagt, er soll hier verschwinden. Aber ich rufe jetzt bei der Polizei an, um ihnen zu melden, dass er hier gewesen ist. Es ist wichtig, dass sie das Gesamtbild erhalten.«

»Ich hatte dir doch gesagt, ihr solltet kurz auf mich warten.« Ihre Stimme wurde schreiend. Als sie im Bad die Milch um ihre Nippel abwischte, wusste sie noch nicht, was sie zurück im Wohnzimmer tun würde, war dabei aber schon halbwegs sicher gewesen, dass sie es ihm genau jetzt erzählen würde, um dieser verrückten Geschichte ein Ende zu bereiten. Nun schien Juval sie persönlich davon abzuhalten.

»Nom, du bist aufgeregt wegen dem, was geschehen ist, das ist verständlich.«

»Das ist es nicht«, schrie sie, »das ist es gar nicht.«

»Hör auf zu schreien, sonst weckst du Uri noch.«

»Es geht um Uri!«, rief sie. »Es ist alles wegen Uri.«

Er sah sie verblüfft an. Vielleicht hatte er so die Internatsschüler angeblickt, wenn sie grundlos zu toben begannen. Das Geschrei aus dem Wohnzimmer weckte Uri. Der Kleine stand laut weinend in seinem Bettchen. Juval war sicher, Naomi würde sofort hinlaufen und sich dabei abregen, doch das Schluchzen des Kindes veranlasste sie keineswegs, sich wieder ruhig ihren mütterlichen Pflichten zu widmen, sondern ließ sie nur noch lauter heulen. Wohl wegen all des Lärms in der Wohnung hatten sie den draußen von der Straße zunächst überhört: Flüche, Schreie, splitterndes Glas. Bis ein lauter Ruf Juvals Ohren erreichte: »Da ist noch ein Terrorist! Haltet ihn!«

Er rannte los, gepackt von dem entsetzlichen Verdacht, dass er sich in dem Jungen geirrt haben könnte.

Häufig hatte der verehrte Internatsdirektor vor Überheblichkeit gewarnt. Man könne nie wissen, wer wozu fähig sein würde. »Bedenkt immer, dass der verrückteste Junge innen weich und süß sein und der süßeste Junge plötzlich total ausrasten kann.« Und dieser arabische Junge mit den warmen Pitas, die er fürs Mittagessen mit seinem Vater in der Tasche trug, dieser Junge, den Juval eben gerade auf die Straße entlassen hatte, um »die Sünden der Väter nicht an den Söhnen zu verfolgen«, wie die Bibel sagte, dieser Junge, der die Wohnung unter Tränen verlassen hatte, war nun auf die Straße gelaufen und hatte Passanten angegriffen. Ja vielleicht war von Anfang an ein Doppelattentat von Vater und Sohn geplant gewesen, und er Idiot hatte es nicht kapiert. Juval rannte die Treppen hinunter, kampfbereit, voll Verlangen, den Jungen zu packen, ehe er eine weitere Tragödie auslöste. Ein Mensch war heute ja schon zu Tode gekommen.

Er stürzte aus dem Treppenhaus nach draußen. Auf dem Gehsteig vor ihm herrschte lauter Tumult. Zwei Männer, die er aus dem Café kannte, hielten die Arme des Jungen gepackt, und Menasche, der Gemüsehändler, schlug ihm einen Stuhl auf den Kopf. Der Lebensmittelhändler und sein äthiopischer Mitarbeiter kamen von der Straßenecke angerannt und traten dem Araber mit aller Kraft in den Bauch. Aber kein Mensch schien von dem Jungen verletzt worden zu sein. Niemand wirkte verwundet. Auch Waffen waren keine zu sehen. Augenblicklich begriff Juval: Nicht der Junge gefährdete die Passanten, sondern diese den

Jungen. Auf der Straße lief kein Attentat ab, sondern eine Lynchaktion.

## — 6 —

Vom Fenster aus verfolgte Naomi etwas, was nur ein Albtraum sein konnte. Die Luft in der Wohnung war angenehm warm. Seit Uris Geburt heizte sie gut in den Wintermonaten, damit der Kleine sich nicht etwa erkältete. Gegenüber der blauen Couch hing ein Schwarz-Weiß-Foto der Stadt New York. Sie war noch nie in New York gewesen. Zwischen Sofa und Gegenwand lag ein weicher Wollteppich, aber dank der guten Heizung hätte der Kleine nach Belieben auch auf dem nackten Boden sitzen können, ohne sich eine Erkältung zu holen. Jenseits der Scheibe lag die winterliche Straße. Kalter Wind zerzauste die Wipfel der Zypressen. Unter den Bäumen lag der fremde Junge. Er hatte die Hände übers Gesicht geschlagen, um sich gegen die Schläge zu schützen. Beim Hinunterschauen hatte Naomi das seltsame Gefühl, dass das Ganze eigentlich nicht wahr sein konnte, völlig unmöglich, genau wie Menschen nicht am Himmel wanderten und Gebäude nicht auf dem Meer schwammen. Was sich da auf der Straße unter ihr abspielte, konnte nicht wirklich geschehen. Der äthiopische Junge, der ihr manchmal die Kisten vom Lebensmittelladen nach Hause schleppte und sie immer mit seinen schnellen

Rechenkünsten an der Kasse verblüffte, konnte dem jungen Araber jetzt nicht direkt in den Bauch treten. Und der Lebensmittelhändler, der immer Klassik-Radio hörte und ihr geraten hatte, dem Baby klassische Musik vorzuspielen, »aber nicht Tschaikowski, Tschaikowski ist Schmalz«, konnte jetzt nicht seine Schuhsohle auf das junge Gesicht setzen. Das ist ein Traum, Naomi, der Albtraum einer Frau, die viele Nächte nicht gut geschlafen hat, seit der Niederkunft.

Uri. Er weinte hinter ihr weiter, aber sie ging nicht zu ihm. Sie starrte mit weit aufgerissenen Augen aus dem Fenster. Das Schreien des Kindes wurde hysterisch. Vielleicht erschrak er, weil er die Herrschaft über sie verloren hatte. Tränenüberströmt tapste er auf sie zu, die Ärmchen ausgestreckt, umschlang ihre Waden. Sie nahm ihn fast geistesabwesend auf den Arm und entblößte ihm die Brust, ohne zu bedenken, dass die halbe Straße nun ihre nackten Brüste sehen konnte, falls jemand nur hoch genug aufblickte.

Kein Mensch hob den Blick. Sie waren mit dem Terroristen beschäftigt. Menasche, der Gemüsemann, hatte eben einen jungen Fremden auf die Straße rennen gesehen. Der Junge hatte sich nach allen Seiten umgeschaut und war ihm verdächtig vorgekommen. Er trug eine dicke schwarze Tasche über der Schulter. Ein Blick in sein Gesicht und auf seine Kleidung genügte, um ihn als Araber zu erkennen. Ein zweiter Blick reichte für die Feststellung, dass er ein Terrorist war. Als sie ihn ansprachen, wollte er wegrennen. Der Schrecken, der ihm beim Anblick des nackten Paars in die Knochen gefahren war, entlud sich nun mit ganzer Kraft. Als Menasche ihm die Hand auf die Schulter legte, wehrte er sie mit einem Stoß ab. Er bleckte die Zähne wie ein verängstigtes Tier. Ein verängstigtes Tier ist gefährlich. Sie sprangen ihn an, bevor er jemandem schaden konnte.

Jetzt umstanden sie ihn im Kreis, traten auf ihn ein. Ein paar Schritte entfernt sah man noch die Blutflecke des Opfers auf den Pflastersteinen. Der Araber versuchte, seinen Kopf mit den Händen zu schützen. Auf *Telegram* hieß es, der Verletzte sei erst im Krankenhaus gestorben, aber jeder, der ihn auf dem Gehsteig liegen gesehen hatte, mit dem Hammer neben dem Kopf, wusste, dass er erledigt war. Und jetzt war hier noch ein Araber, der Menschen abschlachten wollte. Aber diesmal würde er der Abgeschlachtete sein. Je heftiger er gegen sie ankämpfte, desto mehr erhitzten sie sich, griffen ihn im Jagdfieber an. Wechselseitiger Hass war hier im Spiel, der Terrorist hasste seine Angreifer, und sie hassten ihn. Vom ersten Augenblick an hatten sie das an ihm gerochen, und jetzt war der Geruch doppelt so stark. Sein Schweiß stachelte sie weiter an. Einer trat ihm in den Bauch, der Araber schrie auf, und plötzlich handelten sie alle wie ein Mann, vergaßen Nachbarsstreitigkeiten und alte Zwiste, hatten nur noch das eine Ziel, diesen fremden Eindringling zu überwältigen, ihn ein für alle Mal zu besiegen.

Juval stürzte hin und rief: »Lasst ihn los.« Keiner hörte auf ihn. Er hoffte, die Polizei sei schon auf dem Herweg, jemand musste sie ja angerufen haben, aber wer weiß, ob der Junge bei ihrem Eintreffen noch am Leben sein würde. Er sah Menasche erneut den kaputten Stuhl hochreißen, um ihn dem Jungen auf den Kopf zu hauen. Der Araber ballte die Fäuste und zog sie nahe ans Gesicht. So lag er da, mitten auf dem Gehsteig: mit geballten Fäusten und geschlossenen Augen, wie die Pose, die Juval seinen Soldaten beigebracht hatte, um sich gegen Handgranaten zu schützen. »Das ist ein Irrtum!«, schrie Juval, »er ist kein Terrorist!«, aber ein Stein flog von Nirgendwo in den Kreis und traf den Jungen am Unterschenkel. Er stöhnte auf. »Das ist der Falsche«, schrie Juval, »ihr landet noch im Gefängnis!«

Einige in der Runde zögerten, aber nur die weiter abseits Stehenden, die eher aus Schaulust gekommen waren. Juval spurtete vorwärts, in den innersten Kreis, und packte Menasches Stuhl, der erneut hochgerissen worden war und sich auf halbem Weg nach unten befand, zum Schädel des Jungen auf dem Gehsteig.

»Er ist kein Terrorist. Hier liegt eine Verwechslung vor!«

Eine Faust, die für den Terroristen bestimmt gewesen war, traf aus Versehen Juval, als dieser sich in ganzer Länge auf den Jungen stürzte, um ihn zu schützen. Er stöhnte auf vor Schmerz und Schreck, redete aber weiter, damit keinerlei Zweifel über seine Identität aufkam – ein Israeli, ein Jude –, damit sie sich nicht auch in ihm irrten, ihn nicht etwa mit angriffen. »Was tust du denn?«, schrie ihn der Lebensmittelhändler an. »Warum hilfst du ihm?«

»Hier liegt ein Irrtum vor, glaubt mir. Eine Verwechslung.«

Die Leute blickten einander und den Jungen an. Immer noch unsicher. Wollten den Terroristen nicht laufen lassen, aber auch keine Probleme kriegen. »Was hat er denn in seiner Tasche?«, wollte Gemüsemann Menasche wissen. Juval stützte sich ein wenig von dem Jungen hoch und signalisierte ihm mit den Augen, die Tasche zu öffnen. Man sah eine Tüte mit Pitas, einige Tomaten, eine Banane. »Aber er ist geflohen«, hieß es hier und da. »Er hat Menasche weggestoßen. Er sah verdächtig aus.« Der Junge blutete im Gesicht. Juval schwieg. Weitere Verdächtigungen wurden vorgebracht, aber ihre Stärke nahm von Minute zu Minute ab, wie eine hohe Flamme, die mit der Zeit niederbrennt und schließlich ganz verlöscht. Noch immer entschuldigte sich keiner. Trotz allem glaubten sie nicht, sich geirrt zu haben. Und vielleicht konnten sie es sich auch nicht erlauben, einen Irrtum einzugestehen. Der Zweifel war zu wichtig, als dass sie ihn hätten aufgeben können. Nach und nach zerstreute sich die Menge. Vorher, auf die gellenden Schreie hin, waren sie im Laufschritt angekommen, jetzt verließen sie den Ort langsamen Schritts, erstaunt über das, was ihnen passiert war.

»Komm«, sagte Juval, als die Straße sich fast völlig geleert hatte, »komm mit rauf. Wir spülen dir das Gesicht ab und desinfizieren die Wunden.«

»Ich will nach Hause«, sagte der Junge. Er weinte nicht. Seine Augen waren trocken, so als hätte er beschlossen, keine einzige Träne mehr an diesem Ort zu vergießen.

Juval nickte. »Wir bringen dich nach Hause, aber komm erst mal mit rauf.« Und als der Junge stehenblieb, ohne sich zu rühren, fügte er »bitte« hinzu.

Die Bougainvillea-Sträucher auf dem Balkon schimmerten violett. Naomi strich dem Jungen Jod auf die geschwollenen Wunden, die die Farbe der Bougainvillea angenommen hatten. Juval kam mit einem kleinen Keksteller aus der Küche zurück – eben dem, den sie dem arabischen Arbeiter angeboten hatte, kurz bevor die Polizisten in die Wohnung stürmten und ihn verhafteten, dachte Naomi leicht verzögert.

»Magst du?«

Der Junge blickte auf den Teller und griff schüchtern nach einem Marmeladenkeks. Er hielt ihn in den Fingern, ohne jedoch davon abzubeißen, hatte ihn vielleicht nur genommen, um seine Gastgeber nicht zu verletzen.

»Wilde Bestien«, sagte Juval, »ich weiß nicht, wie wir in dieser Gegend bleiben können nach dem, was eben auf der Straße abgelaufen ist.« Naomi wusste nicht, ob er mit ihr, dem Jungen oder vielleicht mit sich selbst redete. »Begreifst du, dass sie ihn hätten umbringen können? Und wenn das passiert wäre, glaub mir, hätten sie hinterher nicht sagen können, das sei wegen dem anderen gewesen. Es war alles ihre Schuld.« Naomi aber wusste, dass es ihre eigene Schuld war. Sie wollte es ihm sagen. Aber als sie ihn wütend zwischen Wohnzimmer und Balkon tigern sah, blieben ihr die Worte im Halse stecken. »Die Menschen lassen sich heutzutage gedankenlos verleiten«, fauchte er neben den Bougainvillen, »keiner übernimmt Verantwortung. Sie haben vergessen, was es bedeutet, Mensch zu sein.« Der Junge blickte ihn an. Uri blickte ihn an. Juval brannte der Zorn im Leib wie eine hypnotisierende Flamme, heiliger Zorn.

Er nahm die Autoschlüssel und zog die Jacke über. »*Jalla*«, sagte er, und diesmal sah er den Jungen direkt an. »Naomi verarztet dich fertig, und dann fahren wir zu dir.« Er erwartete ein Kopfnicken, aber der Gast regte sich nicht. Seit sie gemeinsam heraufgekommen waren, hatte der Junge sich mit Gesten und Blicken in Acht genommen. Juval schien, er hätte seit dem Vorfall keine Silbe gesagt.

»Wie heißt du?«, fragte er.

»Said.«

»*Ahalan*, Said. Ich bin Juval. Das ist Naomi. Und das ist Uri.« Und auf das Schweigen des Jungen fügte er hinzu: »Wo wohnst du genau?« Wieder schwieg der Teenie. Vielleicht hatte er die Frage nicht verstanden. Naomi trat zu ihm und sagte langsam, mit weicher Stimme: »Wo ist dein Zuhause, Said?«

Kurz vor der Abfahrt erklärte Naomi, sie wolle mitkommen. »Hältst du es wirklich für richtig, Uri jetzt rauszuholen«, fragte Juval, »ein Mordswind draußen.« Er deutete auf das große Fenster im Wohnzimmer, hinter dem die Zypressen wogten, als hätte eine Hand sie angestoßen. »Ja sicher«, antwortete Naomi. Sie wollte nicht allein im Haus bleiben, auf dem Sofa gegenüber dem Schwarz-Weiß-Foto von New York. Es war zu früh, von dem Jungen Abschied zu nehmen, der schweigend seine Schmerzen ertragen hatte, als sie die Wunden auf seinem Gesicht mit Jod versorgte. Seine Haut war gebräunt, und die Blutergüsse färbten sich noch dunkler, fast lila. Seine Brauen sprossen üppig, aber Kinn und Oberlippe waren noch unbehaart, glatt und weich. Seine Wangen waren gerötet, vielleicht wegen der körperlichen Nähe einer fremden Frau, und er strahlte eine merkwürdige Hitze aus, als hätte jemand Kohlen unter seiner Haut angezündet. Ihr schien, der Junge freute sich, als er hörte, dass sie mitfahren würde. Obwohl Juval ihn vor der aufgebrachten Menge auf der Straße gerettet hatte, war da wohl noch die Erinnerung an die starken Arme des nackten Mannes, die ihn festgenagelt hatten.

Sie schlossen die Wohnungstür hinter sich ab und drängten alle in den kleinen Aufzug. Uri jauchzte, als er sich im Spiegel sah. Der Junge blickte ebenfalls in den Fahrstuhlspiegel. Naomi meinte, er sei überrascht über den Anblick, als begreife er jetzt erst, was die Menschen auf dem Gehsteig ihm wirklich angetan hatten. Juval nahm Uris Händchen, führte es an die Schalttafel und half ihm, den richtigen Knopf zu drücken. »Munter-runter«, sagte er in fröhlichem Ton, der ihr gekünstelt vorkam. Die Luft im Lift war heiß und stickig, und Naomi meinte, die Zigarette des Nachbarn vom dritten Stock herauszuriechen. Sie standen zu eng. Der Kleine rangelte auf Juvals Armen, und seine kleine Hand fuhr ihr beinah ins Gesicht.

Sie zuckte zurück, wobei ihre Schulter versehentlich die des Jungen streifte. Er quetschte sich noch mehr in eine Ecke, und seine Augen wären am liebsten damit verschmolzen. Im zweiten Stock hielt der Aufzug plötzlich. Die Tür ging auf, und eine korpulente Nachbarin wollte einsteigen. Sie blickte erst den ramponierten Jungen an, dann Juval und Naomi und trat schließlich wortlos zurück.

Im Erdgeschoss verließen sie die enge Kabine in den Hausflur. Der Junge blickte sich besorgt um. Man sah ihm an, dass er einen Neuanfang der Hatz befürchtete. Juval merkte es und legte ihm die Hand auf die Schulter, in der Hoffnung, ihn dadurch zu beruhigen, aber als der Junge unter der Berührung erschauerte, zog er sie hastig zurück. »Wartet hier«, sagte er, »ich hol das Auto.«

## 7

Stas' Sohn war tot. Ein Araber hatte ihn mit einem Hammer getötet. Zuerst wussten Avram und Stas nicht, dass Arik der Tote war. Sie hörten nur den Krankenwagen von Weitem heulen und sahen ihn dann die Straße weiterfahren. Wenn die Rettungswagen weit weg sind, erinnert ihr Heulen an rollige Katzen, die sich nachts balgen. Wenn sie näher kommen, machen sie einen solchen Lärm, dass man kaum noch was anderes hört. Kurz nachdem die Sirenen verklungen waren, checkte eine Kundin im Laden ihr Smartphone und sagte, es habe einen Anschlag im Viertel gegeben, mit einem Schwerverletzten. Danach kam noch eine Kundin und berichtete, an der Lottobude hieße es, der verwundete junge Mann sei anscheinend gestorben. Stas machte sich keine Sorgen um seinen Sohn, denn der musste um diese Zeit in der Schule sein. Auch Avram hätte in der Schule sein sollen, aber er hatte sie frühzeitig zur Arbeit verlassen. Ehe Ambulanz und Polizei zu heulen begannen, hatten die beiden gemeinsam Challa mit einem Becher Sauerrahm und Essiggurken gegessen und über die Wahlen gesprochen. Das heißt, Stas hatte gesprochen, und Avram hatte kauend zugehört. Die Challa war frisch. Er war hungrig. Als das Sirenengeheul ertönte, aßen sie zunächst weiter, aber als die Kundin reinkam und von einem Anschlag berichtete, legte Stas sein Brot ab und sagte: »Wahre Tiere, diese Araber.«

Zu dieser Zeit wussten einige Bewohner des Viertels bereits, dass Arik Lewajew den Hammer auf den Kopf abbekommen hatte. Er war an jenem Morgen gar nicht in die Schule gegangen, hatte es nur vorgetäuscht, damit sein Vater ihm nicht auf die Pelle rückte, war im Viertel rumgestreunert und hatte den Hammer auf die Stirn abgekriegt. Einige Menschen hatten es mit eigenen Augen gesehen. Einen Moment war Arik die Straße entlanggegangen und im nächsten schon mit dem Gesicht auf den Gehsteig geknallt und hatte heftig geblutet. Seine Beine hatten ein bisschen gezuckt, aber nur kurz, und dann hatte er keinen Mucks mehr gemacht. Nur wollte keiner der Augenzeugen in den Lebensmittelladen laufen und Stas berichten, was er gesehen hatte. Sie wussten nicht, wie man so was mitteilt, warteten darauf, dass jemand von der Polizei kam und es übernahm, oder auf einen Anruf vom Krankenhaus. Aber bei der Polizei und im Krankenhaus brauchten sie fast zwei Stunden, um herauszufinden, wer Arik war, denn er war ohne Portemonnaie aus dem Haus gegangen, nur mit einer Schachtel Zigaretten und Feuerzeug, und als er im Krankenhaus ankam, war er schon tot. Unterdessen aßen Avram und Stas Challa mit Sauerrahm und Essiggurken, packten Waren aus und füllten Kisten auf Wunsch von Frauen aus der Gegend, die lieber telefonisch durchgaben, was sie ins Haus geliefert haben wollten. Avram schrieb die Rechnung für eine große Bestellung, als sie laute Schreie von draußen hörten. »Terrorist!«, »ein Terrorist!« Sie rannten ins Freie und sahen Gemüsemann Menasche auf einen Araber einprügeln, der eine große schwarze Tasche über der Schulter trug.

Sie eilten Menasche zu Hilfe, das halbe Viertel strömte herbei, damit es keinen neuen Anschlag gab und noch jemand verletzt oder, Gott behüte, getötet würde. Avram trat dem Terroristen ins Gesicht und dachte, dass alles, was er beim nächtlichen Plakate-Kleben eingesteckt hatte, zum Guten gewesen war, denn er hatte keine Angst mehr vor Prügeleien, wusste, wie man's macht. Stas stand neben ihm und trat dem Terroristen ebenfalls in die Visage, und Menasche hatte von irgendwoher einen Stuhl mitgebracht, um ihm den auf den Kopf zu hauen. Aber dann war der Nachbar aus dem renovierten Haus rausgelaufen und hatte gerufen, sie sollten von ihm ablassen, und als sie nicht auf ihn hörten, hatte er sich auf den Araber geworfen, richtig in ganzer Länge, und sogar zwei Hiebe abbekommen, die gar nicht ihm gegolten hatten. Er hatte geschrien, da liege eine Verwechslung vor, der Araber sei kein Terrorist, er würde ihn kennen, und daraufhin hatte Avram nicht weiter zugeschlagen, sondern abgewartet.

Menasche hatte gesagt, der Araber solle zeigen, was er in der Tasche habe, und als er sie aufmachte, sah man nur Pitas und Tomaten darin. Von den Schlägen, die er bekommen hatte, rann ihm Blut aus der Nase und tropfte in die Tasche auf die Pitas. Bald darauf zerstreute sich die Menge. Avram und Stas gingen zurück zum Laden, zusammen mit Menasche, dem Gemüsemann, der dauernd sagte, der Junge sehe ihm verdächtig aus, und man könne nie sicher sein. Als sie schon drinnen waren, versuchte Stas, Arik anzurufen, der jetzt mit der Schule hätte fertig sein müssen. Er sollte herkommen und mit den Bestellungen helfen, denn vor lauter Beschäftigung mit dem Terroristen, der vielleicht kein Terrorist gewesen war, waren sie langsam spät dran damit.

Ein paar Minuten später hielt draußen ein Streifenwagen. Avram befürchtete, sie wollten sie beide wegen der Schläge festnehmen, die sie dem Araber verpasst hatten, der wohl tatsächlich kein Terrorist gewesen war. Stas sah seine Miene und beruhigte ihn: »Keine

Sorge, ich sag denen, nur ich sei dort gewesen. Du bist ein guter Junge, Avram.« Ein Polizist und eine Polizistin traten ein. Die Polizistin hatte einen langen Zopf auf dem Rücken. Der Polizist war kahl. »Guten Tag«, grüßte Stas mit lauter Stimme, »womit kann man Ihnen behilflich sein?« Avram war sicher, dass sie ekelhaft agieren würden, wie die Bullen, die ihn und Madonna vor einem Jahr im Park beim Trinken erwischt und daraufhin gefilzt und übel angeschissen hatten. Er senkte den Blick, denn Madonna hatte ihm damals gesagt, sobald du einen Bullen siehst, guck nach unten, sie mögen nicht, dass man ihnen in die Augen blickt, das finden sie dreist. Aber im nächsten Moment erfasste er, dass auch die Polizisten, die in den Laden kamen, die Augen senkten und nicht recht wussten, was sie mit ihren Händen anfangen sollten. Und als schaue er auf eine Aufgabe an der Tafel und sehe auf einmal alles glasklar vor sich, begriff er schlagartig, warum sie gekommen waren. Avram kapierte es noch vor Stas, und zum ersten Mal im Leben hoffte er, dass er etwas falsch verstand, sich verrechnet hatte.

Danach ging alles sehr schnell. Die Polizistin mit dem Zopf redete. Stas' Gesicht wurde kreidebleich. Er war jetzt weißer als das Innere der Challa, die immer noch auf der Theke lag. Der glatzköpfige Polizist erbot sich, ihn ins Krankenhaus zu fahren, denn er sollte sich jetzt lieber nicht ans Steuer setzen. Zu dritt gingen sie zur Tür, die Polizistin mit dem Zopf voraus, Stas in der Mitte, der kahlköpfige Polizist hinterher. Kein Mensch sagte was zu Avram. Daher blieb er im

Laden an der Theke. Er verkaufte Waren an eintreffende Kunden. Packte Bestellungen in Kisten. Aber keiner lieferte sie aus.

## — 8 —

Ein blaues Auto. Nicht sehr geräumig. Auf den Vordersitzen ein Mann und ein Junge. Auf der Rückbank ein Baby im Kindersitz. Daran baumelt ein Mobile aus Plastik, aber der Kleine hat keine Lust auf schwankende Elefanten. Auch die übrigen Spielsachen, die sie ihm mitgegeben haben, interessieren ihn nicht. Er weint unaufhörlich. Neben dem Baby sitzt seine Mutter. Vorher, beim Einsteigen, hat sie auf dieser etwas seltsamen Sitzordnung bestanden. Ihr war unwohl bei dem Gedanken, dass ein Wildfremder neben ihrem Sprössling sitzen sollte.

Ein langer Stau. Sie hatten gehofft, die sanfte Fahrt würde das Kind beruhigen, vielleicht sogar in den Schlaf wiegen, aber diese Hoffnung bewahrheitete sich nicht. Uri schrie ununterbrochen. Es ist schwer, bei solchem Lärm einen Wagen zu lenken. Naomi bemühte sich mit Singen, mit Spielzeug und mit Gesten um Ruhe. Auch zu füttern versuchte sie ihn, mit Bananenmus und Löffelchen, die sie vorsorglich mitgenommen hatte, aber das Kind stieß sie schreiend zurück. »Vielleicht nehme ich ihn kurz aus dem Sitz und stille ihn«, meinte sie. Juval lehnte entrüstet ab.

Das entspreche nicht den Sicherheitsbestimmungen. Sei gefährlich. »Und wie sind wir überhaupt so weit gekommen, dass das Kind nur an den Nippeln Ruhe gibt.«

Es war ihr peinlich, dass er im Beisein eines Fremden »Nippel« sagte, obwohl sie nicht wusste, ob der Junge überhaupt zuhörte und wenn ja, ob er das Gesagte verstand. »Gut«, erwiderte sie, »soll er halt weiterschreien.«

»Genau«, bekräftigte Juval, »soll er's lernen.«

Aber fünf Minuten später konnte sie das Geheul nicht länger ertragen. »Vielleicht halten wir am Straßenrand«, schlug sie vor.

»Hier gibts keine Parkbucht«, erwiderte er, »und ich will auch nicht zu spät zurück sein.« Und als verstände der Kleine, dass es um ihn ging, heulte er noch heftiger. Ein durchdringendes, erschütterndes Schluchzen. Der Junge auf dem Beifahrersitz wandte sich um. *Tack-tack-tack.* Uri heulte weiter, aber zwischen den Schluchzern traten kleine Pausen ein. In diesen winzigen Zwischenräumen musterte der Kleine den Jungen, der ihn anschaute und wieder *tack-tack-tack* machte. So hatte er es seinen Vater bei seinem Schwesterchen tun sehen. Die Zungenschnalzer zauberten ein staunendes Lächeln auf Uris Gesicht, ein Lächeln, das bei jedem neuen *Tack-tack-tack* in Lachen überging.

Während Uris Tränen langsam versiegten, wollte Naomis Schluchzen hervorbrechen, denn sie erinnerte sich gut an den Arbeiter, der ihren Sohn angelächelt hatte. Die Sonne hatte hoch am Himmel gestanden.

Jetzt war sie nahe daran, im Abgrund zu versinken. Naomi drehte das Gesicht zur Fensterscheibe, damit man ihre Tränen nicht sah. Draußen färbte sich der Himmel rot und violett. Auf dem Nebensitz jauchzte Uri laut mit Blick auf den Jungen. Juval spähte in den Rückspiegel, verblüfft über die Veränderung, die mit seinem Sohn vorging. »Said! Champion!«, rief er, und der hochgelobte Junge lächelte zum ersten Mal, seit sie ihn getroffen hatten.

Unterdessen hatte sich der Stau aufgelöst. Der Verkehr floss wieder. Juval schaltete das Radio ein, und der Song passte genau, ebenso wie der nächste, und diese Abfolge, die einen anderen Menschen vielleicht gar nicht beeinflusst hätte, hob seine Stimmung, denn Juvals Seele reagierte auf Musik wie andere Menschen auf ein Glas Wein. Im Innenspiegel warf er einen schrägen Blick auf Naomi und Uri im Fond. Seine Frau kam ihm schön vor, wenn auch etwas distanziert. Nach dieser Fahrt würden sie gemeinsam früh ins Bett gehen. Vielleicht würde er mit ihr schlafen, wenn sie wollte. Das Gespräch über Uris Entwöhnung würden sie auf morgen verschieben.

Zehn Minuten nach dem Abbiegen auf die Nebenstraße verlor ein Reifen Luft. Als Juval die Panne bemerkte, war die Hauptstraße längst außer Sicht. Das Radio hatte den Empfangsbereich verlassen, die Musik war in Rauschen untergegangen. Die Lichter des arabischen Dorfs funkelten vor ihnen, aber wegen der frühen Dunkelheit in diesen Wintertagen konnte man schlecht abschätzen, wie weit es noch bis dahin war.

Schon vor der Reifenpanne waren Juval Bedenken gekommen. Die Schotterstraße war mit Schlaglöchern übersät. Er suchte im Rückspiegel die Bogenlampen, die sie an der Schnellstraße zurückgelassen hatten. Die hohen Leuchten dort hatten das Dunkel vertrieben, aber beim Abbiegen auf die Nebenstraße hatte die Nacht ihren Platz wieder eingefordert. Die Lichter am Ende der Piste beruhigten ihn nicht. Die Lampen des Dorfs blinkerten und zwinkerten über die Hänge verstreut, hatten rein gar nichts mit der einheitlichen, ordentlichen Beleuchtung der Hauptstraße zu tun. In der Dorfmitte ragte ein grüner Lichtkranz empor. Das grüne Licht der Moschee flimmerte boshaft, vielleicht sogar teuflisch, und Juval zögerte plötzlich, ob es klug gewesen war, Naomi und den Kleinen mitzunehmen.

Vielleicht hätten sie den arabischen Jungen absetzen und dann kehrtmachen sollen, solange sie noch unter den gigantischen Bogenlampen der Hauptstraße fuhren, sich im Bereich von Recht und Ordnung befanden, und genau dorthin müssten sie jetzt zurückkehren. Said könnte jemanden anrufen, damit er ihn abholte. Schließlich hatten sie schon mehr als genug für ihn getan. Aber der Gedanke an die Mutter des Jungen, die vielleicht gar nichts von der Verhaftung ihres Mannes ahnte und gleich entdecken würde, was ihrem Sohn geschehen war, genügte, um ihn am Steuer zu belassen.

Kurz nach der Kurve, hinter der die Hauptstraße mit ihren Leuchten verschwunden war, erwischte es den einen Hinterreifen. Juval spürte den Wagen leicht nach links ausscheren. Er hielt an, zur Verwunderung von Naomi, die nichts bemerkt hatte. Als er die Tür aufmachte, verblüffte ihn die Kälte. Die Sonne war gerade erst untergegangen, und schon biss die kalte Luft auf der Haut. Von fern hörte man lautes Hundebellen. Es schien näher zu kommen. Schnell sah er nach dem Reifen und fand einen rostigen Nagel darin stecken. *»Shit.«*

Im Kofferraum lag ein Reserve-Reifen, aber er wollte das Rad ungern mitten auf der dunklen Schotterstraße wechseln, während eine Hundemeute im Anzug war. *»Fuck«*, sagte Juval, biss sich nervös auf die Lippen. Naomi dachte, er bedaure jetzt sicher, die ganze Tour unternommen zu haben, verfluche sich selbst, weil er den Jungen nicht in ein Taxi gesetzt oder ihm Geld für den Überlandbus gegeben oder ihn zumindest an der Abzweigung zur ungepflasterten Nebenstraße abgesetzt hatte. Da will der Mensch etwas Gutes tun und muss letztlich teuer dafür bezahlen. So teuer, dass er bereits den Grund anzweifelt, dessentwegen er die gute Tat überhaupt vollbringen wollte.

Er trat gegen den Reifen, um zu prüfen, wie viel Luft noch drin war, und meinte, bis zum Dorf durchzukommen. Beim Einsteigen sah er, dass die Fahrt auf der Schotterstraße bewirkt hatte, was keinem der Dreien gelungen war – Uri in den Schlaf zu wiegen. Er schlummerte im Kindersitz, die rosigen Lippen einen Spalt geöffnet, in der Hand einen Stein, den der Junge zuvor aus der Hosentasche gezogen und ihm geschenkt hatte. Der Stein war flach und weiß, und bei näherer Betrachtung erkannte man die Umrisse eines Schneckenhauses darin. »Eine Versteinerung«, hatte Naomi festgestellt, als Said ihr den Stein mit einer gleichzeitig verschämten und kühnen Geste hingestreckt hatte. »Wo hast du die denn gefunden?«

»Im Wadi«, antwortete er. Sie betrachtete den Stein. »Der ist wirklich hübsch«, lobte sie lächelnd. Der Junge deutete auf Uri und sagte, »für ihn«.

Uri streckte begeistert die Hand danach aus und protestierte laut, als Naomi kurz innehielt, um die Versteinerung zunächst mit einem Feuchttuch abzuwischen, damit ja kein Schmutz oder scharfe Unebenheiten daran blieben, die ihn am Gaumen hätten verletzen können. Sobald sie ihm den Stein in die Hand gab, führte er ihn zum Mund, leckte ihn ab, lutschte und prüfte. Said blickte ihn an, zufrieden, dass seine Gabe so begeisterte Aufnahme fand. »Das ist nur für jetzt, ja? Nachher nimmst du sie wieder mit.« Juval war es unangenehm, den Jungen um seine Versteinerung zu bringen, zumal er fürchtete, Uri würde nach eingehender Prüfung das Interesse an dem Stein verlieren und ihn runterschmeißen.

»Nein«, sagte der Junge, »die ist für ihn.« Er legte die Stirn in Falten, als suche er nach einem bestimmten Wort und strahlte dann: »Ein Geschenk!« Er wiederholte die Silben, als sei das Wort selbst ein Geschenk, das er erhalten hatte, und er nun stolz, es den Erwachsenen zu präsentieren: »Das ist ein Geschenk für ihn.«

Sie wollten ihn nicht kränken. Dankten ihm für seine Gabe. Als Uri eingeschlafen war, hielt er die Versteinerung immer noch in der Hand, ließ sie auch während der holprigen Fahrt nicht fallen.

Juval fuhr jetzt sehr vorsichtig, fürchtete, eine einzige falsche Bewegung könnte den Rest Luft aus dem Reifen drücken, ehe er das Dorf erreichte. Nach der letzten Kurve tauchten die ersten Häuser auf. »Sag mir, wie ich zu euch komme, okay, Said?« Said nickte und deutete mit dem Arm nach rechts. Im Dorf angekommen, veränderte sich etwas an seinem Äußeren. Seine Sicherheit kehrte zurück. Auf einmal erschien er Juval auch größer. Sie ließen einen improvisierten Hühnerstall und einige Wellblechhütten hinter sich. »Nach links«, dirigierte der Junge, und wieder bogen sie ab, in einen schmalen Weg, beidseitig gesäumt von Stacheldrahtzäunen, Eisengittern und Ziegengeruch. Aus einer Gasse stürzte eine Hundemeute auf den Wagen zu und begleitete ihn nun mit lautem Gebell.

»Hier«, sagte Said, »das ist unser Haus.«

»Ich denke, ihr zwei bleibt besser im Auto«, sagte Juval, »draußen ist es eiskalt. Ich bringe ihn rein, wechsle den Reifen, und dann können wir heimfahren.« Naomi nickte. Das dunkle Dorf mit seinem Häusergewirr und Hundegebell wirkte wenig einladend. Und vor allem wollte sie endlich mit Juval allein sein. Sobald der Junge weg war, würde sie ihm alles erzählen.

## — 9 —

Als es Abend wurde, rief Avram zu Hause an und informierte seine Mutter, dass es spät werden würde. Er erzählte ihr, dass Stas' Sohn tot war, und sie antwortete, »oje-oje, oje-oje« und immer so weiter, bis Avram genug davon hatte und sagte, er müsse jetzt Schluss machen. Als er beim Plakate-Kleben Prügel abbekommen und drei Zähne verloren hatte, wollte seine Mutter, dass er bei Stas aufhörte. Aber Stas hatte sie aufgesucht und ihr gesagt, er zähle auf ihn. »Von nun an gehts nicht mehr nur um Plakate«, versicherte er ihr, »ich mache Ihren Sohn zum vollwertigen Mitarbeiter im Laden. Austragen, auspacken, sogar an die Kasse lasse ich ihn.« Aber den Laden allein abgeschlossen hatte Avram noch nie. Schwere Rollläden mussten heruntergelassen, Vorder- und Hintertür mit großen Vorhängeschlössern gesichert werden. Ihm war nicht mal klar, ob überhaupt Schlüssel da waren, denn als Stas mit den Polizisten wegging, hatte er die normalen mitgenommen, und trotz emsigen Suchens fand er keine zweiten. Daher packte er erst mal die Waren aus, was schon am Nachmittag hätte geschehen sollen, und baute hübsche Stapel aus Schokoriegeln. Dann wischte er Staub auf den Regalen, putzte den Boden. Unterdessen wurde es spät. Er suchte erneut überall, aber wieder vergeblich, und wollte den Laden nachts nicht unverschlossen lassen. Er könnte hier schlafen, wenn nötig.

Er nahm einen Schaumkuss und wickelte ihn aus. Sah nach, ob Madonna angerufen hatte, hatte gehofft, sie würde sich melden, wenn sie von dem Anschlag in seinem Viertel erfuhr. Sie hatte nicht angerufen. Aber vielleicht wussten sie im Internat noch nichts davon. In den Radionachrichten nannten sie den Namen des Getöteten und das Dorf, aus dem der Attentäter stammte. Avram sagte der Name des Dorfes nichts. Der Kandidat für das Ministerpräsidentenamt wurde interviewt und erklärte, man müsse die Häuser der Terroristen, die Juden umbrachten, zerstören. Nach jedem Anschlag sagte er in den Nachrichten solche Dinge, und Stas stellte dann das Radio lauter und meinte, dieser Mann würde den Staat retten, wenn die Idioten hierzulande ihn nur ranließen.

Als die Nachrichten zu Ende waren, aß Avram noch einen Schaumkuss. Ihm wurde ein bisschen übel. Einige Zeit später ging die Vordertür auf, und Stas kam herein, blieb auf der Fußmatte stehen, die sie dort hingelegt hatten, damit die Kunden keinen Straßendreck reintrugen. Seine Augen sahen seltsam aus, und sein Mund stand ein Stückchen offen wie bei Schlafenden. Stas ließ den Blick über die Wände und Regale des Ladens schweifen, als sei es gar nicht sein Geschäft, sondern ein Ort, den er zum ersten Mal betrat. Avram dachte, er müsste vielleicht was sagen, wusste aber nicht, was genau. Schließlich sagte er, es täte ihm leid.

»Ich habe seine Mutter angerufen, in Russland«, sagte Stas, »sie geht nicht ran.« Er stand immer noch an der Tür, wie ein Kunde, der nicht recht weiß, ob er hier einkaufen oder zu dem neuen Supermarkt ein Stückchen weiter die Straße runter gehen soll. »Es hat ihm überhaupt nicht wehgetan«, fuhr er schließlich fort, »sie sagen, er sei auf der Stelle tot gewesen.« Stas blieb noch ein paar Minuten auf der Fußmatte stehen, ohne zu reden, ehe er eintrat und sich auf seinen Stuhl an der Kasse setzte. Der Stuhl knarrte ein bisschen, als Stas sich darauf niederließ. Er knarrte immer. »Bestien«, sagte Stas, »wilde Tiere.«

Im Radio liefen normale Lieder. Avram dachte, er müsste vielleicht die Musik ausschalten, aber Stas schien sie gar nicht zu hören. Nach ein paar Liedern stand er auf, ging an den Kühlschrank, griff tief ins Gefrierfach hinter die verschiedenen Eissorten und zog eine Wodkaflasche heraus. An Novi God tranken er und sein Sohn aus der Flasche und boten auch Avram davon an, aber Avram befürchtete, es würde so sein wie damals, als er mit Madonna im Park getrunken hatte – zuerst angenehm und dann zum Kotzen. Deshalb hatte er abgelehnt. Jetzt goss Stas in zwei Plastikbecher ein, aus denen man sonst Cola trank, und beide leerten sie auf einmal, weil Avram nicht Nein sagen wollte. Der Wodka wärmte ihm den Leib, und das tat gut, denn es war schon Abend und kalt im Laden. »Er wollte immer zurück nach Russland, um bei seiner Mutter zu leben. Ich habe ihm gesagt, in Russland ist es gefährlich. Viel Kriminalität. Und Drogen. Kein guter Ort für einen Jungen.« Stas ließ seinen Daumen über den Flaschenhals kreisen.

Avram hoffte, er würde nicht nachschenken. »Er war böse auf mich, weil ich ihn nicht zurückgehen lassen wollte, aber ich dachte, es sei besser, als ihm zu erzählen, dass seine Mutter nicht will, dass er kommt.« Sie schwiegen. Stas goss ihnen aus der Flasche nach. Sie tranken wieder. Im Radio lief weiter fröhliche Musik. Dann folgten eine Reklame für Klimaanlagen und eine für ein Lampengeschäft und danach wieder Nachrichten. Die Sprecherin von vorher war wohl nach Hause gegangen, denn jetzt sprach ein Mann am Mikrofon: »Der Name des bei dem Anschlag Getöteten ist Arik Lewajew, siebzehn Jahre alt«, und wiederholte den Namen des Dorfs, aus dem der Attentäter stammte.

»Gut«, sagte Stas langsam, als antworte er jemandem, »dann wissen wir jetzt, wo wir hinfahren müssen.« Avram verstand nicht, was er meinte, sah jedoch, dass Stas irgendwie wieder auflebte. Nun wirkte er nicht mehr wie ein Gast in seinem eigenen Laden, sondern lief mit der Sicherheit eines Hausherrn herum. Er nahm einen Stapel der Gratiszeitung *Israel heute* und legte ihn in eine Lieferkiste, zusammen mit einigen Streichholzschachteln. Er verkorkte die Wodkaflasche und stellte sie mit in die Kiste. Dann holte er zwei Kanister vom Hinterhof, schüttete das Wasser aus und stellte auch sie dazu. Schließlich sagte er: »Das wird nicht reichen, wir brauchen noch mehr«, und Avram erwiderte nichts, denn er wusste nicht, ob Stas mit ihm sprach oder mit sich selbst. Stas ging wieder hinten raus und entleerte sechs große Mineralwasserflaschen geradewegs auf die Straße, kam wieder rein und stopfte die leeren Flaschen mit in die Kiste. Er agierte schnell. »*Jalla*, Avram«, sagte er nun in anderem Ton, so distanziert wie Avram ihn seit seinen ersten Arbeitstagen bei ihm nicht mehr gehört hatte, »geh nach Hause, schon spät.«

»Wo willst du hin?«, fragte Avram. Stas gab keine Antwort. Er zog seinen Schlüsselbund aus der Hosentasche und verschloss die Hintertür mit dem großen Vorhängeschloss, nahm die Kiste und bedeutete Avram, mit rauszukommen, verschloss die Vordertür auf die gleiche Weise und ließ die schweren Rollläden herunter. All das tat er jeden Abend, erst die hintere, dann die vordere Tür, zum Schluss die Läden, und kurz hätte man meinen können, dieser Abend sei wie jeder andere. Aber statt Avram gute Nacht zu sagen, ging Stas wortlos zu seinem Auto, und gerade deswegen lief Avram ihm nach und erklärte: »Ich will mitkommen.«

»Nein«, sagte Stas und hievte die Kiste in den Transporter. »Bitte«, sagte Avram, »ich will helfen.« Stas schwang sich auf den Fahrersitz, Avram machte einfach die Beifahrertür auf und setzte sich neben ihn. »Wenn du willst«, sagte Stas nach kurzer Pause, »wenn du unbedingt willst, dann okay.« Sie fuhren einige Minuten durchs Viertel und bogen dann auf die Ausfallstraße ab. Erst als sie weit genug weg waren, schon auf der Schnellstraße, wagte Avram zu fragen, wo sie hinführen. Stas antwortete nicht gleich, fingerte über die Sendertasten, bis er das Klassik-Programm erwischte.

»Als Erstes«, antwortete er schließlich, »fahren wir eine Tankstelle an.«

## — 10 —

Als Juval und der Junge aus dem Auto stiegen, wurden sie sofort von heftig bellenden Hunden umkreist. Uri wachte auf von dem Lärm und fing an zu weinen. Naomi drückte das Gesicht ans Fenster, um festzustellen, ob diese bösen Tiere Juval tatsächlich angreifen oder ihn nur aus dem Territorium verjagen wollten, das sie für ihres hielten. Der Junge rief: »*Ruuch! Ruuch min hoon!*« – weg! Weg hier! –, und die Hunde, die seine Stimme wohl kannten, wichen sofort zurück, bellten aber weiter. Die Tür des nahen Hauses ging auf, und eine Frau mit Hidschab eilte zu ihnen hinaus. Sie schrie auf, als sie Saids Gesicht erblickte, nahm seine Hand und wollte ihn ins Haus zerren. Der Junge blieb jedoch stehen, sagte lange Sätze auf Arabisch und zeigte schließlich auf den Platten. Die Frau wandte sich um und rief etwas ins Haus, was Naomi nicht verstand. Sofort kamen ein etwa sechzigjähriger Mann und zwei Mädchen, ebenfalls mit Kopftuch, heraus. Der Mann trat zu Juval und redete Hebräisch mit ihm. Naomi verstand nicht genau, das Gesagte durchdrang kaum die Autoscheibe und das anhaltende Hundebellen, aber aus den Worten und Gesten des Mannes ging hervor, dass er Juval helfen wollte und gleich mit dem notwendigen Werkzeug zurückkommen würde. Die verschleierte Frau kam nun ebenfalls an den Wagen und blickte Naomi direkt an, worauf sie notgedrungen die Tür aufmachte. »Danke, dass ihr Said heimgebracht habt«, sagte die Frau, »komm, komm mit rein, wir sitzen drinnen, bis sie mit dem Reifen fertig sind.«

Naomi wollte nicht aussteigen, fürchtete jedoch, die Frau zu kränken. Außerdem rangelte der nun hellwache Uri in seinem Kindersitz und verlangte grantig, hinausgehoben zu werden. Die Frau schrie die bellenden Hunde an, die ihr auf der Stelle gehorchten, sie offenbar mehr fürchteten als den Jungen, denn sogleich verzogen sie sich, um woanders zu bellen. Die Stille, die daraufhin eintrat, war dicht und schwarz. Wieder zögerte Naomi, ob sie wirklich das fremde Haus betreten sollte. Aber die Frau ließ ihr keine Wahl, reichte Naomi die Hand, wartete, bis sie Uri aus dem Sitz gelöst hatte, um gemeinsam ins Haus zu gehen. Mit freundlichen Worten dirigierte sie Mutter und Kind in den Wohnraum und deutete auf die Matratzen, die mit bestickten Kissen auf dem Boden lagen. Ein Poster von Messi hing an der Wand und daneben ein gerahmtes Bild von einem grandiosen Sonnenuntergang an einem tropischen Strand. »*Tfadali*«, sagte die Frau, »bitte setz dich.«

Sie sah in etwa gleichaltrig oder nur wenig älter aus. Ihr Gesicht war hübsch. Sogar die Fältchen an den Augenwinkeln hatten etwas Anmutiges, vielleicht weil man ihnen ansah, dass sie eher vom Lachen als vom Weinen stammten. Naomi staunte bei dem Gedanken, dass eine Frau ihres Alters schon Mutter von fünf Kindern sein konnte: Nasrin mit ihren anderthalb Jahren watschelte durchs Zimmer, umsorgt von den zehnjährigen Zwillingsschwestern Hanin und Nur. Der dreizehnjährige Said war mit Juval auf dem Hof verschwunden und bisher nicht wieder aufgetaucht, und Tarek, der Älteste, war noch nicht von der Arbeit zurück. Von der Verhaftung ihres Mannes hatte Hiba schon mittags erfahren, vom Sohn ihrer Schwester, der auf einer benachbarten Baustelle in der Stadt arbeitete. Danach war sie verrückt vor Sorge um Said gewesen, der seinen Arbeitsplatz verlassen hatte, um mit seinem Vater zu Mittag zu essen, und nicht heimgekehrt war. Sie hatte bereits Verwandte gebeten, in die Stadt zu fahren und ihn zu suchen, als plötzlich der Wagen aus dem Dunkel auftauchte, mit ihrem Sohn. »Wer hat ihn verprügelt«, fragte sie, »wer hat ihn so geschlagen?« Naomi zögerte kurz, ehe sie ihr von den Leuten in ihrer Straße berichtete, wie sie über den Jungen hergefallen waren. Beim Reden war ihr bewusst, dass sie nicht alles erzählte. Der Junge hatte unter den Zypressen gelegen, wo ihm der Gemüsemann Menasche einen Stuhl auf den Kopf haute. Passanten hatten ihm in den Bauch getreten. Die Zypressen schwankten heftig, der Wind heulte. Der Junge hatte auf dem Gehsteig gelegen und sein Gesicht bedeckt. All das hatte sie von ihrem Balkon aus gesehen, aber nicht alles sagte sie jetzt. Es gibt Dinge, die eine Mutter nicht wissen muss.

Hiba hörte zu. Tränen liefen ihr über die Wangen, und sie versuchte gar nicht erst, sie abzuwischen, denn sie waren genau dort, wo sie sein sollten. »Und ihr habt ihm geholfen, als das geschah?«

»Mein Mann«, sagte Naomi, »mein Mann ist hingerannt und hat sie gestoppt.«

Die Frau ergriff ihre Hand und küsste sie. »Sie sagen, Mohand sei ein Terrorist. Vielleicht hat er aus Versehen jemanden getroffen, aber er ist kein Terrorist, er hat keinen umbringen wollen.« Sie wiederholte die Worte »kein Terrorist« noch mehrmals, als würden sich bei ausreichender Wiederholung die Gefängnistore öffnen, und ihr Mann könnte als freier Mensch heraustreten.

Hanin und Nur kamen ins Wohnzimmer, brachten ein kleines Tablett mit Cola-Gläsern, einem Teller Kekse und einem mit gerösteten Sonnenblumen- und Kürbiskernen. Naomi ermahnte sich, die Kerne mit ihren Schalen von Uri fernzuhalten, der die Hand prompt nach einem vollen Cola-Glas ausstreckte. »*Uri, nein!*« Wieder brach der Junge in Tränen aus, und ihr schien, die Zwillinge starrten sie überrascht an, hatten vielleicht nicht gedacht, dass eine so feine Frau so laut schreien könnte. Sie beugte sich auf der Matratze vor, streckte ihm die Arme entgegen, in der Hoffnung, er würde sich an sie schmiegen und endlich Ruhe geben.

Aber Uri krabbelte weg, wollte nichts von ihr und ihrem Geschimpfe wissen, sondern steuerte auf die Zwillinge zu, die sich auf ihn freuten. In den nächsten Minuten spielten sie mit ihm wie mit einer Puppe.

Sie streichelten ihn, lächelten ihn an, fütterten ihn mit imaginären Speisen auf dem Teelöffel, den er begeistert in den Mund nahm, obwohl er leer war. Hiba ermunterte die beiden mit Worten, die Naomi nicht verstand, und ging dann in die Küche, denn sie hatte schon versichert, dass sie die Menschen, die ihren Sohn gerettet hatten, nicht ohne Abendessen ziehen lassen würde.

Bei dem Gedanken an ein Abendessen in diesem Raum wurde Naomi schier übel. Es war *sein* Zuhause. Er hätte heute Abend hier bei Frau und Kindern sein sollen. Was hatte sie überhaupt in diesem Haus, diesem entlegenen Dorf zu suchen? Am Morgen war sie vor Sonnenaufgang für Uri aufgestanden. Als sie ihn auf dem Wohnzimmersofa stillte, hatten sie beide durch das große Fenster geschaut. Das Dunkel auf der Straße hatte sich in Licht verwandelt, und Naomi hatte gedacht, dass ihre Tage sich wieder kaum unterschieden. Wieder wusste sie nicht, ob Montag, Dienstag oder Mittwoch war, denn sie hatte keinen Job, keine Aufgabe, keinen Termin in der Woche, um eine Stunde von der nächsten zu unterscheiden. Sie nahm es ohne Murren hin, sinnierte nur vor dem Foto der Stadt New York, dass das der Lauf der Dinge war: Sie und Uri, in einer Milchblase vereint, betrachteten den Wechsel der Stunden und Jahreszeiten draußen, ohne sich um morgens und abends zu kümmern, lebten nach ihrem eigenen Rhythmus. Aber jetzt herrschte ein ganz anderer Takt. Die Nacht war Nacht, und der Tag war Tag, und zwischen dem Morgen, der mittlerweile in Nacht übergegangen war, war ein Mensch umgekommen. In dem Tumult hatte sie nicht einmal den Namen des Opfers gehört. Sie öffnete das Telefon und checkte die Nachrichten.

Sie erkannte sofort das Gesicht des Jungen vom Lebensmittelladen, dem Sohn des Inhabers. Er war immer in einem Sweatshirt von Nike rumgelaufen, und auch in der Nachricht von seinem Tod trug er eines, schaute über einem rauchenden Holzkohlengrill in die Kamera, eine Flasche Cola in der Hand. Sie hatten nie mehr als ein paar Worte gewechselt, und doch hatte sie ihn fast täglich gesehen, seit sie hierhergezogen waren. »Arik Lewajew, siebzehn Jahre alt.« Sie hatte nicht gewusst, dass er Arik hieß. Wusste eigentlich nichts über ihn. Ihr schien, er hatte ungern bei seinem Vater gearbeitet, denn manchmal hörte sie die beiden hinten im Lager auf Russisch streiten.

Sie hatte dem Arbeiter Kaffee gemacht, und ihr Sohn war auf den Balkon gelangt. Sie hatte dem Arbeiter, der auf der Toilette war, Kaffee gekocht, und ihr Sohn hatte den Hammer vom Balkon auf die Straße geschubst. Arik Lewajew war auf der Straße vorbeigegangen. Der Hammer hatte Arik Lewajew am Kopf getroffen. Arik Lewajew war gestorben. Diese Dinge hätten längst gesagt werden sollen, von ihr gesagt werden müssen. Wenn sie diese Dinge sagte, würde der verhaftete Arbeiter entlassen. Und sie würde man ja nicht festnehmen, denn Vorsatz und Niedertracht lagen hier gewiss nicht vor, nur Fahrlässigkeit. Fahrlässige Tötung. Drei Jahre Gefängnis.

Vielleicht weniger. Gewiss weniger. Es gab ja mildernde Umstände. Wie hätte sie wissen sollen, dass das Kind auf den Balkon wollte. Man konnte nicht voraussehen, dass der Kleine an den Hammer herankäme, dass der Hammer vom Balkon fiele. Von Minute zu Minute fand sie die Argumente glaubwürdiger. Sie würden verstehen, alle würden verstehen, was passiert war. Man würde sie rügen, aber nicht ins Gefängnis stecken. Nicht von Uri trennen, den sie fünfmal täglich stillte, obwohl Juval längst meinte, man müsse ihn entwöhnen. Arik Lewajew war tot. Hätte sie den Polizisten in ihrer Wohnung gesagt, was geschehen war, hätten sie sie mit auf die Wache genommen, um den Hergang zu bezeugen. Juval wäre herbeigeeilt, hätte sie in die Arme geschlossen. Dessen war sie sich fast sicher. Aber wenn sie jetzt auspackte, würde er sie nicht umarmen. Auch da war sie sich fast sicher.

Ein verrückter Gedanke schoss ihr durch den Kopf, ließ ihren Körper im Sitzen auf der Matratze erbeben: Statt zu beichten, sollte sie vielleicht zugunsten des Arbeiters aussagen. Sie würde das Gericht davon überzeugen, dass ein Unfall vorlag. Auch einen Anwalt könnte sie ihm finanzieren, einen guten. Könnte ihn sogar selbst vertreten. Und wenn nötig, Entschädigung zahlen, könnte insgeheim die Summe übernehmen. Vielleicht könnte sie sich selbst und ihn verteidigen. Den Geldbetrag zahlen, sich aber Schmach und Demütigung ersparen. Und schon überschlug sie im Kopf die Kosten. Sparkonten öffnen, Risiken eingehen. Ein paar Minuten lang schien die Sache machbar. Sie könnte dieses Problem mit Geld lösen. Die meisten Probleme auf Erden waren mit Geld zu lösen. Naomi klammerte sich an diese Möglichkeit, sog den letzten Tropfen Trost daraus, bis ihr nichts anderes übrig blieb, als den Dingen ins Auge zu schauen: Eine Verteidigung vor Gericht und Entschädigungszahlungen ließen sich unmöglich schultern, ohne Juval einzubeziehen. Die Sache würde ihre gesamten Ersparnisse auffressen. Juval würde wissen wollen, was geschehen war. Oder es selbst kapieren. Auch der Arbeiter würde den Geschehensablauf begreifen. Sie musste gleich jetzt auspacken. Noch heute Nacht.

Sie wusste nicht, wie lange sie so gesessen hatte, gedankenverloren im fremden Wohnzimmer. Die Zwillinge spielten weiter mit Uri und Nasrin, Hiba kochte in der Küche. Düfte vom Herd stiegen Naomi in die Nase, und verblüfft verzeichnete sie einen Bärenhunger. Nun erst begriff sie, dass sie seit dem Morgen nichts zu sich genommen hatte. Und das Stillen kurbelte ja den Appetit an. Die Essensgerüche waberten durch den schmalen Raum und machten ihr den Mund wässrig. Sie fand es fürchterlich, Appetit zu verspüren, wenn Arik Lewajew tot war und die Frau des Arbeiters das Essen zubereitete. Aber so war es nun mal: Die Kochdünste reizten sie unwillkürlich. Sie schluckte den Speichel hinunter.

Die Tür ging auf, und Juval trat ein, mit gerötetem Gesicht von der Kälte, in Begleitung von Said und dem älteren Mann von vorher. Der Reifenwechsel hatte die drei einander sichtlich nähergebracht. Sie waren vertieft in ein Gespräch, das im Wesentlichen aus Gesten und Lächeln bestand. Saids Gesicht sah schrecklich aus. Die anfangs harmlos erscheinenden Beulen waren mittlerweile blau geschwollen. Sein rechtes Auge hatte sich zu einem schmalen Schlitz verengt, und wohl deshalb wirkte das linke übergroß. Vielleicht müsste man ihn morgen früh zur Sanitätsstation bringen, aber was sollten sie dort schon mit ihm machen. Sie würden Eis auflegen, desinfizieren und die Zeit heilen lassen. Hiba schaute Said ebenfalls an, und Naomi sah sie rasch ein paar Tränen abwischen, bevor ihr Sohn sie bemerkte. Der Junge selbst wirkte jedoch erholter. Die Arbeit im Freien, auf dem eigenen Hof, hatte ihm wieder einige Sicherheit verliehen. Er konnte einen Reifen wechseln, hatte seinem Großvater und dem jüdischen Mann geholfen und sich deren Hochachtung erworben. Er spürte die Angst des Gastes vor den Hunden und freute sich, dass sie alle paar Minuten wieder bellten, denn so konnte er sie jeweils mit lauten Schreien wegjagen, was ihn noch wichtiger machte. Er hatte nicht ganz begriffen, was seinem Vater passiert war, und der Großvater und seine Mutter hatten es nicht eilig, ihm was davon zu erzählen.

Wenn sein älterer Bruder, Tarek, zurückkam, würde der ihm sicher alles erklären. Tarek erklärte ihm immer alles. Nannte die Dinge beim Namen. Deshalb war er so fantastisch und gleichzeitig so furchterregend. Tarek konnte besser fluchen als jeder andere, den Said kannte. Zum Beispiel: Dein Mund stinkt wie die Fotze einer Kuh mit Würmern. Oder auch: Dein Schwanz ist so klein wie der Scheißhaufen eines Menschen mit Durchfall. Und einmal hatte er den meisten Eindruck auf Said gemacht: Du kannst dir deinen Finger in den Arsch stecken, ihn dort ordentlich drehen und dann in den Mund stecken und mit einem halben Becher Sperma gurgeln. Vater hatte Tarek niemals so fluchen gehört. Andernfalls hätte er ihn sicher so furchtbar bestraft, wie Said es sich nicht mal vorstellen konnte.

An dem Tag, an dem die Leute auf der Straße sich in Bestien verwandelt hatten, hätte Tarek mit dem Vater in der Stadt arbeiten sollen. Aber am Vorabend hatte er mitgeteilt, er hätte etwas Ergiebigeres gefunden, und deshalb war Said an jenem Morgen an seiner Stelle mitgefahren. Was Said in der Stadt passiert war, hätte Tarek nicht geschehen können. Sein Bruder hätte sich niemals auf offener Straße verprügeln lassen. Andererseits wusste Said, dass er an diesem Tag in der Stadt etwas gesehen hatte, was Tarek im Leben nicht untergekommen war. Denn obwohl er viel mit solchen Dingen prahlte, die er angeblich tat, hatte er gewiss nichts gesehen, was diesem Mann und dieser Frau und dem, was sie auf der Couch getrieben hatten, gleichgekommen wäre. Auch wie Tiere, aber anders.

Jetzt saßen der Mann und die Frau nebeneinander auf der Matratze, bekleidet und gesittet. Ihr Kind, ein niedlicher kleiner Junge, ein bisschen wie Nasrin, wuselte herum und stieß dauernd Sachen um. Als Nasrin zurückkam – Hanin hatte ihr die Windel gewechselt und sie wiedergebracht, als die Mutter gerade das Essen auf den Tisch stellte –, hatte der Sohn des jüdischen Paars sie neugierig angeschaut und an dem Stein gelutscht, den er, Said, ihm geschenkt hatte. Das Haus war voller Leute und auf eigenartige Weise feierlich. Er wartete auf Tareks Rückkehr von der Arbeit, damit sie zugreifen könnten. Er wusste nichts über seine neue Stelle, erwog jedoch, ihn morgen zu begleiten. Denn in diese Stadt wollte er auf keinen Fall zurück.

Saids Lieblingsarbeit war vor zwei Jahren gewesen, als sie heiliges Wasser verkauften. Sein Vater hatte in aller Frühe eine Kiste mit Glasfläschchen ins Auto gehoben und Said beauftragt, sich danebenzusetzen und aufzupassen, dass sie nicht runterrutschte und nichts in die Brüche ging. Sie fuhren weit weg vom Dorf zum Fluss und weiter zu einer Stelle, an der man mit dem Auto nah ans Wasser kam. Dort parkten sie unter einem Baum und luden einen kleinen Klapptisch und die Fläschchen aus. Bei ihrer Ankunft war es menschenleer, aber eine halbe Stunde später, als die Sonne zu wärmen begann, traf der erste Reisebus ein. Die Reifen wirbelten weißen Staub auf, als er anhielt, sich die Türen öffneten, und die Touristen ausstiegen. Sie waren dick und bleich wie riesige Karpfen und rochen penetrant nach der Creme, mit der sie sich ständig gegen die Sonne einschmierten. Jeder hatte eine rote Schnur um den Hals, die besagte, dass sie alle der gleichen Gruppe angehörten. Sie beteten zu Jesus und sangen, und zwischendurch kauften sie Fläschchen mit heiligem Wasser. Bald nach ihrer Abfahrt kam ein weiterer Bus, dem neue Touristen entströmten. Sie hatten schräge Augen und waren anders gekleidet als ihre Vorgänger, aber auch sie sangen und beteten und kauften Fläschchen. Nach sieben Stunden und sechs Autobussen war das heilige Wasser ausverkauft, und sie fuhren nach Hause. Bei der nächsten Tour brachte sein Vater viel mehr Fläschchen mit, vier oder fünf Kisten, und sie standen noch vor Tagesanbruch auf, um sie unterm Hahn zu füllen. Das war kurz vor Weihnachten, und die Blätter an den Bäumen auf dem Parkplatz waren ganz weiß von dem Staub der Busse, die unaufhörlich anrollten. Noch nie hatte er die Bäume so weiß gesehen. Vielleicht sah es so aus, wenn Schnee fiel.

Zu Weihnachten selbst beschloss sein Vater, den Preis der Fläschchen von dreißig auf fünfzig Schekel pro Stück zu erhöhen. Said konnte nicht begreifen, wie jemand auch nur zehn Schekel für eine kleine Flasche Wasser ausgeben konnte, die sie am Morgen am Hahn befüllt hatten, aber sein Vater schärfte ihm ein, auf keinen Fall »Leitungswasser« zu sagen. Dieses Wasser käme direkt aus den Quellen des Jordan. Die Touristen waren tatsächlich gern bereit, fünfzig Schekel für ein Glasfläschchen Wasser direkt von den Jordanquellen hinzublättern. Sie boten Said Bonbons an, die sie manchmal in den Taschen bereithielten, oder schenkten ihm Kugelschreiber mit dem Vermerk, die seien für die Schule, und einmal gaben sie ihm sogar ein T-Shirt ihrer Gruppe, in Hellblau mit einem großen Kreuz darauf.

Als sie eines Morgens auf den kleinen Parkplatz fuhren, stand dort ein Streifenwagen mit Polizisten, die ihnen sagten, dass sie hier nichts mehr verkaufen dürften. Das sei Straßenhandel, und der sei verboten. Ein paar Tage später versuchten sie es erneut. Sie luden den kleinen Tisch und die Kisten aus und bauten alles hübsch auf. Das Laub an den Bäumen war grün, aber Said wusste, dass es mittags weiß vom Staub der Autobusse sein würde. Der erste Bus traf ein, blieb aber nur kurz, und kaum einer kaufte Fläschchen. Es war ein heißer Tag, und die Touris wollten nicht lange draußen sein. Sie stiegen aus, tauchten im Jordan unter, wurden rot von der Sonne und stiegen schnell wieder ins kühle Innere ihres Busses. Sein Vater sagte, früher habe es im Herbst nicht solche heißen Tage gegeben, aber in den letzten Jahren sei alles anders geworden. Trotzdem wurden sie zehn Fläschchen los, und der Tag hatte gerade erst begonnen. Genau als der zweite Bus einbog, kehrte auch die Streife zurück. Die Polizisten schimpften bei ihrem Anblick, sagten, wenn sie noch einmal wiederkämen, müssten sie ihnen ein Bußgeld verpassen. »Das ist Straßenhandel«, sagten sie, »der ist gesetzlich verboten. Packt schnell alles wieder ein und verschwindet hier.« Sein Vater stellte die Fläschchen zurück in die Kisten. Er beeilte sich nicht, weil er es nie eilig hatte, sammelte aber alles ein und gab keine Widerrede. Sie fuhren mit den restlichen Fläschchen ins Dorf zurück und nahmen einige Tage später einen neuen Anlauf. Diesmal bekamen sie einen Strafzettel. Sein Vater sagte, sie würden sich was anderes einfallen lassen. Die Fläschchen mit dem heiligen Wasser bewahrten sie zu Hause auf. Manchmal putzten sie sich die Zähne mit dem Wasser. Als er mit seinem Vater auf dessen neue Arbeitsstelle weit weg in der Stadt fuhr, machten sie einen Umweg, um den Fluss zu sehen. Der Parkplatz, den er als klein in Erinnerung hatte, war jetzt größer und voll mit Bussen, und einige Bäume fehlten. An einer Ecke des Platzes hatten sie einen Touristenladen gebaut. Sein Vater behauptete, auch dort füllten sie das heilige Wasser am Hahn ab.

»Wir müssen schnell essen und dann abhauen«, flüsterte Juval Naomi zu. »Diese Familie hat genug um die Ohren, jetzt, wo der Vater verhaftet ist.« Beim Reifenwechsel hatte der Großvater ihn zu überzeugen versucht, dass sein Schwiegersohn kein Terrorist sei, ein bedrückendes Gespräch, dem Juval nicht ausweichen konnte. Also nickte er immer wieder notgedrungen, und sei es nur, um den verzweifelten Blick in den Augen des Alten zu beruhigen. Ihm kam es so vor, als dächten die Leute hier, er und Naomi seien direkt mit den Justizbehörden verbunden, als werde der Arbeiter nicht auf der Polizeiwache festgehalten, sondern in ihrer Privatwohnung, an das Balkongeländer neben die Bougainvillea gefesselt, und sie könnten ihn nach Belieben befreien. Die ganze Situation war total verrückt. Uri und die Kleine spielten auf dem Teppich, zum Kichern der Zwillingsschwestern, Naomi lobte das Essen, das die Mutter des Hauses zubereitet hatte – und dabei aßen sie ja jetzt im Haus eines Terroristen, der einen Menschen umgebracht hatte. Am liebsten wäre er auf der Stelle aufgestanden und weggefahren, weg aus diesem Dorf, weg von den bellenden Hunden und der Moschee, deren grünes Licht den Hof überströmte, weg vom Geruch der Hühner und Ziegen. Sein Körper wollte ins Auto springen und die Schotterpiste zur Schnellstraße entlangbrettern, zu den soliden, goldschimmernden Bogenlampen.

Doch er zwang sich sitzen zu bleiben. Nur noch ein paar Minuten. Um seine Gastgeber nicht zu verletzen, die ihm so bereitwillig beim Reifenwechsel geholfen und alles getan hatten, um ihnen ein nettes Abendessen zu bieten. Er kaute, ohne etwas zu schmecken. Nur noch ein Weilchen. Über seinen Teller hinweg sah er Said ihn anblinzeln. Als der Junge seinen Blick bemerkte, wandte er schnell das Gesicht ab. Juval errötete bei der Erinnerung daran, wie diese Augen seinen Körper heute Mittag angeschaut hatten, als er in Naomi eingedrungen war. Dieser Junge hatte ihn nackt gesehen, ihn und seine Frau. Er war verlegen wegen jenes Moments, als er im Flur gestanden und den dünnen Arm des Jungen mit aller Kraft umgebogen hatte, bis der Junge in Tränen ausbrach. Durch das Stimmengewirr am Tisch hörte er immer noch den Tumult auf der Straße. Die Schläge. Die Schreie. Wäre er nicht dazwischengegangen, hätten sie ihn umbringen können. Es tröstete ihn, dass er diesem Jungen das Leben gerettet hatte, der ihm jetzt mit gesenkten Augen gegenübersaß. Doch immer noch wünschte er sehnlich, die Mahlzeit möge endlich beendet sein, damit sie heimfahren könnten. Ihre Wohnung in der Stadt war gut geheizt. Er würde duschen. Sauber ins Bett gehen. Würde sich aufs Sofa setzen und im Fernseher einen Film von woanders anschauen.

Die Tür ging auf, kalte Luft wehte ins Zimmer. Naomi wandte den Kopf, um zu sehen, wer eintrat, und erstarrte. Der arabische Arbeiter stand auf der Schwelle, mit lodernden Augen. Aber wie konnte das sein. Man konnte ihn doch nicht entlassen haben. Es sei denn, es wäre ihm irgendwie gelungen, seine Unschuld zu beweisen. Die Gedanken in ihrem Kopf jagten einander, erst dann erkannte sie ihren Irrtum. Es war nicht der Arbeiter, sondern sein ältester Sohn, der seinem Vater wie aus dem Gesicht geschnitten war. Said hatte nur die braunen Augen mit den langen Wimpern von ihm geerbt, aber hier stimmten auch Nase, Kinn und Wangenknochen. Sogar die schwarzen Locken über der Stirn des Ältesten schienen der Stirn des Vaters entnommen zu sein.

»Tarek!«, rief Hiba und sprang auf, um den Ankömmling in die Arme zu schließen. Er ließ es verwundert geschehen, wusste offensichtlich noch nicht, was passiert war und verstand daher den Grund für diese stürmische Umarmung nicht. Sie redeten Arabisch mit ihm. Naomi verstand die Sprache nicht, begriff aber das Gesagte, da sie sah, wie Tareks Miene sich veränderte. Vorher, auf der Türschwelle, hatten seine Augen sonderbar gefunkelt, doch als man ihm nun das Geschehene erzählte, loderten sie noch stärker. Er sagte nichts, lauschte nur seiner Mutter und seinem Großvater. Sie winkten ihn auf den Platz zwischen ihnen und stellten ihn dann den Gästen vor. Er hörte schweigend zu, als man ihm von Juvals Heldentat erzählte, wie er hinzugesprungen war, um Said zu retten. »Vielen Dank«, sagte er schließlich, »danke, dass du meinem Bruder geholfen hast.«

Naomi hoffte, damit sei das Thema beendet, aber Tarek hatte Fragen: Ob jemand von ihnen in der Wohnung gewesen sei, als der Unfall passierte. Was die Polizisten bei ihrem Eintreffen gesagt hätten. Was sein Vater bei der Festnahme gesagt habe. Er sprach viel besser Hebräisch als sein Bruder, und sein Akzent schlug nur gelegentlich durch. »Naomi und Uri waren zu Hause«, antwortete Juval, »aber ich meine, wir sollten jetzt lieber nicht darüber sprechen. Natürlich werden wir der Polizei alles sagen, was wir wissen.« Sie war zutiefst dankbar für seinen bestimmten Ton, die Stimme eines Internatserziehers, der aufkommende Wut frühzeitig erkennt und die Geister wieder zu beruhigen weiß. Hiba nickte. Sie wollte ihren Gästen das Leben nicht schwer machen, war dem jüdischen Mann, der ihren Sohn mit eigenem Leib geschützt hatte, zutiefst dankbar. Ihr war klar, dass es für die Familie nicht leicht gewesen war, hierher zu fahren, um ihn ihr wiederzubringen. Sie legte Tarek die Hand auf die Schulter, und er folgte dem stummen Gebot der Finger. Aber seine Augen fixierten Naomis Gesicht so intensiv, dass sie den Blick abwenden musste.

Sie aßen weiter. Als die Schüsseln auf dem Tisch leer waren, brachte Hiba eilig weitere Töpfe aus der

Küche, fesselte die Gäste mit ihren Gerichten an ihre Plätze. Uri stolperte auf dem Wohnzimmerboden und wimmerte, Naomi hastete zu ihm, endlich hatte sie einen Grund zum Aufstehen. Das Sitzen auf der Matratze war ungemütlich, die ganze Situation desgleichen. Sie umarmte den Kleinen und beruhigte ihn. Unterdessen spürte sie ständig den düsteren Blick des ältesten Sohns auf sich lasten. Ein beängstigender Gedanke: Er verstand. Die Schuld stand ihr mit Geheimtinte auf die Stirn geschrieben, und Tarek konnte die Schrift lesen.

Uri hörte auf zu weinen, hob die Versteinerung auf, die Said ihm geschenkt hatte, und warf sie auf Nasrin, sei es absichtlich, sei es unwillkürlich. »*Uri, nein!*« Der Stein traf die Kleine am Kopf. Sie brach in Tränen aus. Hiba stand auf, um sie in den Arm zu nehmen, und Nasrin beruhigte sich sofort. Naomi wies Uri zurecht, vielleicht mit zu harschen Worten. Tarek musterte weiter sie und das Kind, als hätte er eben die endgültige Bestätigung für seinen Anfangsverdacht erhalten.

Der Zurechtgewiesene heulte los und griff nach ihrer Bluse, wollte eigenhändig eine Brust freilegen, um daran zu saugen. Sie fragte Hiba, wohin sie sich mit ihm zurückziehen könne, denn es war ihr unangenehm, ihn vor den fremden Menschen zu stillen. Hiba führte sie in ein rückwärtiges Zimmer, das viel dunkler und kälter war als der Wohnraum. Auch dort lagen viele Matratzen auf dem Boden, dazu Kissen und Wolldecken, deren Geruch ihr nicht gefiel. Gott allein wusste, wann diese Dinge zuletzt gewaschen worden waren. Sie setzte sich, um Uri zu stillen, der auch gleich gierig trank. Naomi fuhr mit der Hand durch sein weiches Haar, ergriffen von der Berührung des kleinen Kopfes. Sie schloss die Augen. Schnell döste sie ein. In der Nacht war sie ja drei Mal für ihn aufgestanden. Normalerweise schlief sie über Mittag, um sich ein wenig zu erholen, aber heute hatte sie keinen Schlaf bekommen. Gleich würde sie eindämmern, auf Matratzen und Decken sinken, nun war es ihr egal, dass es ein fremdes Haus war, nur schlafen wollte sie. Unterdessen hatte Uri jedoch sein Mahl beendet. Mit denselben Ärmchen, mit denen er sich zuvor an sie geklammert hatte, stieß er sie jetzt ab, brennend neugierig auf das, was es hier noch zu entdecken gab.

Sie stand nach ihm auf, mit schweren Beinen. Die Müdigkeit machte sie gereizt. Die Schnelligkeit, mit der Uris Anhänglichkeit in Abkoppelung umschlug, verwirrte sie. Er benutzte ihren Körper und wehrte ihn dann ab, benutzte ihn wieder und stieß ihn erneut weg. Und obwohl sie das sonst meist willig hinnahm (sie hielt es schließlich für den Inbegriff der Mutterschaft), fühlte sie sich jetzt ausgenutzt, als sauge er zusammen mit der Milch auch ihr Wesen aus ihr heraus, werde immer voller und feister, sie aber zunehmend leer.

Als sie mit Uri ins Wohnzimmer zurückkam und Hiba sie in die Küche einlud, stimmte sie daher gern zu. Sie musste mal kurz weg von ihrem Sohn und dem

Stimmengewirr im Wohnraum. Sie überließ ihn und Nasrin der Obhut der Zwillinge und betrat mit Hiba die enge Küche, in deren Mitte ein Herd stand, umringt von vielen anderen Dingen. Said lehnte an der Kühlschranktür und spielte *Brawl Stars* auf seinem Telefon. Hiba schickte ihn streng zurück ins Wohnzimmer. Dann zog sie ein großes Tablett hervor, und gemeinsam stellten sie kleine Gläser darauf. Sie sagten nichts, aber Naomi war das Schweigen angenehm, und ihr schien, Hiba ging es ebenso. Sie versuchte sich deren Leben in dieser Küche vorzustellen, überlegte, wie es sich anfühlen musste, jede Nacht auf der Matratze zu schlafen, auf der sie eben Uri gestillt hatte. Schau her, das ist das Haus der Bären. Du isst von ihrem Brei, sitzt auf ihrem Stuhl, schläfst in ihrem Bett. Du fühlst dich wohl, und es schmeckt dir. Wenn Uri mal größer war, würde sie ihm dieses Märchen erzählen. Sicher würde es ihm gefallen. Obwohl es ihr bei näherem Nachdenken immer seltsamer vorkam. Sonderbar fand sie, dass die unwidersprochene Heldin der Geschichte Goldlöckchen war – und nicht die Bären, in deren Haus eingebrochen wurde.

Ein paar Minuten später war der Kaffee fertig. Sie ging mit Hiba zurück ins Wohnzimmer und stellte gemeinsam mit ihr die Gläser auf den Tisch, froh, helfen zu können. So versunken in diese Hilfsbereitschaft war sie, derart abgelenkt, dass sie erst eine Weile später merkte, dass Uri nicht da war.

# — 11 —

Juval hatte ihn nicht gesehen. Auch die Zwillinge konnten nicht sagen, wohin er verschwunden war. Der Raum war voll quirligem Leben, und gerade deswegen hatten alle angenommen, sonst jemand hätte ein Auge auf die Kinder. Kurz schien auch Nasrin weg zu sein, aber dann kam sie aus einem anderen Zimmer zum Vorschein, mit strahlendem Gesicht, die Versteinerung, die Said Uri geschenkt hatte, in der Hand. Naomi hastete in den dunklen Raum, aus dem die Kleine aufgetaucht war. Im ersten Moment meinte sie, ihn zu sehen, aber schnell merkte sie, dass das Dunkel sie täuschte. Es war bloß ein Kissen. Und doch erwartete sie, dass er jede Minute unter dem Deckenhaufen hervorkroch.

»Uri?«

Keine Antwort. Sie schwieg und horchte – und wusste den Bruchteil einer Sekunde später mit Sicherheit, dass sich niemand außer ihr in dem dunklen Raum aufhielt. Uris Atemzüge waren schwer und pfeifend wegen des Schnupfens, den er sich zu Winterbeginn zugezogen und immer noch nicht ganz überwunden hatte. Wäre er hier, würde sie ihn hören. Sie eilte zurück ins Wohnzimmer. Ein Blick zu Juval genügte ihr, um zu wissen, dass er das Kind auch in den anderen Räumen nicht gefunden hatte.

»Uri!«

Sie stürzten hinaus ins Freie, rannten auf den verwahrlosten Hof. Rechts lag ein Schrotthaufen. Ein Stacheldrahtzaun trennte ihn vom Hühnerstall. Die Zwillinge rannten herum, suchten alles ab, riefen ebenfalls laut »Uri«. Naomi ärgerte sich, weil die Mädchen nicht wirklich besorgt klangen. Sie riefen ihren Sohn im selben fröhlichen Ton, als würden sie Verstecken mit ihm spielen. Sie müssten sich schuldig fühlen, schließlich hatten Hiba und sie die Kinder ihrer Obhut überlassen. Aber zum Teufel, sie waren zehn, welche Mutter überlässt ihr Baby schon fremden Zehnjährigen. Said trat aus dem Verschlag auf dem Hof, der als Toilette diente, sichtlich verwirrt über den Trubel. Juval hastete auf die Straße, Panik stand ihm ins Gesicht geschrieben. Jetzt versuchte er nicht mehr, seine Stimme zu zügeln, schrie lauthals »Uri, Uri!«, was die Hunde auf den Plan rief. Hiba wirkte hingegen unbesorgt. »Der kommt schon wieder«, beschwichtigte sie Naomi, offenbar verwundert über die Panik ihrer Gäste, »ist sicher bei Tarek.«

Bisher hatte Naomi Tareks Abwesenheit gar nicht bemerkt. Jetzt erfasste sie, dass sie den jungen Mann seit dem Verschwinden ihres Sohns nicht mehr gesehen hatte. Er war nicht im Wohnzimmer gewesen, als sie mit den Kaffeegläsern aus der Küche kam, da war sie sich sicher. Sie hatte ja erleichtert registriert, dass sie sich seinen düsteren, verhalten vorwurfsvollen Augen nicht mehr aussetzen musste. Das vage Gefühl, das sie in seiner Gegenwart beschlich, wurde klarer und schärfer in seiner Abwesenheit – er begriff. Er wusste, was sie seinem Vater angetan hatte.

In einiger Entfernung hörte sie Juval vor Schmerz aufschreien. Auf der Suche nach Uri war er dem Rudel streunender Hunde geradewegs entgegengerannt. Sechs waren es, vielleicht auch sieben, die ihn im Dunkel der Nacht umkreisten, Speichel sabberten, bellten, mit gesenkten Hälsen feindselig knurrten und kläfften, die Zähne bleckten. Schon seit zwei Stunden witterten sie die Anwesenheit von Fremden, und nun endlich war ihnen einer davon vor die Pfoten gelaufen. Je mehr er schrie und kickte, desto heftiger gerieten sie außer sich, griffen ihn im Jagdfieber an, bissen ihn ins Fleisch. Beidseitiger Hass brach hervor. Vom ersten Augenblick an hatten sie ihn gewittert, und nun war der Geruch doppelt stark. Sein Schweiß stachelte sie an, einer schlug die Zähne in seine Wade, zerriss die Jeans, ein anderer schloss die Kiefer um seinen Arm, die Zähne drangen in die Haut, er schrie. Und plötzlich waren sie alle eins, vergaßen die erbitterten Streitigkeiten innerhalb des Rudels, dass sie früher einander das Fell aufgerissen, Schwänze und Ohren mit scharfen Zähnen angebissen hatten – all das war jetzt vergessen, ihnen stand nur noch das eine Ziel vor Augen, diesen fremden Eindringling zu überwältigen, ihn ein für alle Mal zu bezwingen.

Said rannte herbei, hob einen Stein auf und schleuderte ihn nach dem Rudel, aber vergebens. Die Hunde umrundeten den jüdischen Mann wie verrückt, wie allesamt von Tollwut befallen. Wenn sein Vater da wäre, hätte er der Sache ein Ende zu machen gewusst, ein Schrei aus seinem Mund, und alle Hunde im Dorf saßen still. Aber sein Vater war nicht da, die Schreie des Juden wurden von Minute zu Minute schmerzlicher, und Said wusste, dass sie nicht spielten, diese Hunde, sie bissen kräftig zu. »*Halas*, Schluss!«, rief er, aber sie gehorchten ihm nicht, obwohl er sie alle schon als Welpen gekannt, sie gefüttert und mit ihnen gespielt hatte. Sie vergaßen ihn und das Dorf und die Häuser ringsum, wurden wieder die, die sie vor Auftauchen des Menschen gewesen waren. Said blickte sich suchend um, hob dann einen neuen Stein auf und schleuderte ihn mit aller Kraft auf den größten Hund, den mit dem weißen Fleck auf dem Rücken, den, den er liebte. »*Halas! Halas!*«, schrie er aus vollem Hals und suchte weitere Steine auf dem Boden. Die Hunde blieben dran. Der Jude lag schon auf dem Boden, bedeckte den Kopf mit den Händen, aber sie hörten nicht auf, bissen nur noch wilder zu. Said packte einen Stock und schlug auf die Tiere ein, mit heftigen Schlägen traktierte er sie, bis sie abließen, prügelte auch dann noch weiter. Bei jedem Streich dachte er an den Stuhl, den der bärtige Jude über seinen Kopf geschwungen hatte, und schon hob er den Stock und schlug ein weiteres Mal zu.

Juval meinte, Knochen splittern zu hören. Ein Hund brach zusammen und regte sich nicht mehr. Auf dem Boden ringsum zeichneten sich große dunkle Flecken ab – Blut, erfasste er, ohne jedoch zu wissen, von wem, welches sein Blut war und welches das der Hunde, alles vermischte sich, Blut und Staub, Stofffetzen und Fleisch. Juval meinte, all das schon einmal erlebt zu haben. Alles erschien vertraut. Das Geräusch der Schläge auf den Körper, der Blutgeruch, nur war es zuvor auf seiner Straße gewesen, seine Leute waren über den Jungen hergefallen, und nun war es dieses verfluchte Dorf mit den grausigen Bestien, und sein Sohn war weg.

Naomi eilte zu Juval, nach Atem ringend. Seine Hose war zerrissen. Er hatte Blut an den Waden und tiefe Bisse in einem Arm, nahe dem Ellbogen. Aber nicht das erschreckte sie am meisten, sondern sein Blick. »Ruf die Polizei an und unterrichte sie über Uri«, sagte er, »ich durchkämme die Umgebung, du suchst ums Haus.« Sie erwiderte schnell, im Flüsterton: »Tarek ist weg, vielleicht hat er ihn mitgenommen.« Sie hatte gefürchtet, Juval könnte nicht verstehen, wovon sie redete, aber bei ihren Worten wurde seine Miene noch besorgter. Dieser Tarek hatte ihm auf Anhieb nicht gefallen. Said hatte etwas Weiches, Kindliches an sich, das Juval veranlasst hatte, ihm zu vertrauen. Aber Tarek hatte keine Ähnlichkeit mit seinem jüngeren Bruder. Als er ihm, Juval, vorher im Haus seinen Dank ausgesprochen hatte, war er kalt und feindselig gewesen. Die aufgezwungene Dankbarkeit hatte ihn gedemütigt. Man musste bedenken, dass der Vater des Jungen sich in Haft befand, nachdem er heute Morgen einen Menschen getötet hatte. Auch wenn er fast sicher war, dass die Familie recht hatte – der vermeintliche Anschlag nichts als ein tragischer Unfall, das fahrlässige Handeln des Arbeiters ohne nationalistisches Motiv gewesen war –, so erschauerte er jetzt bei dem Gedanken, womöglich getäuscht worden zu sein. Der Arbeiter hatte Juden töten wollen. Sein Ältester trat in seine Fußstapfen. Und die übrigen Familienangehörigen, in ihrer Unschuld, waren unfähig, das aufzuhalten. Oder wollten es vielleicht nicht genug.

»Informiere die Polizei über Tarek, ich geh schnell das Dorf absuchen.« Er wandte sich der Schotterstraße zu, zog das verletzte Bein nach, als plötzlich ein Riese von sonderbarer Gestalt aus dem Dunkel auftauchte. Er ging über offenes Feld, auf das ein blasser Mond sein bläuliches Licht ergoss, warf im Gehen einen seltsamen Schatten zur Erde. Juval erstarrte auf dem Fleck. Naomi sah die Gestalt ebenfalls und erstarrte desgleichen, das Telefon in der Hand. Die Dunkelheit war tief, aber die unnatürliche Höhe doch unübersehbar. Der Riese kam stetig näher, gleich würde er den schummrigen Lichtkreis des Hauses betreten. Naomi stieß einen Schrei aus und rannte hin. Es war Tarek mit Uri auf den Schultern. Der Kleine verlängerte den ohnehin schon langen jungen Mann und stockte ihn zu beängstigender Höhe auf.

»Wo warst du?! Wo hast du ihn hingeschleppt?«

»Die Ziegen anschauen.«

Sie unterdrückte ein Schluchzen. Am liebsten hätte sie ihm eine Ohrfeige verpasst, ihn besser noch verprügelt. Seine braunen Augen musterten sie mit gekünstelter Verwunderung. Als verstände er nicht, was sie hatte, diese völlig überdrehte Frau. Er hatte dem kleinen Gast doch bloß eine Freude machen wollen. Aber Naomi hatte das Gefühl, dass er etwas vor ihr verbarg, nahm ihm seine Verwunderung nicht ab. Sie wusste sehr wohl: Nicht nur edle Gastfreundschaft hatte Tarek dazu veranlasst, ihren Sohn zu den Ziegen mitzunehmen, sondern auch gemeine Freude, der Wunsch, ihnen einen Schrecken einzujagen.

Tarek hob Uri von den Schultern. Der Kleine protestierte, wollte weiter huckepack reiten. »Er will zu mir«, sagte Tarek mit einem Grinsen, das Naomi schaudern machte, »vielleicht lasst ihr ihn hier und kommt ihn morgen abholen.« Juval stand neben Naomi, blutend und schwer atmend. Said fasste ihn an der Hand und bat ihn ins Haus, um seine Wunden zu verbinden, aber er flüsterte Naomi zu, »steig ins Auto, wir fahren los.« Hiba kam ihnen aus dem Wohnzimmer entgegen, in der Hand einen Beutel Datteln. »Nehmt das mit für die Fahrt, seht, Uri ist wieder da. Hab euch ja gesagt, dass er bei Tarek ist.« Als sie Juvals zerrissene Hose und blutige Waden sah, fuhr sie erschrocken zurück, und als Said ihr erklärte, was geschehen war, verfluchte sie lauthals die Hunde. Sie versuchte Juval zu überreden, ins Haus zurückzukommen, wollte ihm persönlich die Wunden auswaschen, aber er lehnte entschieden ab. »Wir fahren jetzt los«, sagte er mit blassem Gesicht und biss die Lippen vor Schmerz zusammen.

»Bist du wirklich fahrtüchtig?«, fragte Naomi. Sie hatte ihre Brille nicht dabei und wusste nicht recht, was sie tun sollte, falls er verneinte.

»Ja«, sagte er, »es tut weh, aber ich kann fahren. Steig nur ein, damit wir endlich wegkommen.«

Die Familie begleitete die drei zum Wagen, erst mit stürmischen Bitten, doch noch zu bleiben und Juvals Wunden verbinden zu lassen, dann in immer bedrückenderem Schweigen. Naomi schnallte Uri im Kindersitz fest. Die Zwillinge winkten ihm zum Abschied. Tarek war im Haus verschwunden, hatte sich nicht von ihnen verabschiedet. Auch Said war weg, kam kurz darauf jedoch angerannt, mit der Versteinerung, die er Uri in die ausgestreckte Hand drückte. Aus dem Haus hörte man Nasrin weinen. Vermutlich hatte er ihr den Stein weggerissen, um ihn dem Gast zu übergeben. Naomi hätte das Geschenk lieber bei der Kleinen im Wohnzimmer gelassen. Die Versteinerung war vollgesabbert. Sicher hatte Nasrin sie in den Mund gesteckt und abgeschleckt. Und nun hielt Uri den Stein in Händen, und der war unsauber.

Naomi setzte sich nach vorn auf den Beifahrersitz und schloss den Sicherheitsgurt. Juval startete den Wagen. Er erwiderte kurz die Abschieds- und Dankesworte. Dann fuhren sie los. Am Dorfausgang hörten sie erneutes Bellen, das Rudel Hunde rannte um die Kurve und dem Auto nach. »Am liebsten würde ich den Rückwärtsgang einlegen und sie alle plattmachen«, sagte Juval. »Morgen früh rufe ich das Gesundheitsamt an, damit sie kommen und die Köter einen nach dem anderen erledigen.«

»Wir müssen ins Krankenhaus fahren, damit sie dir eine Spritze gegen Tollwut geben«, entgegnete Naomi.

So geht das: Der Mensch möchte etwas Gutes tun, und am Ende kommt ihn das teuer zu stehen, so teuer, dass er sich fragt, warum er überhaupt was Gutes getan hat.

Die Hunde jagten ihnen ein Stück des Weges nach und ließen dann ab. Naomi blickte aus dem Fenster auf das Dorf, das immer weiter in die Ferne rückte. Dort drüben, sagte sie sich, funkeln Lichter aus den Häusern von Menschen, über die du rein gar nichts weißt. Du möchtest hoffen, dass du etwas weißt, und sei es nur ein kleines bisschen, denn auch du bist Mutter eines Kindes wie die Mutter dort im Dorf, du bist ein Mensch, und sie ist es auch, und vielleicht reicht das schon, du möchtest denken, dass es reicht. Aber an sich weißt du nichts über diese Leute. Hast nur deine gesammelten Ängste, mehr nicht.

Der Wagen erreichte das Ende der Schotterstraße. Gleich würden sie auf die Hauptstraße einbiegen. Uri war auf der Rückbank eingeschlafen. Die Bogenlampen warfen goldene Strahlen auf Juvals Gesicht.

»Halt mal am Straßenrand«, bat sie.

»Jetzt? Warum?« Er wollte sichtlich keine einzige Minute mehr abwarten, ehe er endlich die Schnellstraße erreichte. Aber Naomi wusste: Wenn sie erst darauf abbogen und dort so schnell wie erlaubt weiterfuhren, würde sie wieder nicht auspacken können.

»Weil ich mit dir reden muss.«

Und eigenartigerweise hatte sie während dieser ganzen Zeit, als sie das Gespräch mit Juval ein ums andere Mal aufschob, genau gewusst, was er sagen würde. Sie wusste nicht, ob er sie am Schluss umarmen würde, befürchtete, er würde für immer von ihr abrücken, aber eines wusste sie mit Sicherheit: Sobald sie die Worte ausgesprochen hatte, und er verstand, was geschehen war, würde er verlangen, dass sie gemeinsam zur Polizeiwache fuhren. Als sie dann fertig erzählt hatte und sich mit den Händen übers Gesicht fuhr, mit dem Ärmel die Tränen abwischte, wunderte sie sich deshalb, warum er kein Wort sagte. Warum er immer noch am Straßenrand stand. Warum er nicht losfuhr.

## — 12 —

Madonna rief an, als sie gerade abgefahren waren. Er sah ihren Namen auf dem Display, wollte jetzt jedoch ungern antworten. Obwohl nur Stas und er im Auto saßen, fühlte es sich an, als wäre ein Dritter dabei, als wäre der Tod mit von der Partie.

Nach Verlassen der Stadt fuhren sie schweigend, nur die Musik und der Verkehr waren zu hören. Als sie jedoch auf die Schnellstraße abbogen, begann Stas zu reden. Er redete, ohne Avram anzusehen, als unterhielte er sich mit einem weiteren Mitfahrer. Arik war einen Monat zu früh auf die Welt gekommen, erzählte er, und seine Mutter, die damals Stas' Freundin war, hatte bei der Geburt eine Blutvergiftung gekriegt und musste noch einige Wochen im Krankenhaus bleiben.

Deshalb hatte er Arik, nach dessen Entlassung, immer bei sich gehabt, in einer speziellen Tragetasche an den Leib gebunden. Als er wieder arbeiten ging, hatte er das Baby in den Laden mitgenommen, dort an der Kasse gestanden, das Kind am Körper, wie die Mütter in Afrika ihre Kinder auf dem Rücken überall hintragen. Weil das Baby ständig an ihm hing, hinterließ sein Speichel stets einen feuchten Kringel auf seinem Hemd. Das ganze erste Jahr hatte Stas so einen Kringel, und als er Avram das erzählte, nahm er eine Hand vom Lenkrad und fasste an die Stelle, wo der Speichel des Babys den Kringel hinterlassen hatte. Egal, welches Hemd ich trug, sagte er, am Abend hatte es so einen Fleck von Speichel und ein paar ausgespuckten Nahrungsresten.

Als die Blutvergiftung überwunden war, wollte Stas' Freundin Arik auf den Arm nehmen, aber das Baby mochte nicht so recht. So ist das mit kleinen Kindern, erklärte Stas, sie halten sich an den, der da war, als sie gerade erst zu wachsen begannen. Wie Entenküken, die nach dem Schlüpfen dem folgen, den sie zuerst sehen. Und wenn eine Häsin statt einer Entenmutter als Erste zur Stelle war, dann laufen sie der Häsin nach. Aber Stas' Freundin war beleidigt. Sie kannte die Sache mit den Enten und den Häsinnen nicht, verstand nicht, warum das Baby abweisend reagierte. Später, als Arik drei Jahre alt war, wollte er dagegen immer zu seiner Mutter und schlief die meisten Nächte in der Wohnung, die sie nach der Trennung gemietet hatte. Arik besaß damals einen Teddybären, ohne den er partout nicht schlafen wollte. Jedes Mal, wenn sie das Kind von ihm zu ihr oder umgekehrt brachten, musste der Teddy unbedingt mit. Wenn Stas Arik beispielsweise fürs Wochenende übernahm, aber den Teddy vergaß und Natalia mit Freundinnen ins Restaurant ging, musste Stas spät abends zu dem Lokal fahren, Natalias Schlüssel holen und ihre Wohnung nach dem Teddy absuchen, weil Arik brüllte statt einzuschlafen und manchmal sogar kotzte vor lauter Heulen. Vielleicht hätten sie strenger mit ihm umgehen sollen, um ihn nicht zu verwöhnen, aber weil er fast jede Nacht in einem anderen Bett schlief, mal bei ihm, mal bei ihr und gelegentlich bei irgendeiner Nachbarin, wenn sie beide bis spät arbeiteten, jeweils mit einer anderen Decke und anderem Kissen, in einem anderen Haus, das anders roch, verstanden sie, warum das Kind seinen Teddy so liebte, der immer derselbe blieb.

In der ersten Klasse warf Arik den Teddy weg. Am ersten Schultag hatte er ihn mitgenommen, aber die anderen Kinder hatten ihn ausgelacht, und als er nach Hause kam, warf er den Teddy in den Mülleimer. Natalia schlug vor, ihn wieder herauszuholen und aufzuheben. Wenn Arik mal groß sei, könne er den Teddy anschauen und an seine Kindheit zurückdenken, meinte sie. Aber der Junge wollte auf keinen Fall, dass sie ihn aufbewahrte, denn so wichtig er ihm vorher gewesen war, so wichtig war es ihm nun, ihn zu entsorgen.

Am Ende der dritten Klasse starb Natalias Mutter. Natalia flog nach Russland, um sie zu begraben, und kehrte nicht zurück. Ein Jahr später fuhren sie dorthin, und in den nächsten Jahren kam sie alle sechs Monate auf Besuch, wurde von Mal zu Mal magerer und müder. Stas erzählte, in der Grundschule habe Arik viele Freunde gehabt, weil er gut Fußball spielte. Auch in der Mittelstufe fühlte er sich noch wohl, aber in der Oberstufe nicht mehr, denn auf dem Gymnasium sei Fußball weniger wichtig, da gehe es mehr um Redegewandtheit, Mädchen und Schulnoten, und darin war Arik nicht so gut, insofern ganz wie sein Vater. Ein paarmal hatte er gefragt, ob er nach Russland übersiedeln dürfe, denn hier habe er die Schnauze voll. Stas wandte ein, dass er auch in Russland bald die Schnauze voll haben würde, denn dort sei es kälter und gefährlicher als in Israel. Er verriet ihm nicht, dass seine Mutter gesagt hatte, sie sei zu erledigt. Vielleicht auf Besuch, zu Pessach, das könne sie noch. Während Stas redete, hielt er das Lenkrad fest gepackt und blickte auf die Straße. Es war seine längste Rede, seit sie sich kannten.

Nach etwa zwanzig Minuten erreichten sie eine Tankstelle. Stas stieg aus und nahm die Flaschen und Kanister mit. »Bleib sitzen«, sage er, »es ist besser, man sieht dich hier nicht.«

Als Stas draußen war, rief Avram Madonna an. Sie antwortete sofort. »Wadadscha! Ich hab mir Sorgen um dich gemacht!« Es war toll, ihre Stimme zu hören, warm und nah an seinem Ohr. »Warst du in der Nähe des Anschlagsorts? Auf dem Foto sieht es aus wie die Straße mit dem Einkaufszentrum!« Er sagte ihr, es sei tatsächlich in dieser Straße passiert und genau vor dem Haus, das renoviert würde. Er habe die Martinshörner gehört, aber nicht gleich begriffen, dass es ein Anschlag war, und später erst verstanden, dass es sich bei dem Toten um den Sohn seines Bosses handelte.

»Der Russe? Hat man den Sohn des Russen umgebracht?« Sie klang wirklich traurig, und er liebte sie dafür. »Und was ist jetzt? Also, was ich meine, wann ist die Beerdigung?«

Die Frage überraschte ihn, und er konnte sie im ersten Moment auch nicht beantworten. Dann fiel ihm Ariks Mutter ein, die in Russland lebte und wohl noch gar nicht wusste, dass ein Terrorist ihren Sohn mit einem Hammer erschlagen hatte. »Sicher muss man mit der Beerdigung warten«, sagte er und erklärte, warum. Während er sprach, sah er Ariks Mutter im Schnee stehen. Eine blonde Frau im Schnee, so stellte er sie sich vor.

»Wo bist du jetzt?«, fragte Madonna, »da ist viel Krach im Hintergrund.«

»An einer Tankstelle.« Sie klang überrascht, und als er ihr von den leeren Flaschen und Kanistern erzählte, war sie ehrlich besorgt.

»Was meinst du, hat er vor?«

»Weiß nicht.«

»Stell dich nicht dumm, Avram. Du bist ja nicht blöd, du weißt, was er in diesem Dorf anstellen will.«

»Ich kann ihm keine Vorwürfe machen, wenn er das tun will«, erwiderte er, »das heißt, wenn er das wirklich vorhat, kann ich es ihm nicht übelnehmen.«

Jetzt schrie sie ihn durchs Telefon an: »Sei kein Depp, seit wann bist du denn so unterbelichtet?!« In den nächsten Minuten überschüttete sie ihn weiter mit ähnlichen Bezeichnungen, schimpfte ihn richtiggehend aus, aber gerade das freute ihn, denn auf einmal war ihm völlig klar, dass sie sich wirklich um ihn sorgte. Während des ganzen Telefongesprächs fuhren Autos in der Tankstelle ein und aus, kamen und gingen Menschen, warfen Einwegkaffeebecher in den Abfalleimer neben ihm, wo die Dinger sich türmten, teils mit Lippenstiftabdrücken von Frauen, die wieder abgefahren waren. Auch der Speichel aus den Mündern ekelte ihn kein bisschen. Er fand es sogar schön, dass all diese Menschen hier kurz durchkamen und dann weiterfuhren und er ihnen zuschaute, ohne dass sie es merkten. »Avram, wenn du so was tust, rede ich im Leben nicht mehr mit dir, hörst du? Nie im Leben!« In dem Moment ging die Ladentür auf, und Stas kam heraus, zurück zum Transporter. Avram wollte nicht, dass er ihn sprechen sah und sich was dabei dachte. Deshalb drückte er Madonna ohne Abschied weg.

Sie fuhren weiter auf der Hauptstraße, bis Stas rechts auf eine Schotterstraße einbog. Mit einem Schlag verschwanden die hohen Bogenlampen, die die Schnellstraße beleuchteten, und Dunkel umhüllte den Wagen. Zweimal meinte Avram etwas zu sehen – einen Schakal oder vielleicht einen Fuchs –, aber Stas war zu schnell unterwegs, als dass Avram hätte ausmachen können, ob ein Tier vor ihnen über den Weg lief oder ihn nur ein Schatten täuschte. Nach einer Kurve sah man die Lichter des Dorfes funkeln. Sie kamen immer näher.

Plötzlich riss Stas das Lenkrad zur Seite, hielt am Straßenrand und stellte Motor und Scheinwerfer gleichzeitig ab. »Still«, sagte er, »nicht reden.« Avram begriff nicht, was vor sich ging, tat aber, was Stas sagte. Einige Minuten saßen sie völliger Stille, dann tauchte ein Auto aus der Finsternis auf, seine Scheinwerfer erhellten das Dunkel. Stas wartete, bis es ein gutes Stück vorbeigefahren war, weg vom Dorf. Erst als der andere Wagen außer Sicht war, ließ Stas den Motor wieder an, die Scheinwerfer aber aus. Sie fuhren langsam weiter. Die Heizung im Transporter funktionierte nicht, und Avram fror. Andererseits war er unbegreiflicherweise mit Schweiß bedeckt, seine Stirn brannte, als hätte man sie mit dem Benzin einer der mitgeführten Flaschen übergossen und angezündet.

Kurz vor dem Dorf hielt Stas wieder an. Hundegebell schallte von fern herüber. Er sah nicht besorgt aus. Er öffnete die Wagentür und stieg aus, nahm einen Kanister mit. Der Benzingestank war penetrant. Manche Menschen mögen diesen Geruch, den Geruch von Dingen kurz vor dem Brand. Eine kleine Ziegenherde meckerte hinter einem Stacheldrahtzaun. Auf einem Schulausflug waren sie mal an so einem Ort mit Tieren gewesen, ein Zicklein hatte Avram die Hand geleckt, und das war feucht und lustig gewesen. Stas umrundete den Ziegenstall langsamen Schritts, schüttete Benzin an alle Seiten. Gegenüber stand ein kleines Haus, man hörte den Fernseher darin laufen.

Stas machte Avram ein Zeichen, ihm den zweiten Kanister zu bringen. Avram kam der Aufforderung eilig nach. Stas umschritt die Hütte langsam, goss das Benzin in gleichmäßigen Abständen aus. »Jetzt bring mir die Streichhölzer«, sagte er.

Avram lief rasch zum Wagen. Er hatte zehn unbeantwortete Anrufe von Madonna. Die Streichholzschachteln lagen im Laderaum. Er nahm eine mit und ging leise zurück zum Haus. »Stas?« Stas drehte sich zu ihm um. Seine Augen brannten im bläulichen Licht. »Der, der Arik das angetan hat, sitzt jetzt im Gefängnis«, sagte Avram.

»Und seine Kinder wohnen in diesem Dorf. Seine Mutter und sein Vater und alle seine verfluchten Cousins und Cousinen, alle wohnen sie in diesem Dorf. Hast du die Streichhölzer geholt?«

Avram gab keine Antwort. Stas riss sie ihm aus der Hand. Er versuchte, eines anzuzünden, aber der Wind wehte zu stark. Er nahm noch ein paar, schaffte es aber wieder und wieder nicht wegen des Windes oder vielleicht, weil seine Hände zu sehr zitterten. Er fluchte auf Russisch und ging zu dem Transporter, blickte sich auf dem Weg um, bis er einen Stock fand und aufhob. Avram folgte ihm. Im Wagen zerriss Stas Zeitungen und knüllte die Seiten zu einer großen Papierkugel zusammen. Er spießte sie auf den Stock und zog die Streichholzschachtel, die er Avram bei der Hütte abgenommen hatte, aus der Hosentasche. Jetzt, im Wageninnern, gelang es ihm problemlos, ein Streichholz anzureißen. Er hielt es an die aufgespießte

Papierkugel, die prompt Feuer fing. Mit dem Stock in der Hand und der brennenden Kugel am Ende stieg er aus. Avram beobachtete ihn, als er sich vom Wagen entfernte. Draußen wehte der Wind sehr stark, aber dies war kein winziges Streichholz, das sich leicht löschen ließ, sondern ein kleiner Feuerball, der gleich auf das Benzin treffen und sich in einen großen Feuerball verwandeln würde.

Doch aus irgendeinem Grund geschah das nicht. Durch die Windschutzscheibe sah Avram den Feuerball in Stas' Hand immer kleiner werden, bis er verschwand. Nichts explodierte. Avram stieg aus dem Wagen und stolperte zum Ziegenstall. Stas saß wortlos auf der Erde. Der Stock lag achtlos neben seinem Fuß hingeworfen, die Streichhölzer desgleichen. Seine Hände tasteten sein Hemd ab, dort wo mal der feuchte Speichelkringel gewesen war.

Avram blieb neben Stas stehen. Es war kalt. Der Fernseher in der Hütte brachte Werbung, deren Melodie Avram kannte. Stas stand auf, ging langsam zum Wagen und stieg ein, wartete, bis Avram ebenfalls drin war und sich angeschnallt hatte. Er startete den Motor und machte sich auf den Rückweg, erst auf dem dunklen Nebenweg, dann auf der Hauptstraße unter den hohen Bogenlampen, bis sie zurück waren.

Kurz nach dem Einkaufszentrum hielten sie an. Es war schon mitten in der Nacht. Auf der Straße vor ihnen war kein Fleck mehr an der Stelle, wo es passiert war. Jemand musste das Blut abgewaschen haben, dachte Avram. Es gab jemanden, der dafür zuständig war. Die Straße war leer. Alle waren daheim. Schliefen sicher oder guckten Nachrichten oder einen Film über einen fernen Ort im Fernsehen. Vor dem renovierten Haus stand ein Auto, in dem ein Mann und eine Frau saßen und ein Kind auf der Rückbank schlief. Es war eigenartig, dass sie so dasaßen und nicht ausstiegen. Die Gesichter der Insassen kamen Avram komisch vor. Stas blickte nicht in ihre Richtung. Er blickte auch nicht auf die Stelle, wo vorher der Fleck auf der Straße gewesen war und nun nichts mehr. Er legte die Arme aufs Lenkrad. Er weinte. Avram saß neben ihm. Die ganze Nacht über saß er da.

Kurz nach Sonnenaufgang hielt ein Laster vor dem Lebensmittelladen und lud Kisten mit frischen Pitas und Schabbat-Broten vor den verschlossenen Türen ab.

— 2. Teil —

# WAUAA TSCHABU

# — 1 —

Sie konnte den Jungen auf Anhieb nicht ausstehen. Als sie die Tür öffnete, schubste er sie beiseite und sauste zur Spielzeugkiste. Beim Stöbern darin nahm er sein Kaugummi aus dem Mund und klebte es auf den Teppich. Sie wartete ab, ob die Mutter etwas sagen würde, aber die Mama – zu viel Schminke, müder Blick – saß auf der Couch und sah aus dem Fenster, als hätte sie nichts bemerkt, obwohl Noga sicher war, dass sie alles gesehen hatte.

»Liam«, sagte sie ruhig, »du hast dein Kaugummi auf den Teppich geklebt. Wirf es bitte in den Papierkorb.«

Der Junge ignorierte ihre Aufforderung, und als seine Mutter sich Nogas Bitte anschloss, ignorierte er auch sie, begann laut zu summen und rannte zur Kostümkiste in der Zimmermitte.

Noga zog ein Papiertaschentuch aus der bemalten Holzkiste auf dem kleinen Tisch und bückte sich zum Teppich. Liams zermatschtes Kaugummi bedeckte die äußerste rechte Ecke. Sie versuchte, es mit dem Taschentuch zu entfernen, ohne den fremden Speichel zu berühren, spürte die Feuchtigkeit jedoch fast sofort. Angeekelt ließ sie davon ab und richtete sich auf. Sie würde Abado nachher bitten, es zu entfernen, oder es gegen Abend selbst tun.

»Ich komme für die Reinigung auf«, sagte Liams Mutter in einem Ton, der das Kunststück fertigbrachte, entschuldigend und ungeduldig zugleich zu klingen, und Noga erwiderte hastig, das sei nicht nötig, solche Dinge passierten halt. Nach kurzem Zögern durchquerte sie den Raum zu ihrem Sessel, wischte sich unterwegs den immer noch klebrigen Finger an der Hose ab. »Vielleicht möchten Sie mir erzählen, was Sie hierherführt?«, fragte sie, als sie sich in einer Haltung hinsetzte, die sowohl sie als auch der Sessel schon bestens kannten. Die Mutter wollte gerade antworten, als Liam von den Kostümen abließ und Schokolade verlangte. Ohne die Antwort abzuwarten, lief er zur Couch, öffnete die Handtasche auf dem Schoß seiner Mutter und zog einen Schokoriegel heraus, den er in seiner klebrigen Hand zur Spielecke mitnahm. Die Mutter sah ihm nach und wandte sich dann wieder Noga zu. »Sie wurden mir von einer Bekannten empfohlen. Jaara Ratzin. Vielleicht erinnern Sie sich an sie.«

Noga erinnerte sich. Jaara Ratzins Tochter, Libi, hatte bis zum sechsten Lebensjahr das Bett genässt, und sie hatte ihr in fünf zielgerichteten Sitzungen geholfen, damit aufzuhören. Seither schickte Jaara ihr dauernd Patienten. Die Ratzins waren vor zwei Jahren nach Israel zurückgekehrt, aber Jaara, die einen populären Blog für Israelis in Afrika betrieb, schickte auch aus der Ferne ihre Leserinnen zu ihr. Liams Mutter, Schiri hieß sie, erklärte, sie habe sich mit Jaara erst über empfehlenswerte Gruppenangebote in der Gegend beraten, aber als sie ihr erzählte, dass Liam jede Gruppe nach zwei Treffen wieder verließ, manchmal sogar ausgeschlossen wurde, habe Jaara ihr geraten, Noga aufzusuchen. »Sie hat gemeint, Sie seien die Beste hier«, sagte Schiri, fügte jedoch sarkastisch lächelnd hinzu, »obwohl ich nicht weiß, wie viele israelische Psychologinnen es in Lagos überhaupt gibt.«

Das war der erste Stich, und Noga rechnete mit weiteren. Diese Mutter steckte so viel von ihrem Sohnemann ein, dass sie sicher jemanden suchte, bei dem sie einiges davon abladen konnte. »Erzählen Sie mir jetzt einfach mal von Liam, was für ein Junge ist er?«

»Er ist mein Lebenselixier«, erklärte Schiri und blickte zu ihrem Sprössling auf dem Teppich. Liam saß jetzt am Basteltisch und haute eifrig die Spitzen der Buntstifte ab. Schiri warf einen Seitenblick auf Noga, um festzustellen, ob sie es mitbekam, ob sie etwas sagen würde. Noga beobachtete Liam und unterdrückte das Verlangen, ihn zurechtzuweisen. Sie würde die Stifte später neu anspitzen. »Ich meine, er hat eine Aufmerksamkeits- und Konzentrationsschwäche«, berichtete Schiri schließlich, wohl in der Annahme, dass Noga schwieg, um sie zum Reden zu animieren.

»Was führt Sie zu dieser Annahme?«

»Er hört nicht auf mich«, antwortete Schiri. »Sagen wir, ich bitte ihn, sein Zimmer aufzuräumen, oder das hier eben mit dem Kaugummi, er hört einfach nicht hin.«

Noga sah zu Liam hinüber. Möglich, dass er eine Aufmerksamkeits- und Konzentrationsschwäche hatte. Oder er wollte einfach nicht auf seine Mutter hören. In diesem Stadium war das noch schwer abzuschätzen. Natürlich würde sie das seiner Mutter nicht sagen, die straff und angespannt auf der Couch saß, ohne sich anzulehnen, und mit den Händen an ihrer goldenen Halskette nestelte. »Für wie lange seid ihr nach Nigeria gekommen?«, fragte sie stattdessen.

Schiri lächelte bitter. »Bis ich meinen Mann überreden kann wegzugehen.«

Ihr Mann, erzählte sie nun, leiste im Auftrag einer israelischen Wachgesellschaft Kommunikationsdienste für die örtliche Regierung. Noga nahm an, dass die Beschreibung nicht von ungefähr so vage ausfiel. »Liam und ich sehen ihn kaum noch, seit wir hergezogen sind«, fuhr Schiri fort, »aber er meint, die Bezahlung sei die Sache wert. Nirgendwo sonst auf der Welt könnten wir diesen Lebensstandard halten.« Dabei machte sie eine ausladende Handbewegung zum Fenster, über das Privatviertel voller Swimmingpools, alle Zufahrten durch je zwei Wachen gesichert.

Der grüne Buntstift verfehlte Nogas Schulter nur knapp, der blaue landete in dem kleinen Blumentopf und kippte ihn um. Noga sprang auf. »Liam, wenn du nicht aufhörst, mit den Buntstiften rumzuschmeißen, nehme ich sie dir weg. Du hättest jemanden verletzen können.«

Schiri drehte den Ring an ihrem Finger und sagte kein Wort. Als Noga sich wieder auf ihren Sessel setzte, versagte sie sich einen Blick auf die Uhr. Die Lage war also schlimm: Nur bei besonders schwierigen Treffen empfand sie den starken Drang, schon zu Beginn der Sitzung auf die Uhr zu schauen. Als sie trotzdem einen kurzen Seitenblick wagte, entdeckte sie mit Bestürzung, dass sie noch geschlagene vierzig Minuten mit diesem Kind und seiner Mutter verbringen musste. Und in diesen vierzig Minuten hörte Liam tatsächlich nicht auf zu quengeln und zu fordern. Noga versuchte mit ihm zu spielen, aber er verweigerte sich jedem vorgeschlagenen Spiel und trat zwei Mal nach seiner Mutter, als diese eingreifen wollte. Meist fand Noga an jedem Kind etwas, das ihr Herz berührte oder wenigstens eine gewisse menschliche Neugier weckte. Aber Liam, der hartnäckig immer wieder den Schalter der elektrischen Rollläden drückte, um die Praxis zu verdunkeln, verdunkelte auch etwas in ihrem Innern.

Die Abneigung, die er bei ihr auslöste, überraschte sie. Er ist ein achtjähriger Junge, sagte sie sich, ein Achtjähriger, der zu dir kommt, um Hilfe zu erhalten. Aber tatsächlich hatte er sie vom ersten Augenblick abgestoßen, und nicht nur, weil er sie beim Reinkommen zur Seite geschubst oder dann sein Kaugummi genüsslich auf den Teppich geklebt hatte. Da war noch etwas, ein starkes Gefühl, das nur äußerst selten so heftig über sie kam, und als er ihr beiläufig erzählte, wie er seiner Schildkröte mit der Nagelschere ein Bein abgeschnitten hatte – das Einzige, was er während der ganzen Sitzung sagte –, brauchte sie nicht mal seine Mutter anzuschauen, um zu wissen, dass es stimmte.

Sie begann zu zweifeln, ob sie Liam überhaupt zur Therapie annehmen sollte. Wenn sie gleich zu Anfang solche Abneigung gegen ihn hegte, sollte sie ihn vielleicht an eine Kollegin verweisen. Sie kannte einige Psychologinnen in Israel, die über Zoom mit Israelis im Ausland arbeiteten, und Lotam, die Beschäftigungstherapeutin, hatte ihr beispielsweise geschrieben, bei ihr sei ein Therapieplatz frei geworden. Vielleicht wäre das etwas für den Jungen. Sie unterbreitete Schiri gegen Ende der Sitzung schonend diesen Vorschlag und verzeichnete überrascht, dass die Frau lautstark protestierte. »Sie behandeln angeblich Kinder und wimmeln mich nach nur einer Sitzung ab? Was sind Sie denn für eine Therapeutin?«

Der Frontalangriff ließ sie kurz erstarren, aber sie fing sich schnell wieder und entgegnete im professionellsten Ton, den sie aufbringen konnte: »Ich bin schlichtweg nicht sicher, ob ich hier die richtige Person bin.«

»Ich bezahle die Teppichreinigung, wenn es darum geht.«

»Darum geht es nicht«, erwiderte Noga, überrascht, wie sehr der Zorn dieser Frau sie erschreckte, aber auch noch entschlossener, sie loszuwerden.

»Ich lege hier das Geld für die heutige Sitzung und für die Reinigung des Teppichs hin«, erklärte Liams

Mutter, »und heute Abend rufe ich Sie an, um einen weiteren Termin für nächste Woche zu vereinbaren.« Damit öffnete sie ihren Geldbeutel, zog noch und noch Scheine heraus und legte sie auf das Tischchen neben den Kasten mit den Taschentüchern.

»Wirklich nicht nötig«, sagte Noga.

Das Geld lag auf dem Tisch zwischen ihnen. Sie nahm es nicht an sich, und Schiri steckte es nicht wieder ein. Liam saß auf dem Teppich und schaute sie beide an. Noga fragte sich, ob er begriff, was hier ablief, und erschauerte kurz bei dem Gedanken, dass ja. Das war der einzige Augenblick, in dem sie etwas für den Jungen empfinden konnte.

»Also gut«, sagte Schiri schließlich. »Also gut«, wiederholte sie mit bebender Stimme und begann, die gestapelten Scheine wieder einzusammeln. Einen nach dem anderen hob sie sie hoch, demonstrativ langsam. Liam stand auf und stellte sich an die Tür. Er hatte die Batman-Puppe aus der Spielkiste mitgenommen. »Lass das hier!«, bellte Schiri, und als er nicht reagierte, riss sie ihm den Batman weg, um ihn zurück in die Kiste zu werfen. Aber sie hatte schlecht gezielt, statt in der Kiste landete er auf der linken Ecke und fiel mit dem Gesicht auf den Teppich. Noga erwartete, Schiri würde innehalten, um die Puppe wieder aufzuheben, aber Liams Mutter steuerte schon auf die Tür zu, zerrte das Kind an der Hand hinter sich her.

Erst als die Tür ins Schloss fiel, bemerkte Noga die zwei Scheine, die auf dem Tisch liegengeblieben waren. Sie erwog, Mutter und Kind in die Vorhalle nachzulaufen, blieb jedoch sitzen. Sie meinte, Schiri zu demütigen, wenn sie ihr mit den Scheinen nachrannte, die sie für die Sitzung dagelassen hatte. Sie könnte das Geld Abado geben, wenn er das nächste Mal zum Putzen kam. Erst mal bückte sie sich, um die Batman-Puppe in die Kiste zurückzulegen. Dann versuchte sie erneut, das Kaugummi vom Teppich zu kratzen, aber vergeblich. Noga schaute auf die Uhr: zwei Minuten bis zum nächsten Treffen. Eine neue Familie, die Mutter hatte vor drei Tagen angerufen, um einen Termin zu vereinbaren. Sie atmete tief durch und erwog, auf die Toilette zu gehen. Sie musste schon den ganzen Morgen, und nach den Geschehnissen der letzten Stunde brannte sie darauf, die Hände zu waschen, sich ein wenig frisch zu machen, bevor sie weitere Patienten empfing. Aber sie fürchtete, auf der Toilette Schiri und Liam zu begegnen. Und sie wollte neue Patienten auch nicht warten lassen. Also beschloss sie, eine weitere Stunde durchzuhalten.

## 2

Man hätte dieses Treffen gleich zu Beginn abbrechen müssen. Aber irgendwie hatte weder er noch sie es getan oder etwas gesagt. Als Noga später, lange nachdem die drei gegangen waren, durch den starken Verkehr von Lagos nach Hause fuhr, ließ sie den Tag im Kopf Revue passieren, sagte sich, das sei nur wegen der

Reihenfolge, in der sie hereinkamen, geschehen. Als Erste trat die Mutter ein, eine schöne, üppige Frau, das Kind auf dem Arm. Der Vater trottete hinterher, den Kopf Richtung Telefon gesenkt. Das Kind war etwa zwei Jahre alt, rund und freundlich und gefiel Noga auf Anhieb. Der Kleine rangelte auf den Armen seiner Mutter, in dem Bestreben, die Herrschaft über seinen Körper zurückzugewinnen, aber sie hatte es nicht eilig, ihn auf den Teppich zu stellen, musterte zunächst gründlich das Zimmer und befreite ihn erst dann aus ihrem Griff. Doch auch danach begleitete sie ihn pausenlos mit Blicken, als sei sie überzeugt, dass ihm etwas zustoßen würde, wenn sie ihn auch nur eine Sekunde aus den Augen ließe.

Noga bückte sich ein Stückchen entfernt von dem Kleinen mit einladendem Lächeln. »Guten Tag, Uri«, sagte sie langsam und betont, »ich bin Noga.«

»Uri!«, rief der Kleine, stürzte sich begeistert auf seinen Namen. »Uri will Ball!«

Sie griff nach dem Ball, der seine Aufmerksamkeit erregt hatte, und nahm ihn aus der Spielzeugkiste. Uri streckte die Hände danach aus, und sie lächelte angesichts der Begeisterung in seinen Augen. Dann richtete sie sich auf, um die Eltern zu begrüßen. »Ich bin Naomi«, sagte die Mutter, »wir hatten am Telefon gesprochen.« Der Mann, der immer noch an der Tür stand, damit beschäftigt, sein Telefon leise zu stellen, hob die Augen vom Display. »Ich bin Juval.«

Die vergangenen Jahre hatten seine Haarfarbe verblassen lassen. Kleine Fältchen umspielten Mund- und

Augenwinkel. Aber auch nach siebzehn Jahren hatte er sich die jungenhafte Lockentolle bewahrt, die ihr jetzt, auf der Schwelle der Praxis in Lagos, verblüffend vertraut vorkam. Er streckte ihr die Hand zur Begrüßung entgegen, und sie erfasste, dass er sie noch nicht wiedererkannt hatte, dachte mit einem Stich Wehmut an das ausgeblichene Haar, das sie zu einem lässigen Knoten zusammengefasst, und an die Brille, die sie am Morgen aufgesetzt hatte, weil ihr die Energie fehlte, Kontaktlinsen einzusetzen. Als sie sich die Hand gaben, änderte sich sein Gesichtsausdruck schlagartig. Jetzt begriff er.

Da, genau in diesem Moment, hätte sie reden müssen. Hätte sagen sollen: »Schön, dich wiederzusehen«, hätte sich nach seinem Befinden erkundigen und klarstellen müssen, dass sie als alte Bekannte die Therapie leider nicht übernehmen könne, aber selbstverständlich gern bereit sei, sie an eine Kollegin zu überweisen. Und wenn sie selbst vor Schreck kein Wort herausbrachte, hätte man erwarten können, dass Juval etwas sagen, sie Naomi als »eine Bekannte von früher« oder als »eine Schulkameradin vom Gymnasium« oder wenigstens als »eine aus dem Moschaw« vorstellen würde, gefolgt von einem »wow, was für ein Zufall« oder jeder anderen Wendung, die sie, Noga, aus ihrer Schockstarre gelöst hätte. Aber er hatte nichts gesagt, nur ihre Hand losgelassen und sich neben Naomi auf die graue Couch gesetzt, während sie selbst ihre Beine wie selbsttätig zu ihrem Sessel, dem Therapeutenstuhl, gehen spürte und ihre eigene Stimme im exakt richtigen, freundlich warmen und erstaunlich korrekten Ton fragen hörte: »Was führt euch zu mir?«

Naomi antwortete. Die Worte kamen ihr flüssig und wohlgesetzt über die Lippen, und Noga nahm an, dass diese Frau nicht wenig darüber nachgedacht hatte, wie sie die erste Sitzung bei der Psychologin eröffnen sollte. »Wir sind hier, weil wir besorgt sind wegen Uri. Er ist zwei Jahre und drei Monate alt, spricht aber im Vergleich zu anderen Kindern noch kaum.« Noga nickte und machte sich Notizen. Ihre Schrift fiel kantiger aus als sonst. »Es geht auch um den Schlaf«, fuhr Naomi fort, »er wacht nachts schreiend auf. Zuerst war ich sicher, ihm täte was weh, aber jetzt meine ich, er hat Albträume.«

»Hat er euch was über diese Albträume erzählt? Was ihn ängstigt?«

Naomi schüttelte den Kopf. »Sein Wortschatz ist noch zu klein, um mitzuteilen, was ihm Angst einjagt.« Sie verstummte und blickte ihren Mann an, wartete vielleicht auf eine Ergänzung oder ein bestätigendes Nicken. Aber Juval blickte nur zu Uri, der den Ball über den Teppich rollte.

»Können Sie mir Uris Geschichte bisher beschreiben?«, fragte Noga und fügte hastig hinzu: »Ich weiß, dass das Wort ›Geschichte‹ etwas komisch klingt, wenn von einem zweijährigen Kind die Rede ist, aber aus meiner Sicht hat der Entwicklungsprozess von der Schwangerschaft bis heute Aussagekraft.«

Naomi nickte, wobei ihr das Haar in kleinen Wellen ums Gesicht wippte, weich und glänzend. »Die

Schwangerschaft ist normal verlaufen. Er ist in der neununddreißigsten Woche zur Welt gekommen.«

»Haben Sie ihn gestillt?

»Ja«, sagte Naomi.

»Bis zu welchem Alter?«

Juvals Stimme fiel überraschend ein: »Er bekommt immer noch die Brust, mit zwei Jahren und drei Monaten.«

»Nur noch abends«, verteidigte sich Naomi, »das beruhigt ihn. Tagsüber isst er normal.«

Ihre entschuldigende Miene veranlasste Noga, das Thema vorerst auf sich beruhen zu lassen. Das Treffen hatte noch kaum begonnen, und schon stand sie tief im privaten Minenfeld dieses Ehepaars. Doch Uri, der offenbar genau begriffen hatte, worum es ging, ließ abrupt den Ball sein und wandte sich seiner Mutter zu. »Mama, Nippel.«

»Nicht jetzt, mein Schatz«, sagte Naomi, und etwas an ihrem ergebenen Ton verriet Noga, was gleich passieren würde. »Nippel«, bettelte Uri erneut, und als Naomi bei ihrer Weigerung blieb, heulte er los. Juval stand auf und trat zu dem Kleinen auf dem Teppich, aber Uri wollte sich nicht trösten lassen. Ein paar Minuten versuchten sie noch vergeblich, das Gespräch trotz des Geschreis fortzuführen, dann entblößte Naomi die Brust – rund und perfekt – geradewegs zum Mund des Kindes. Juval betrachtete seine Frau mit bedrückt triumphierendem Blick, als wollte er sagen: »Siehst du?« Von ihrem Platz auf der Couch schickte Naomi ihr den traurigen Blick einer Frau, die die Tränen unterdrückt. Noga bedauerte sie, soweit sie Mitgefühl für eine Frau mit perfekten Brüsten aufbringen konnte, an denen ein bildhübscher Junge saugte, der seinem Vater Juval wie aus dem Gesicht geschnitten war.

## — 3 —

Nach fünfzig Minuten standen sie auf. Noga begleitete sie zur Tür und verabschiedete sich gern von Uri, der die zweite Hälfte der Sitzung in sein Spiel auf dem Teppich vertieft gewesen war. Er hatte Spielzeugautos über den Teppich gerollt und sie unter lautem Jubel zusammenkrachen lassen. Naomi und Juval beobachteten ihn während des Gesprächs. Obwohl sie alle Fragen ausführlich beantworteten, verblieb Noga mit dem unbestimmten Gefühl, dass etwas fehlte. Etwas blieb unerwähnt in der geordneten und ausgewogenen Geschichte dieses Kindes.

»War Uri in irgendeiner Phase seines Lebens einem Ereignis ausgesetzt, das sich negativ auf ihn hätte auswirken können?« Sie schwiegen, und Noga sah sich gezwungen, zu präzisieren: »Eine Krankheit in der Familie, ein Unfall, ein irgendwie geartetes Trauma?« Es war eine Standardfrage, die sie neuen Patienten zu stellen pflegte. Meist schob sie sie in der Mitte der ersten Sitzung ein: Man musste den Leuten Zeit zum Auftauen lassen, nicht gleich zu Anfang auf die Wunden ansetzen. Andererseits musste man bestimmte Dinge erfragen und genug Zeit für eine eventuelle Antwort lassen. Doch Juvals kurzes »Nein« war alles, was sie erhielt. Er schüttelte vehement den Kopf, und kurz fürchtete sie, ihn allein schon mit der Frage gekränkt zu haben. Naomi blickte aus dem Fenster. Wolken zogen über den Himmel, und ihre Augen folgten ihnen. Etwas trübte sich darin.

»Und wann seid ihr nach Nigeria gekommen«, fragte Noga schließlich, vor allem, um das Schweigen zu brechen. »Vor drei Wochen«, antwortete Naomi. »Juval wird hier eine Bergungseinheit aufbauen.«

Juval rutschte unruhig auf der Couch herum. »Ich möchte, dass wir lieber nicht darüber sprechen«, sagte er entschuldigend, »ich soll nicht über meine Aufgabe reden.«

»Sie haben ihn auf seinem Posten eine Geheimhaltungsverpflichtung unterschreiben lassen«, erklärte Naomi, und das zynische Lächeln machte ihre Züge irgendwie noch schöner, »aber bei Ihnen darf man doch reden, oder?«

Die ungestellte Frage – neben »wer bist du?« – lag auf dem Teppich wie die offenen Fallen, die Jäger in der Savanne für Tiere aufstellten, und Noga hatte keinerlei Absicht, hineinzutreten. Sie wandte sich an Juval: »Die meisten meiner Patienten kommen aus der israelischen Community in Afrika, daher habe ich schon allerlei gehört. Aber alles hier Gesagte unterliegt der Schweigepflicht. Von hier dringt nichts nach draußen.«

Juval lächelte verlegen, sagte, er hätte vielleicht ein bisschen zu geheimnistuerisch getan, an sich ginge es nicht um eine Geheimtätigkeit oder so was, man habe ihn nur gebeten, nicht allzu viel darüber zu reden. »Ich baue eine medizinische Bergungseinheit für Israelis auf, die hier ausbilden.«

»Er war in der 669«, fügte Naomi erklärend an, und Noga nickte höflich, als wüsste sie nicht, dass Juval in der Bergungseinheit der Luftwaffe gedient hatte, als hätten sie die ganze 11. Klasse über nicht gemeinsam Dauerläufe auf der Straße um den Moschaw gemacht, zur Vorbereitung auf die ersehnte Aufnahme in eine Eliteeinheit. Juvals breiter Körper erhob sich von der Couch, er ging Uri die Nase putzen und kehrte ihnen den Rücken, während er weiterredete. »Jetzt wollen sie hier so eine Art 669 des Privatsektors aufbauen, für Israelis, die in Afrika ausbilden, für den Fall, dass irgendwem was im Gelände passiert und umgehende Bergung erforderlich wird.«

Noga nickte, sie wusste, wovon er redete. Netta Gonen kam zweimal die Woche zu ihr wegen der Angstattacken, die sie erlitt, wann immer ihr Mann einen Hubschrauber bestieg. Alon Gonen war ein erfahrener Pilot, aber seine Frau wurde die Angst nicht los, dass ihm während seines Kurses für die nigerianische Luftwaffe etwas zustoßen könnte. »Wenn er irgendwo im Dschungel notlanden muss – wer zum Teufel soll ihn dann finden?« Jetzt fragte sich Noga, ob Netta Gonen sich ein wenig beruhigen würde, wenn sie erführe, dass jemand aus der 669 genau für derlei

Eventualitäten nach Lagos gekommen war. Sie selbst würde es Netta nicht erzählen dürfen. Die israelische Community in Lagos war sehr klein, und um in einer solch kleinen Gemeinschaft zu therapieren, musste sie so diskret wie irgend möglich sein. Aber Netta Golan würde es allein herausfinden: Netta Golan und Juval Katzir würden sich bald bei einem der Freitagabendessen begegnen, die in der Community gang und gäbe waren, Geselligkeiten, die Noga wie das Feuer mied, um ihren Patienten nicht etwa am Esstisch zu begegnen, mit dem dritten Glas Wein in der Hand und einem Salatrest zwischen den Zähnen.

»Und bauen Sie diese Bergungseinheit hier in Lagos auf, oder werden Sie die meiste Zeit auf der Achse nach Port Harcourt sein?«

Juval zögerte, sagte, dass er nicht sicher sei, ob er darauf antworten dürfe. Noga lehnte sich in ihrem Sessel zurück. »Mir geht es nicht darum, wie Ihre geheime Tätigkeit aussieht. Ich frage nur, um zu erfahren, ob Sie viel außer Haus sein werden. Es gibt hier Väter, die wochenlang auf Tour sind, und für uns ist es wichtig zu wissen, wie stark sich Uris Leben dadurch Umzug verändern wird.«

Das war zu scharf gewesen. Sie fügte ein Lächeln an, um die Wirkung ihrer Worte abzuschwächen. Juval schien überrascht, fing sich aber schnell. Sagte, er werde vermutlich viel abwesend sein, zumindest in den ersten Wochen, und fragte, ob sich das ihrer Ansicht nach auf Uri auswirken würde. Noga erwiderte, das sei schwer vorauszusehen, aber häufig würden Kinder auf vielerlei

Weise auf solche Abwesenheiten reagieren. Sie empfahl, Uris Schlafgewohnheiten aufzuzeichnen, und bat Juval und Naomi ein genaues Verzeichnis des nächtlichen Ablaufs zu erstellen: Wer ist beim Schlafengehen bei ihm, wie lange, wie reagiert er, wenn man das Zimmer verlässt, wann wacht er auf – »damit wir gemeinsam herausfinden, was die nächtlichen Albträume auslöst, und über neue Wege zu ihrer Vermeidung nachdenken können«.

»Und was ist mit seinem Sprechvermögen?«, fragte Naomi. »Halten Sie das für normal?«

»Das möchte ich richtig testen«, antwortete Noga, »dafür vereinbaren wir eine eigene Sitzung.«

Damit war diese Sitzung eigentlich beendet. Juval und Naomi standen auf und gingen zu Uri, der leicht ungehalten reagierte, weil man ihn beim Spielen störte. Naomi hob die Spielzeugautos auf und führte sanft Uris Hand, um sie in die Spielkiste zurückzulegen. Plötzlich sah Noga, dass Naomis Augen sich überrascht weiteten, und realisierte errötend, dass diese Frau gerade das Kaugummi auf dem Teppich entdeckt hatte. Jetzt verfluchte sie insgeheim Liam und Schiri Danon und machte sich selbst Vorwürfe, es nicht gleich entfernt zu haben. Naomi dachte jetzt sicher, hier sei es nicht sauber genug, sie sei ein unhygienischer Mensch. Sie wollte etwas zu ihrer Verteidigung vorbringen, vielleicht lächelnd anmerken, das vorherige Treffen sei stürmischer als sonst verlaufen, fand aber keine passenden Worte, nichts, was die Anwesenheit eines durchgekauten, mit Speichel vermischten Kaugummis auf ihrem Teppich gerechtfertigt hätte.

»Komm, Uri, wir gehen.« Naomis Ton verriet nichts, und doch fürchtete Noga, dass sie die drei nicht wiedersehen würde. Naomi würde die Praxis verlassen und eine andere Psychologin für den Jungen suchen. Eine, deren Praxis nicht gesundheitsschädlich verlottert aussah. Sie würden zu Lotam gehen. Oder eine Zoom-Therapie bei einer Psychologin in Israel anfangen. Uri stand auf und tapste zur Tür, aber Naomi ließ ihn die Distanz zum Ausgang nicht selbstständig überwinden. Sie nahm ihn auf den Arm und trug ihn hinaus, so wie sie ihn auch hereingetragen hatte.

An der Praxistür wandten sie sich zum Abschied um, Juval und Naomi sagten auf Wiedersehen, Uri winkte ihr auf Mutters Arm mit gespreizten Fingern zu. Noga winkte zurück. Dieses Kind gefiel ihr wirklich.

Als sie allein war, entfernte sie rasch das Kaugummi vom Teppich. Der feine Duft eines fremden Parfüms hing im Raum. Sie überlegte, ob Juval seit damals wohl sein Parfüm gewechselt hatte. Sicher ja. Kein Mensch blieb vom siebzehnten Lebensjahr an bei ein und demselben Duft. Sie machte das Fenster auf und atmete die verschmutzte Luft von Lagos. Im Erdgeschoss sah sie den Türsteher die Tür öffnen, die Katzirs herauskommen und den Parkplatz ansteuern. Noga knallte das Fenster zu und folgte ihnen hinter der Scheibe weiter mit den Augen. Eine hübsche Familie.

Irgendwie hatte sie immer schon gewusst, ohne jemals richtig darüber nachzudenken, dass Juval Katzir eine hübsche Familie haben würde. Doch als sie sie nun in ein großes, teures Auto steigen sah, spürte sie erneut, dass dieser Familie etwas zugestoßen war. Als sei mit Juval, seiner Frau und dem Kind eben etwas weiteres in den Wagen gestiegen, eine namenlose Wesenheit, wie eine Krankheit.

## — 4 —

»Was meinst du nun?«, fragte Naomi. Sie waren gerade an der Mauer des Wohnviertels entlanggefahren und warteten jetzt, dass der Wächter ihnen das automatische Tor des inneren Zauns öffnete. In den letzten vierzig Minuten waren sie nicht zum Reden gekommen: Juval war durch Lagos' höllischen Verkehr laviert, und Naomi hatte versucht, Uri zum Schlafen zu bringen. Er brüllte auf der Rückbank vor Müdigkeit, konnte aber nicht einschlafen. Endlich hatten sie den Stadtverkehr hinter sich. Die holperigen Straßen hatten glattem Asphalt Platz gemacht. Die Bettler und Straßenhändler waren verschwunden, abgelöst durch gepflegte Bäume und Sträucher und breite, leere Gehwege. Hier und da kam ihnen ein Auto entgegen, so groß und teuer wie ihres. Meist saß ein örtlicher Fahrer hinter dem Lenkrad. Dana Azoulay hatte ihr gesagt, nur Israelis beständen in Nigeria darauf, selbst zu fahren. Alle anderen Ausländer, die herkämen, engagierten einen Fahrer, ehe sie noch ins Flugzeug stiegen. »Israelische Männer glauben, weil sie daheim wie die Irren fahren, kämen sie hier auch problemlos zurecht. Sie täuschen sich, aber ihr Ego erlaubt ihnen nicht, das einzugestehen.«

Dana Azoulay selbst hatte einen Fahrer. Sie wohnte seit viereinhalb Jahren in Lagos und hatte ihrem Mann im dritten angekündigt, keinen einzigen Tag länger in Nigeria zu bleiben, wenn am nächsten Morgen nicht jemand am Steuer auf sie warte. Den ersten Fahrer entließen sie wieder, als sie merkten, dass er ihnen Benzin abzweigte, aber der zweite, James, war seit fast einem Jahr bei ihnen, konnte sogar schon einige hebräische Lieder singen, die Danas Kinder gern auf der Fahrt zur Schule hörten. »James kann jemand für dich finden«, sagte Dana zu Naomi, als sie sich im Fitnessstudio des Viertels kennenlernten, »er hat haufenweise Cousins. Sobald du willst, bitte ich ihn, dir einen davon für eine Probefahrt zu schicken.« Naomi sagte, sie würde es mit Juval besprechen, aber nur, um Dana nicht zu verletzen. Sie wusste, sie würde sich nicht sicher fühlen, wenn ein fremder Anzugträger ihr Auto lenkte, und sie wollte auch keine unnötigen Ausgaben verursachen. Selbst das exklusive Wohnviertel hier kam ihr etwas übertrieben vor. Anfangs hatten sie daran gedacht, in eine normale Straße zu ziehen, in einem der guten Stadtteile, aber jeder, mit dem sie sich berieten, war entsetzt bei dem Gedanken, eine Wohnung außerhalb eines bewachten Viertels zu mieten.

Im Fond atmete Uri schwer, den Kopf zurückgelehnt. Passte zu ihm, kurz vor der Heimkehr einzuschlafen. Sie würde Juval bitten, ihn auf den Arm zu nehmen, in der Hoffnung, dass er unterwegs nicht aufwachte.

»Sie scheint nett, die Psychologin«, sagte sie, als Juval auf ihren Stellplatz glitt, der groß genug war, um noch zwei weitere Autos aufzunehmen. Er nickte, und das machte ihr Mut, denn sie wusste, dass er die ganze Therapie für reine Geldverschwendung hielt. Schließlich waren sie ja hergezogen, um Geld zusammenzusparen. »Ich weiß nur nicht, warum sie in ihrer Praxis Kaugummi auf dem Teppich lässt«, fuhr sie fort, »vielleicht stammt es vom vorigen Patienten, aber es ist echt ekelhaft.«

»Hat da Kaugummi auf dem Teppich geklebt?«

»Ja, in einer Ecke. Hast du's nicht gesehen?«

Wie hätte er es wohl sehen sollen. Er hatte sich ja nach Kräften bemüht, seinen Blick zu zügeln. Damit seine Augen nicht durchs ganze Zimmer wanderten. Nicht an ihr kleben blieben. Jetzt war es Zeit, Naomi einzuweihen, das wusste er. Gut, dass er nicht schon in der Praxis damit rausgerückt war, ihnen allen dreien diese Unannehmlichkeit erspart hatte. Gut, dass er beschlossen hatte, bis nach dem Treffen zu warten. Sobald er begriff, dass es Noga war, war sein Gehirn auf Hochtouren gelaufen und die Entscheidung im Bruchteil einer Sekunde gefallen: Er würde Naomi unterrichten, wenn sie im Haus wären. Dort würde er ihr erzählen, dass er mit diesem Mädel – dieser Frau –

mal zusammen gewesen sei. Auf dem Gymnasium. Nicht direkt zusammen, sie seien nicht Freund und Freundin gewesen. Das heißt, schon Freunde, aber kein Paar. Geschlafen hätten sie nur einmal miteinander. Kurz gesagt, es wäre unpassend, wenn sie Uri behandelte. Oder eigentlich vielleicht doch passend, sei ja alles über siebzehn Jahre her, warum Aufhebens davon machen. Schließlich gebe es keinen Überfluss an hebräischsprachigen Kinderpsychologinnen hier in Afrika. Entweder gingen sie zu Noga, oder sie begännen eine Zoom-Therapie, und er hielte es für unergiebig, ein zweijähriges Kind über Zoom zu behandeln. Zumal er persönlich überhaupt die Idee ablehne, psychologischen Rat für Uri einzuholen, Naomi diesbezüglich für überspannt halte, aber wenn man das Kind schon behandeln lassen wolle, dann müsse das persönlich geschehen.

Jetzt ist es Zeit, ihr das zu sagen, aber er sagt nichts. Er hebt den schlafenden Jungen aus dem Auto, legt ihn behutsam an seine Schulter. Er nickt dem Wachmann an der Haustür und dem Portier am Fahrstuhl zu und fährt mit Naomi zur Wohnung hinauf. Er legt Uri in sein Bettchen, setzt sich neben seine Frau ins geräumige Wohnzimmer und hört zu, als sie ihm sagt, sie habe ein gutes Gefühl in Bezug auf diese Therapie. Sie schenkt ihnen beiden Kaffee aus der Maschine ein, bitterer und wohlschmeckender als der in Israel, und fragt noch einmal, was er von dem Treffen halte.

»Ich meine, es war ein guter Anfang«, brummt er über seiner Kaffeetasse, wohlwissend, dass in diesem

Augenblick das Geheimnis geboren wurde. Aufgeblitzt war es schon vorher an der Praxistür, als er Nogas Hand drückte und kein Wort sagte, aber zur Welt kam es jetzt erst, genau in diesem Moment, in dem geräumigen Wohnzimmer mit Blick auf den Ozean.

## — 5 —

»An alle Israelis hier in Lagos und überhaupt!! Ich will euch an einem erschütternden Erlebnis teilhaben lassen, das mir passiert ist, und andere warnen, damit ihr nicht so verletzt werdet wie ich!!! Diesmal geht es leider um »eine von uns«, und das ist es, was mir so wehtut!! Ich habe lange mit mir gerungen, ob ich diesen Post schreiben soll, aber ich muss mit euch teilen, was mir und Liam passiert ist, in der Hoffnung, dass ich damit wenigstens andere Mütter und ihre Kleinen schützen kann!!!«

Der Text wurde einige Stunden nach dem Treffen gepostet, aber Noga entdeckte ihn erst am nächsten Tag, als Jaara Ratzin aus Israel anrief, um zu fragen, ob alles in Ordnung sei.

»Ja«, hatte sie überrascht erwidert, »alles in Ordnung. Warum?«

Jaara seufzte. »Du solltest auf Facebook gehen.«

»Ich bin nicht auf Facebook«, sagte Noga, »bin eine von denen.« Sie hatte gedacht, das würde Jaara ein bisschen amüsieren, aber die Freundin klang todernst, als sie sagte: »Du musst dich bei Facebook anmelden, sonst kommst du nicht dagegen an.«

»Gegen was?«, fragte Noga und wurde erstmals in diesem Gespräch besorgt.

Das Foto des Jungen war vor der Praxis aufgenommen. Noga erkannte den Papaya-Baum im Vorgarten des Gebäudes. Liam saß mit dem Rücken am Stamm, den Kopf auf den Armen. Man konnte sein Gesicht nicht sehen, aber diese Haltung – die Knie hochgezogen, die Arme drumgeschlungen, der Kopf gesenkt – drückte tiefe Traurigkeit aus, mehr als alle Worte. »Wir kamen, um Hilfe für Liam zu suchen, und gingen am Boden zerstört wieder weg. Die ›Psychologin‹ Noga Beniel hat uns das Herz gebrochen.«

Der Post war zweihundertneunundzwanzigmal geteilt worden. Jaara meinte, noch sei das nicht schlimm, aber die Zahl könne weiter steigen. »Verstehst du, Eltern wollen von solchen Dingen wissen – Kindergärtner, Lehrer, Psychologen, die Mist gebaut haben. Nicht, dass ich meine, du hättest Mist gebaut. Mir ist klar, dass diese Schiri Danon komplett durchgeknallt ist, tut mir wirklich leid, dass ich sie zu dir geschickt habe, aber die Leute möchten gern glauben, dass niemand besser für ihre Kinder sorgen kann als sie selbst, und so ein Post wie der von Schiri bestärkt sie eben in diesem Gefühl.«

Fern am anderen Ende der Leitung fragte eine kindliche Stimme irgendwas. Jaara fauchte »später«, worauf ein Protestchor im israelischen Wohnzimmer loslegte. Jaara entschuldigte sich am Hörer und bat um einen Moment Geduld. Noga sank aufs Bett und wartete, das Telefon ans Ohr gedrückt, fragte sich, wie viele ihrer Patienten den Post schon gesehen haben mochten. Sie dachte an Juval und verwarf den Gedanken. Sie konzentrierte sich auf die Stimmen, die aus Jaaras Wohnzimmer in Kirjat Ono schallten. Meinte im Hintergrund auch Libi herauszuhören. Trotz der langen Zeit seit damals hatte die Kleine sich noch den süßen Ton bewahrt, den sie aus der Praxis in Erinnerung hatte. Nach langen Minuten hob Jaara den Hörer wieder auf.

»Diese Schlampe brennt darauf, dass das viral geht«, sagte Jaara. »Ihr Hashtag ist ›die Psychologin, die mich verletzt hat‹. Sie wünscht sich eine Welle von Reaktionen.« Noga fragte, was ein Hashtag sei. »Du lebst wirklich nicht in unserer Welt, ha?« Meist prahlte Noga damit: Wenn Leute über Facebook und Instagram sprachen, hörte sie höflich zu und wartete nur auf den richtigen Moment, um anzumerken, dass sie selbst nichts mit diesen Dingen zu tun habe. Doch jetzt begriff sie, wie hilflos sie im Krieg gegen Schiri Danon war, da sie kaum verstand, welche Art von Waffe man gegen sie richtete.

Jaara versuchte zu erklären. Ihre ruhige Stimme erreichte sie über das Klappern der Teller, die in Kirjat Ono auf den Tisch gestellt wurden. »Sie versucht, andere dazu zu bringen, ihren Post zu teilen und ihm eigene Geschichten darüber anzufügen, wie ihr jeweiliger Psychologe sie verletzt hat. Sie will es zu einer großen Affäre aufbauschen, die ihrem inhaltslosen Leben

Bedeutung verleiht.« Jaara wandte sich vom Telefon ab und rief Libi zu, sie solle die Spielsachen einsammeln, gleich würden sie essen. »Du musst einen eigenen Post entgegensetzen«, fuhr sie nach kurzer Pause fort. »Es sieht nicht gut aus, wenn du nichts sagst. All deine anderen Patienten sehen es, du musst einfach.«

Noga spürte ihre Kehle trocken werden. Sie holte sich ein Glas Wasser aus der Küche und dankte Ofer im Stillen, dass er die Mädchen morgens ins Kino ausgeführt hatte. Es blieben noch mindestens zwei Stunden, bis sie zurück wären. Bis dahin würde sie sich wieder fangen. »Ich glaube nicht, dass ich reagieren muss«, sagte sie. »Diese Mutter darf eine Schlammschlacht entfesseln, aber ich muss da nicht mitmachen.«

»Du steckst schon mit im Schlamm«, erklärte Jaara. »Schiri Danon ist in jeder israelischen Facebook-Gruppe in Afrika. Und bei Mamanet. Sie macht dich schlecht, wo immer sie kann.«

Ein eigenartiges Gefühl im Bauch. Als hätte man ihr einen Eisblock unter die Haut geschoben. Wie viele Jahre hat sie das nicht mehr gespürt? Seit der Grundschule. Alle Mädchen auf der einen Seite und sie auf der anderen. Alle hassten sie, und sie wusste nicht, warum.

»Was ist denn überhaupt passiert bei der Sitzung mit denen?«, drang Jaaras Stimme von fern an ihr Ohr.

Noga zögerte. »Das kann ich dir nicht erzählen«, sagte sie schließlich, »das unterliegt der Schweigepflicht.« Sie wusste, dass es Jaara kränken würde, und hoffte nur, dass nicht zu sehr.

Zum Glück gelang es der Freundin, nicht auf die Kränkung einzugehen, sondern sie geradewegs gegen Liams Mutter zu richten. »Dann kann diese Schlampe Schiri Danon aller Welt ihre Version ausposaunen, und du darfst deine Version nicht erzählen?«

»So ähnlich.«

Aber bei Nacht wusste sie, dass das nicht ganz stimmte. Nicht nur wegen der Schweigepflicht im Verhältnis Therapeut und Therapiertem schwieg sie, sondern auch, weil sie selbst noch nicht völlig erfasste, was bei diesem Treffen genau abgelaufen war. Der Junge war unerträglich, zugegeben. Aber in der Vergangenheit hatte sie doch weit schlimmere Fälle erlebt. Sie hatte schon Kinder therapiert, die keiner zu lieben vermochte, selbst die eigenen Eltern nicht, Eltern, die mit ihren Sprösslingen vor der Praxistür erschienen und ihr die Kinder in die Arme drückten, als lieferten sie ein defektes Gerät in der Werkstatt ab. In ihrer Assistenzzeit hatte sie fast zwei Jahre lang mit hochgradig autistischen Kindern gearbeitet und war nie vor ihren Patienten weggelaufen, auch nicht, wenn sie ihr die Ohren vollbrüllten, ja nicht mal in dem Fall, als einer der Zöglinge ihr direkt ins Gesicht schlug und sie beide in die Notaufnahme brachte. Immer hatte sie gewusst, dass sie sich nächste Woche wieder um das Kind kümmern würde. Sie verstand einfach nicht, warum sie bei Liam anders reagiert hatte.

Vielleicht war es überhaupt wegen Ofer gewesen,

dachte sie auf einmal, vielleicht hatte das mit Ofer sie doch aus der Bahn geworfen. Aber davon verriet sie Jaara nichts. Denn trotz allem guten Willen ihrer Gesprächspartnerin, wollte sie sie doch nicht so tief einbeziehen. Und selbst wenn, hätte sie nicht gewusst, wie. Fast ein Jahr war seit der Trennung vergangen, und weder Ofer noch sie hatten bisher jemanden eingeweiht. Keinerlei Bemerkung von seiner oder ihrer Seite. Darauf waren sie beide stolz. Das war die letzte Gemeinsamkeit zwischen ihnen: die seltene Fähigkeit, ein Geheimnis zu wahren.

Ofer wollte den Töchtern nicht schaden. Der Umzug nach Afrika hatte sie ohnehin schon verwirrt, da musste man keine weitere Herausforderung hinzufügen. Dieses Argument galt auch gegenüber seinem Vater, der ein Jahr nach dem Tod von Ofers Mutter an Krebs erkrankt war und sich vor allem damit tröstete, dass sein Sohn eine großartige Familie und eine bezaubernde Frau hatte. Noga mochte Ofers Vater gern und wusste, wenn Nissim von der Trennung erfuhr, würde es ihm das Herz brechen. Auf ihrer Seite war das Risiko hauptsächlich beruflicher Art. Eine geschiedene Psychologin zieht weniger Patienten an als eine verheiratete. In dem israelischen Sumpf in Lagos, wo Männer und Frauen mit den Partnern und Partnerinnen anderer Leute weniger aus Lust denn aus Langeweile schliefen, um die Zeit bis zum Ende des Auslandsaufenthalts rumzubringen, stellte jede geschiedene Frau eine potenzielle Bedrohung dar. Frauen standen ihr feindselig gegenüber. Männer gingen auf Distanz, um keinen Stress mit ihren feindseligen Frauen zu bekommen.

»Noga, hör auf mich, du kannst diesen Post nicht unbeantwortet lassen. Sag, das Kind sei nicht zu therapieren, sag, die Mutter sei total neben der Schiene, ist mir egal, was du sagst, aber sag was.« Jaara klang jetzt ungeduldig, als würde Nogas Weigerung, um ihren guten Ruf zu kämpfen, sie persönlich enttäuschen. »Was ist übrigens mit dem Geld?«

»Geld?«

»Sie behauptet, du hättest nicht nur das Kind vor die Tür gesetzt und gedemütigt, sondern auch noch gewagt, Geld für die Konsultation zu nehmen.«

»Stimmt nicht!«, rief Noga, vergaß ihren Beschluss, nichts von dem Geschehen in der Praxis preiszugeben. »Ich habe kein Geld von ihr verlangt. Sie hat gegen meinen ausdrücklichen Willen Scheine auf den Tisch gelegt, und als ich sie bat, das Geld wieder mitzunehmen, hat sie trotzdem was liegenlassen. Ich wäre ihr nachgerannt, um es zurückzugeben, wollte sie aber nicht kränken.«

»Dann musst du dafür sorgen, dass die Leute davon erfahren«, sagte Jaara. »Denn bisher stellt sie dich als gierige Hündin dar.«

Gleich nach dem Gespräch rief sie Ofer an. Sie hoffte, er sei noch nicht im Kino mit den Mädchen, aber als er antwortete, umringt von Kindergeschrei, war sein Ton fern und kurz, und sie bedauerte den Anruf. Sie murmelte schnell etwas Neutrales und legte auf. Du musst verstehen, dass er nicht mehr der Mann von früher ist. Er ist nicht mehr der Mensch, den du anrufst, wenn was nicht in Ordnung ist.

Sie rappelte sich vom Bett auf und ging in die Küche. Ihr war flau. Sie würde was essen. Manchen Frauen raubt Traurigkeit den Appetit. Manche können in Sorge keinen Bissen runterbringen. Sie nahm die übersüßten Frühstücksflocken der Kinder und füllte ein Schälchen. Beim Essen las sie Schiri Danons Post, den Jaara ihr geschickt hatte. Als sie fertig war, füllte sie ihre Schale erneut und las den Post noch einmal, von Anfang an.

## — 6 —

»Hältst du es immer noch für eine gute Idee, da wieder hinzugehen?«, fragte Naomi.

Das Wohnzimmer war sonnenhell, zu sonnig. Naomi kniff die Augen zusammen und suchte die Fernbedienung der Fensterläden. Als sie die Wohnung gerade erst gemietet hatten, war sie unendlich dankbar für das üppige Licht gewesen, das jeden ihrer Schritte überflutete. Aber jetzt, anderthalb Monate später, wurde das ewige Gleißen störend.

Juval saß am Esstisch, das Haar noch nass vom morgendlichen Schwimmen im Pool im Dachgeschoss. Er hielt ihr Telefon in der einen Hand und stocherte mit der anderen in den Mango-Schnitzen auf seinem Teller. Als er den Post gelesen hatte, gab er ihr das

Handy zurück. »Mir scheint, wir sollten besser jemand anders suchen.«

Das traf sie unerwartet. Sie hatte den Eindruck gewonnen, dass er die Psychologin mochte. »Aber unter den Reaktionen auf den Post schreiben viele, dass sie ihnen geholfen hat, hast du das gesehen?«

»Trotzdem, wenn wir schon eine Therapeutin aufsuchen, sollten wir lieber eine nehmen, die anders eingeschätzt wird, denke ich.«

»Vielleicht hat es da irgendein Missverständnis gegeben«, meinte Naomi.

Juval zuckte mit den Schultern über den Mangoresten. »Vielleicht.«

Er stand auf und spülte seinen Teller ab. Naomi überflog die Kommentare, die seit ihrem letzten Blick auf den Post hinzugekommen waren. Alle möglichen Leute teilten dort Horrorgeschichten über arrogante und verbohrte Psychologen und über Psychologinnen, die ihre Patienten psychisch misshandelten. Die Mutter, die das alles angestoßen hatte, Schiri Danon, reagierte auf jeden Post und erwähnte stets den Namen von Noga Beniel und den seelischen Schaden, den die Therapeutin ihrem Sohn zugefügt hatte.

»Bedauernswert, diese Noga. Sicher wagt sie sich kaum aus dem Haus«, bemerkte Naomi.

Juval machte eine vage Kopfbewegung von der Spüle und stellte seinen Teller aufs Abtropfgestell. Sein Schweigen überraschte sie. Normalerweise hatte er eine dezidierte Meinung in solchen Dingen. Überhaupt zu allem. »Auf mich hat sie bei dem Treffen einen sehr guten Eindruck gemacht, als Mensch meine ich«, sagte Naomi, »mir hat sehr gefallen, wie sie auf Uri zugegangen ist. Gerade diese Schiri scheint mir nicht ganz normal zu sein. Möglicherweise hat es da ein Missverständnis gegeben. Es ist unfair, jemandem wegen eines Missverständnisses das Leben zu ruinieren.«

Sie verstummte. Juval spülte weiter Geschirr am anderen Ende der Küche. Sie hoffte, er möge etwas sagen, aber er sagte nichts, und als sie bei Missverständnissen, die anderen das Leben ruinieren, gelandet war, wusste sie, dass das Gespräch das Ende des sicheren Bereichs erreicht hatte. (Als sie gerade erst angekommen waren, hatte Dana Azoulay sie auf eine Runde durch die Stadt mitgenommen. James lenkte, und sie beide saßen hinten und blickten auf die mächtigen Brücken, die das Wasser überspannten und die Inseln mit dem Festland verbanden. Sie schlenderten über den Markt, wo gebratene Bananen und bunte Kleider angeboten wurden. Sie aßen eine recht gute Pizza. Aber als Naomi nach Verlassen des Lokals links zu einer Straße strebte, die ihr interessant vorkam, fasste Dana sie an der Schulter und gebot ihr Einhalt. Für jemanden, der schon länger hier lebte, war klar: Auf manchen Straßen wird dir nichts passieren, und manch andere solltest du lieber nicht begehen. Auch in der Paarbeziehung gibt es solche Gebiete. Vielleicht sind sie nicht immer so gut gekennzeichnet, aber bei Juval und ihr bestand kein Zweifel an dem Namen der Straße, die es zu meiden galt.)

Sie öffnete die Glastür und trat auf den Balkon. Die Luft war schwül. Der Ozean lag groß und grau vor ihr. Ein riesiges Schiff fuhr einige Kilometer von der Küste entfernt. Die Jachten waren näher. Sie preschten lärmend und arrogant vorbei, laute Musik schallte aus ihren Lautsprechern. Wellen brachen auf dem Sand und rollten zurück, sammelten Kraft für den erneuten Angriff. Der Anblick hatte etwas Gewaltsames. Juval würde das nicht verstehen. Was sollte schon schlecht sein an einem geräumigen Wohnzimmer mit Blick auf den Ozean. Aber es war ganz gewiss kein malerisches Panorama.

Von ihrem Elternhaus in Haifa sah man einen blauen Streifen Meer, wenn man sich auf die Zehenspitzen stellte und über die Pinien spähte. Jetzt auf dem marmorgefliesten Balkon kniff Naomi fest die Augen zusammen und hatte es nicht eilig, sie wieder aufzumachen. Solange sie geschlossen waren, war alles möglich.

Die Eltern hatten ihr ja angeboten, dazubleiben. Hatten es wirklich und wahrhaftig vorgeschlagen. »Ihr könnt bei uns einziehen, bis die Dinge sich beruhigen«, hatte ihre Mutter gesagt, »Papa und ich würden uns freuen. Du und Juval könnt in deinem alten Zimmer wohnen, und Uri richten wir ein nettes Eckchen im Wohnzimmer her.« Jetzt konnte sie schwer verstehen, warum sie das Angebot abgelehnt hatten. Sie wusste nicht mal mehr, ob es wegen ihr oder wegen Juval gewesen war. An die langen Tage des Gerichtsprozesses erinnerte sie sich nur verschwommen, wie durch eine weiße Gardine.

Aber sie erinnerte sich an Stas Lewajews Augen, wie sie sie durchbohrten an dem einzigen Tag, an dem sie als Zeugin im Gerichtssaal auftrat. Auch dass er sie angespuckt hatte, als sie nach der Verhandlung auf dem Flur an ihm vorbeikam, wusste sie noch. Genau ins Auge hatte er getroffen.

Juval folgte ihr hinaus auf den Balkon mit Ozeanblick und umarmte sie von hinten. Sie war zutiefst dankbar für diese Geste, die früher so geläufig gewesen, im letzten Jahr aber selten geworden war. »Du nimmst dieses Panorama in dich auf«, flüsterte er in ihrem Nacken. In ihrer ersten Woche hier hatte Juval unaufhörlich den Blick vom Balkon fotografiert und die Bilder in jeder freien Minute nach Israel verschickt. Seine Eltern und seine Schwester reagierten begeistert: »Wir beneiden euch!« »Wie schön!« Und tatsächlich – wenn ein Außenstehender die Familienkorrespondenz gelesen hätte, hätte er vielleicht meinen können, dass sie wirklich beneidet wurden. Eine junge Familie für eine Weile in Nigeria, verdient Geld, speichert Erlebnisse. In diesen Momenten auf dem Balkon, wenn Juvals Haar noch feucht vom morgendlichen Schwimmen war und sein Mund süß nach Mango duftete, hätte man es beinahe glauben können. Hätte fast vergessen können, dass sie geflohen waren.

»Ich meine, wir gehen doch wieder zu der Psychologin«, sagte Naomi. »Ich will eine gute Therapeutin nicht bloß deswegen verlieren, weil eine wildfremde Frau sie im Internet runtermacht.«

»Aber woher willst du wissen, dass sie eine gute Therapeutin ist?«, fragte Juval.

Naomi zögerte. Dana Azoulay hatte ihr zwar Positives über Noga Beniel erzählt, aber es war Wissen aus zweiter Hand, von ihren Freundinnen, denn Danas Kinder waren nie bei Noga gewesen – und auch bei sonst keinem Psychologen. »Ich habe ein gutes Gefühl«, sagte Naomi schließlich. »Ich möchte es mit ihr probieren. Es sei denn, du bist strikt dagegen.«

Klar war er dagegen. Seit der Begegnung in der Praxis dachte er viel zu viel an Noga. Zuerst war es schön gewesen, hatte ihm die langen Stunden in Staus ausgefüllt. Aber als er sich dabei ertappte, im Geist die Tage bis zum nächsten Treffen zu zählen, als er merkte, dass er die Gedanken an sie nicht mehr beliebig ein- und ausschalten konnte, begriff er, dass er die Sache beenden musste. Er wusste nicht, wie er seine Meinungsänderung Naomi gegenüber begründen sollte, bis sie ihm den Post am Esstisch zeigte und er meinte, die Lösung gefunden zu haben. Aber als sie ihn auf dem Balkon anschaute und auf eine Antwort wartete, schwieg er trotzdem. Ein Satz hätte genügt, um die Wiederbegegnung mit Noga zu vermeiden, der besorgniserregenden Bindung gleich zu Anfang ein Ende zu setzen. Doch obwohl er von Beginn des Gesprächs an darauf hingewirkt hatte, beeilte er sich jetzt nicht, den entscheidenden Satz auszusprechen. Er ließ die Begegnung in der Praxis im Geist Revue passieren. Was hatte er ihr gesagt. Was hatte sie ihm gesagt. Nichts besonders Wichtiges, meinte er, und doch schwebte über allem ein Gefühl der Dringlichkeit, als sei die an sich gelassene Wiederbegegnung in Wirklichkeit äußerst dringlich gewesen, als hätten sie sich beide viele Jahre lang verspätet und seien nun endlich eingetroffen.

»Entscheide du«, sagte er.

## — 7 —

Sie war nicht überrascht, als Naomi alleine kam. In gewisser Hinsicht hatte sie das erwartet, empfand es als Erleichterung. Die ganze Woche über war sie auf die telefonische Absage vorbereitet gewesen, auf das Gespräch, in dem Naomi – denn ihr war klar, dass nicht Juval anrufen würde – ihr mitteilte, dass sie vorerst keine Therapie beginnen wollten. Zumindest nicht bei einer Therapeutin wie Noga Beniel.

Noga Beniel – dieser Name war ihr immer fremd gewesen, lange vor der Trennung von Ofer. Als sie eine Woche nach der Hochzeit aufs Amt gegangen war, um ihren Namen zu ändern, hatte etwas in ihrem Innern geschrien, dass sie einen Fehler beging. Sie hatte nicht auf diese Stimme gehört, vielleicht weil die zweite Stimme, die den Familiennamen ihrer Kindheit unbedingt loswerden wollte, lauter gerufen hatte. Sie wusste, ihre Eltern wären froh gewesen, wenn sie Noga Sagi geblieben wäre. Und das war allein schon ein hinreichender Grund, um Noga Beniel zu werden.

Und doch hatte sie in den acht Jahren seit damals das Gefühl, neben und nicht in diesem Namen zu leben. Sie stellte sich als Noga Beniel vor, hatte in der Praxis die Zulassung von Noga Beniel hängen und unterschrieb Quittungen mit Noga Beniel, war aber niemals Noga Beniel gewesen. Als sie sich für die Trennung entschieden, hatte sie sich gefragt, ob sie später, zurück in Israel, wenn sie es den Kindern erzählten und allen anderen mitteilten, wenn das Wort »Scheidung« endlich aus dem Schrank herauskäme, in den sie es weggeschlossen hatten – ob sie dann den Namen Sagi wieder offiziell annehmen würde. Sie gelangte zu keiner Entscheidung, es gab Dringenderes zu erledigen: Ofer hatte eine neue Wohnung in Port Harcourt für sich gefunden, die möbliert werden wollte, und man musste die Töchter auf böigem Flug dorthin holen und ihnen erklären, dass Papa seiner Arbeit wegen werktags dort meist schlafen müsse, die Wochenenden aber bei uns in Lagos verbringen werde, sodass sich eigentlich gar nichts ändere! »Alles unverändert« wurde Ofer und ihr zum Motto. Es gefiel ihr, dass sie noch so gut zusammenarbeiten konnten, wenn es um die Kinder ging. Sie konnten ein Geheimnis gemeinsam hüten wie andere Paare einen Haushalt führten. Doch dieses Management kostete Zeit und Energie, und bei all dem war ihr die Namensfrage völlig entfallen. Es handelte sich ja ohnehin nur um einen vagen Plan für die Zukunft, nicht um eine sofort notwendige Umsetzung. Doch gegenwärtig spielte Noga Beniel die Hauptrolle in einem Facebook-Skandal lokalen

Ausmaßes: Er war nicht übergroß, denn Schiri Danon hatte keinen Flächenbrand ausgelöst mit ihrer »Psychologin, die mich verletzt hat«, aber es war ihr gelungen, sie zu demütigen und in Verlegenheit zu bringen. Noga glaubte, dass alle ihre Patienten den fiesen Post gelesen hatten und dass jeder potenzielle Patient, der sie googelte, ebenfalls darauf stieße. Sie wollte Noga Beniel verschwinden lassen. Wollte Noga Sagi sein.

In den Tagen nach dem Post erschien sie sorgfältig zurechtgemacht und gekleidet in der Praxis. Sie ging zum Frisör, setzte wieder Kontaktlinsen ein, machte Maniküre. Jeder Ankömmling sollte das Gefühl gewinnen, sich in gute, gepflegte und professionelle Hände zu begeben. Die nächste Sitzung mit den Katzirs war für Donnerstag angesetzt, und sie hatte keinen besonderen Gedanken darauf verwendet, abgesehen von der ungeheuren Anstrengung, die sie ohnehin aufbrachte. Als die Tür zur festgesetzten Zeit aufging, wurde ihr bewusst, dass sie bisher nicht wirklich mit dem Erscheinen der Familie gerechnet hatte.

Naomi trat ein, Uri in derselben Umschlingung-Umarmung, die Noga vom letzten Mal kannte. Noga begrüßte die beiden und zähmte ihr Herzklopfen in Erwartung von Juval. Doch wie sie hörte, »konnte Juval diesmal nicht mitkommen, war bis spät bei der Arbeit«. Naomis Stimme hatte den staunenden Unterton, den Noga häufig zu hören bekam: der vertraute Frust von Müttern, wenn sie entdeckten, dass die psychologische Betreuung des Kindes auch noch in ihrem Aufgabenbereich gelandet war. Für Noga hatte das nichts Aufsehenerregendes. Zum einen hatte sie die Absage des Termins erwartet, zum anderen jedoch genau dies vorhergesehen – Juval würde Frau und Kind schicken, selbst aber der Begegnung mit ihr ausweichen.

Tatsächlich war es nicht nur eine Enttäuschung. Die Erleichterung, die sie empfand, war nicht geringer, vielleicht sogar größer. Sie mochte Uri und wollte ihm helfen, und sie wusste, dass sie in Juvals Beisein dem Kind vielleicht nicht die beabsichtigte volle Aufmerksamkeit hätte schenken können. Auch war sie nicht sicher, ob sie Juval Katzir fünfzig Minuten gegenübersitzen könnte, ohne ihm auch nur ein einziges Mal übers Haar zu streichen.

Naomis Blick streifte rasch durch die Praxis, bevor sie Uri auf den Teppich stellte. Der Junge war entspannt. Er schenkte Noga ein breites Lächeln, ehe er auf die Puppenkiste zusteuerte. Naomi bemühte sich, ebenfalls zu lächeln, aber die Anspannung lugte darunter hervor, und ihre Augen hatten denselben traurigen Blick, den Noga vom letzten Mal in Erinnerung hatte. Sie zog den Schlafkalender hervor, den sie für Uri geführt hatte, und übergab ihn Noga mit der Geste einer Schülerin, die ihre Hausaufgaben gemacht hat. »Ich habe ihn doppelt da«, sagte sie und holte einen zweiten gefalteten Ausdruck aus der Handtasche. Darin hatte sie alle Schlafgewohnheiten des Kleinen in der letzten Woche aufgelistet.

»Prima«, lobte Noga, »fangen wir an.«

Lange analysierten sie gemeinsam Uris Schlaf in

der vergangenen Woche. Noga bemühte sich redlich, Naomi mit den besten Ratschlägen auszustatten, die sie zu vergeben hatte. Juvals Frau sollte bei ihr mit vollen Händen weggehen, wie aus einem Schokoladenladen. Als sie mit dem Thema Schlaf durch waren, wendeten sie sich Uris sprachlicher Entwicklung zu, die rundum normal erschien. Noga hatte gedacht, dies würde Naomis Befürchtungen lindern, sah sich jedoch getäuscht. Egal, wie intensiv sie sich bemühte, ihr Gegenüber zu beruhigen, egal wie oft sie Naomi zu sagen versuchte, dass das Kind nach sämtlichen professionellen Normen völlig in Ordnung sei – ihr beklommener Ausdruck blieb unverändert.

»Wie lange sind Sie schon so traurig?«, fragte Noga unvermittelt in verändertem Ton. Naomi erstarrte. Bisher hatten sie über Uri gesprochen. Sie war nicht sicher, ob ihr dieser Richtungswechsel gefiel. »Verzeihung, ich wollte nicht aufdringlich sein, aber ich sehe, dass Sie besorgt sind, mehr als früher, nehme ich an. Deshalb dachte ich, Sie wollten mir vielleicht davon erzählen.«

Verführerisch – das war das Wort, das sie auf der Heimfahrt in Gedanken verwendete. Sie war verführerisch gewesen. Naomi Katzir hatte nicht vorgehabt, bei der Therapie ihres Sohns über sich selbst zu sprechen, doch sie hatte sie dazu verführt, mithilfe des richtigen Tons und der passenden Wortwahl. Andererseits wollte Naomi verführt werden. Daran hegte Noga keinen Zweifel. Sie hatte das Kind zur Therapie gebracht, in dem Wunsch, dass jemand sich ihrer annahm. Uri Katzir war völlig in Ordnung. Seine Mutter steckte in einer Depression.

Auch jetzt, als ihr auf die direkte Frage der Psychologin plötzlich die Tränen kamen, sagte Naomi nicht viel. Wenn ein Fahrer im Wagen gewartet hätte, um sie und Uri nach Hause zu fahren, hätte sie es sich vielleicht erlaubt. Aber sie wusste, dass sie in knapp einer Viertelstunde hinausgehen und den Wagen selbst durch die Hölle von Lagos lenken musste, was ihre volle Konzentration erforderte. Hemmungsloses Weinen würde wie drei Gläser Wein auf sie wirken. Sie zog das letzte Papiertaschentuch aus dem bemalten Kasten und trocknete ihre Tränen, bevor sie die Wangen erreichten. Noga holte eilig eine weitere Packung Taschentücher, aber Naomi bedeutete ihr, dass es nicht nötig sei. »Schon gut, ich habe mich wieder beruhigt.«

»Möchten Sie etwas sagen, über diese Tränen?«

Naomi schüttelte den Kopf. Ein verlegenes Lächeln trat auf ihr Gesicht. »Ich habe ohnehin schon das Gefühl, dass ich hier grundlos zusammengeklappt bin, und ich möchte ihn nicht beunruhigen.« Sie machte eine ausholende Handbewegung zum Teppich, wo Uri inmitten von Spielzeugautos saß. Noga nickte. Sie schätzte Mütter, die sich vor ihren Kindern zu beherrschen versuchten. Ihre eigene Mutter hatte zu stürmischen Gefühlsausbrüchen geneigt, vor den erschrocken aufgerissenen Augen ihres Bruders Barak und ihr. Hinterher entschuldigte sie sich, aber das machte es nur noch schlimmer. Wenn jemand um Verzeihung bittet, nimmt er dir das einzig Verbliebene – die Erlaubnis, wütend über sein Verhalten zu sein. Naomi Katzir wollte vor ihrem Kleinkind nicht in Tränen ausbrechen, und Noga fand das lobenswert. Andererseits würde Naomi Katzir früher oder später mit jemandem über das sprechen müssen, was in ihrem Kopf ablief. Sonst könnte sie noch wie Andy enden.

Andy Graham war mit dreiunddreißig Jahren aus ihrem Penthaus in Victoria Island gesprungen. Noga kannte sie von Pilates-Stunden. Sie hatte absichtlich ein anderes Studio aufgesucht als das, in dem alle Israelinnen trainierten, um nicht zufällig auf Patientinnen zu stoßen, und war im Parallelkosmos britischer Expats in Lagos gelandet. Einmal tranken diese hinterher einen Kaffee zusammen und luden aus Höflichkeit auch Noga, die einzige Israelin, dazu ein. Andy war mit von der Partie, im sechsten Schwangerschaftsmonat. Das war rund ein Jahr vor ihrem Sprung. Als sie den tat, war sie schon eine junge Mutter von Zwillingen. Alle dachten, sie sei mit den Babys beschäftigt, und deshalb sehe man sie nicht mehr im Pilates-Studio. Keiner erfasste, dass sie in einer Depression steckte.

»Schauen Sie, es ist anders, hier in Lagos traurig zu sein«, sagte Noga, »ganz anders als in Israel. Dort gibt es immer eine Freundin, die dich auf einen Kaffee entführt, und die Familie, die nachfragt, was mit dir los ist, und einen Job, für den du auch dann aufstehen musst, wenn du keine Lust hast. Hier kann man leicht untergehen.«

Naomi antwortete mit einem kleinen Nicken. Sie wusste, wovon Noga redete.

Noga wettete, dass Naomi seit ihrer Übersiedlung die meiste Zeit auf der Couch verbrachte. Sie hatte einen Sofablick.

Kurz trat Stille ein, in der Naomi sich vorbeugte, um von der kleinen Uhr auf dem Tisch die Zeit abzulesen. Noga erkannte, dass sie nachsehen wollte, ob sie genug Zeit hätte, und wusste, wenn sie Naomi jetzt fragte, was mit ihr los sei, würde sie Antwort erhalten. Bei jeder anderen Patientin hätte sie das wohl auch getan. Ihr war klar, dass Naomi nur deswegen gekommen war, auch wenn sie immer noch steif und fest behauptete, es sei wegen des Kindes. Aber diese Nähe zu Juvals Frau jagte ihr auf einmal Angst ein. Als würde ihr Traum von damals, vor Jahren, wahr, und sie könnte mit dem Schlüssel, den er ihr gegeben hatte, als sie noch Freunde waren, sein Zimmer betreten, sich mit seinem Parfüm besprühen, in sein verblichenes Trikot von den Chicago Bulls schlüpfen. Obwohl sie in ihrer Praxis saß, hatte sie immer noch das Gefühl, in Juvals Territorium einzudringen, die Grenze zu überschreiten.

So sprachen sie wieder über Uri. Vereinbarten noch einen Termin für die folgende Woche. Als Naomi schon gehen wollte, mit Uri auf dem Arm, beugte Noga sich vor und sagte: »Ich habe Hausaufgaben für Sie. Ich möchte, dass Sie diese Woche ausgehen.«

»Wohin ausgehen?«, fragte Naomi, mit einem Blick, der verwirrt und dankbar zugleich wirkte.

»Egal wohin. Sie können sich eine ehrenamtliche Tätigkeit einmal die Woche suchen oder eine wöchentliche Shoppingtour einplanen. Es muss etwas sein, das Sie zwingt, kurz das Haus zu verlassen, Menschen zu treffen.«

Naomi nickte. Ihre Augen blitzten ein wenig. »Danke«, sagte sie, bereits an der Tür. »Gut, dass wir gekommen sind.«

## 8

Drei Tage nach dem Vorfall war sie zur Polizei gefahren und hatte ihnen alles erzählt. Juval kam nicht mit. Er war bei der Arbeit. Aber Uri hatte sie mitgenommen. Sie hatte überlegt, ihn zu ihren Eltern nach Haifa zu fahren, dann jedoch befürchtet, die Zeit ohne sie würde zu lang für ihn werden. Was, wenn er hungrig wäre und das Fläschchen verweigerte? Er war ja gewohnt, nur an ihrer Brust zu trinken. Auf der Polizeiwache begrüßte der diensthabende Beamte sie freundlich. Was für ein hübscher Junge, rief er begeistert, und Uri zog prompt seine komplette Show mit Lächeln und Winken ab. »Es geht um den Fall Arik Lewajew«, sagte Naomi schließlich. »Ich muss mit dem zuständigen Ermittler sprechen.«

Es war eine Ermittlerin. Sie hieß Marina, hatte dunkle Augenringe, und Naomi fragte sich, ob sie auch ein Baby hatte, das sie nachts aus dem Schlaf riss oder ob sie einfach rund um die Uhr arbeitete. Als Naomi sich vorstellte, nickte Marina sofort und erklärte, sie habe sie in den nächsten Tagen ohnehin für eine Zeugenaussage vorladen wollen. »Sie sind mir zuvorgekommen«, sagte sie. Naomi setzte Uri in den Buggy, musste ihn auf seinen Protest hin aber gleich wieder auf den Arm nehmen. Vielleicht hätte sie ihn doch nicht mitbringen sollen. Er würde sie ja eindeutig beim Sprechen stören. Marina öffnete eine Schreibtischschublade und zog eine kleine Plastikrassel heraus. »Die hat meine Tochter mal dagelassen.« Uri griff nach der Rassel. Marina lächelte ihn an. Sie hatte ein angenehmes Lächeln. Aber als Naomi ihr alles erzählte, verschwand es.

»Und warum kommen Sie jetzt erst?«

Zu Hause, auf der Couch, im Bett, wann immer sie sich diesen Augenblick auf der Polizeiwache vorgestellt hatte, war sie sicher gewesen, dabei in Tränen auszubrechen. Aber in Wahrheit weinte sie nicht. In Echtzeit blieben ihre Augen trocken. »Ich stand unter Schock, brauchte einige Zeit, um mich wieder zu fangen«, sagte sie. Marina nahm Kugelschreiber und Papier und bat sie, den Hergang erneut genau wiederzugeben, von Anfang an. Sie notierte jedes Wort, das Naomi über die Lippen kam. Als sie fertig war, fragte sie, ob Naomi etwas trinken wolle. Danach forderte sie sie auf, das Ganze noch einmal zu wiederholen. Als Naomi erzählte, wie Uri auf den Balkon gekrabbelt war und den Hammer runtergestoßen hatte, wanderten die Augen der Beamtin zu dem Kleinen mit der

Rassel in der Hand. »Ich verstehe«, sagte sie. Naomi hoffte, dass das stimmte.

Es war schneller vorbei als gedacht. Nach eineinviertel Stunden waren sie und Uri schon wieder draußen. Marina begleitete sie die Treppe hinunter bis zur Straße. Da erst merkte Naomi, dass es regnete. Als sie das Haus verlassen hatten, war der Himmel grau, sie aber zu aufgeregt gewesen, um an einen Schirm zu denken. »Vielleicht sollten Sie Ihren Mann anrufen, damit er Sie abholt«, schlug Marina vor. Naomi hoffte, sie würde sie in Ruhe lassen und wieder hineingehen, aber die Ermittlerin zündete sich eine Zigarette an und rauchte sie auf dem Bürgersteig. Juval antwortete bereits beim zweiten Klingeln. »Ich bin fertig auf der Polizei«, sagte sie, »es regnet. Kannst du uns abholen?«

Der Regen hörte kurz vor seinem Eintreffen auf. Sie schnallte Uri auf seinem Sitz hinten fest und bedauerte ein wenig, dass sie nun nicht zu Fuß nach Hause gehen und die feuchte Luft einatmen konnte anstelle der abgestandenen im Auto. »Wie wars?«, fragte Juval, als sie einstieg.

»In Ordnung. Die Ermittlerin hat gesagt, sie würden in Kontakt bleiben.«

»Gut, dass du hingegangen bist«, sagte er. Sie schob den Sitz zurück. Er nahm ihre Hand. Kurz darauf ließ er sie los und griff damit wieder ans Lenkrad, um eine große Pfütze mitten auf der Fahrbahn zu umrunden. Offenbar nahm er sich heute besonders in Acht, keine Passanten nass zu spritzen. An der letzten Kreuzung vor ihrem Haus wandte er sich ihr zu und sagte in einem Ton, der ihr zu feierlich klang: »Du hast das Richtige getan.«

In den nächsten Monaten klammerten sie sich mit aller Kraft daran. Als die Sache publik wurde, der Prozess begann und die Leute davon erfuhren, blieb ihnen nur dies: Letzten Endes hatten sie das Richtige getan. Aber Naomi wusste, dass sie nicht wegen des Arbeiters zur Polizei gegangen war. Sie hatte es getan, weil sie die Stille im Haus nicht mehr ertrug. Schweigend saßen sie im Wohnzimmer. Schweigend badeten sie Uri. Schweigend machten sie Abendessen. Als sie das Schweigen schließlich brach und Juval fragte, ob sie seiner Ansicht nach zur Polizei gehen müsse, bestärkte er sie darin – nicht wegen des Arbeiters, sondern aus Furcht, was sie bei einer anderen Antwort von ihm denken mochte. Wie sie ihn fortan anblicken würde, wenn er schlichtweg Nein sagte. Vielleicht hätte in Wahrheit jeder für sich einfach so weiterleben können, aber die Anwesenheit des jeweils anderen hinderte sie daran. Sein Blick stoppte sie, genau wie ihr Blick ihn stoppte. Letzten Endes ging sie seinetwegen zur Polizei, und ein Teil von ihr hasste ihn dafür, genau wie ein Teil von ihm sie dafür hasste.

Und kurz vor Prozessbeginn übersiedelten sie zu ihren Eltern. Naomi konnte den Leuten in der Nachbarschaft nicht mehr ins Gesicht sehen. Nachdem alles publik geworden war, hatte Stas Lewajew sie bei jeder Begegnung auf der Straße mit Blicken durchbohrt, die sie erschauern ließen. Sie begann, weite Umwege zu machen, um ja nicht am Einkaufszentrum vorbeizukommen, aber auch wenn sie die Gegenrichtung einschlug, stieß sie fast immer auf ihn. Er überließ dem jungen Äthiopier die Aufsicht über die Kasse und lungerte mit einer erloschenen Zigarette im Mund auf der Straße herum. Ihr schien, er hätte es auf sie abgesehen. Juval meinte, sie würde paranoid. Vielleicht hatte er recht, aber sicherheitshalber verließ sie tagsüber kaum noch das Haus. Juval erledigte die Einkäufe auf dem Heimweg von der Arbeit. Sie verlegte ihren Spaziergang mit Uri auf den frühen Morgen, gleich nach Sonnenaufgang, noch vor dem morgendlichen Stillen, und hastete nach Hause, bevor die ersten Menschen auf die Straße kamen.

Und eines Tages waren sie kurzerhand umgezogen. Sie hatten es vorher nicht abgesprochen. Es ergab sich von selbst. Sie fuhren übers Wochenende nach Haifa und kehrten danach nicht mehr heim. Nach ein paar Tagen fuhr Juval zur Wohnung und holte zwei Koffer mit Kleidung und Uris Sachen heraus. Einen Monat später fand er einen Mieter.

Ungefähr von da an wachte Uri nachts schreiend auf. Es war ihr ihren Eltern gegenüber unangenehm, obwohl diese felsenfest behaupteten, es störe sie kein bisschen, in ihrem Alter fänden sie ohnehin kaum Schlaf. »Du musst ihm vorm Einschlafen klassische Musik vorspielen«, meinte ihre Mutter. »Das wird ihn beruhigen. Aber was Nettes, ja? Kein Requiem. Leg ihm den *Schwanensee* auf.« Einmal, vor Monaten, die ihr jetzt wie Jahre vorkamen, hatte sie mit Uri im

Buggy im Lebensmittelladen von Stas gestanden, dessen Namen sie damals noch nicht kannte, und er hatte ihr gesagt, sie solle dem Kind klassische Musik vorspielen, aber keinen Schmalz, keinen Tschaikowsky. Beinahe hätte sie es ihrer Mutter erzählt, behielt es aber lieber für sich, und ihre Mutter hatte, vielleicht um die Stille zu vertreiben, begonnen, die Melodie von *Schwanensee* zu summen. »Weißt du noch, dass ich dich ins Ballett mitgenommen habe, als die Truppe auf Israel-Tournee war?«

Sie erinnerte sich: an den Geschmack der Eiscreme in der Pause im Foyer, an die lange Zugfahrt von Haifa nach Tel Aviv, an die Tänzerinnen mit den weißen Federkronen. Wie zart erschien ihr damals dieser weiße Vogel mit dem edlen Hals. Erst als sie größer war und in einem Londoner Park einen Schwan aus der Nähe sah, entdeckte sie, wie aggressiv diese Vögel werden können. »Weißt du«, sagte sie zu ihrer Mutter, »wenn man einen Schwan von Nahem betrachtet, begreift man, dass das kein zarter Vogel ist, eher ein recht angriffslustiger.«

Trotzdem spielte sie Uri fast jeden Abend den *Schwanensee* vor, manchmal auch andere Werke. Aber vergebens. Das Kind wachte nach wie vor mit Entsetzensschreien auf.

Ihre Eltern taten alles Erdenkliche, um es ihnen schön zu machen. Sie setzten sogar ihr Zeitungsabonnement aus, damit Naomi nicht die Berichte über den Fall sehen musste, die jetzt, bei Prozessbeginn, wieder im Nachrichtenteil auftauchten. Weil Uri minderjährig war, blieben sein Vor- und Familienname unter Verschluss. In den Berichten nannte man Naomi einfach »die Hausherrin«. Der Name Mohand Abu Eid durfte durchaus genannt werden, aber in der Presse schrieb man lieber »der arabische Arbeiter«: »Die Staatsanwaltschaft will die Hausherrin und den arabischen Arbeiter wegen fahrlässiger Tötung anklagen.« Das war ihre erste Überraschung: Auch nachdem sie den genauen Hergang geschildert hatte, beschuldigte man immer noch den Arbeiter. Die Staatsanwaltschaft behauptete, er hätte auf seinen Hammer aufpassen müssen. Auch ihr Anwalt vertrat diese Ansicht.

Sie hatte gar keinen Anwalt nehmen wollen. Juval hatte darauf bestanden, unterstützt von ihren Eltern. »Seit du bei der Polizei warst und wahrheitsgemäß ausgesagt hast, darfst du dich verteidigen wie jeder andere auch.« Ihr Vater hatte sich auf die Suche gemacht und Ohad Mendelson, den Freund eines Freundes, gefunden. Er hatte seine Kanzlei auf dem Rothschild-Boulevard in Tel Aviv und kostete ein Vermögen. Bei der ersten Gerichtsverhandlung beantragte er, Naomis Namen aus der Anklage zu streichen. »Die Schuld lastet allein auf den Schultern des Arbeiters«, erklärte er. »Von einer jungen Frau und Mutter, die sich daheim um ihren kleinen Sohn kümmert, kann man nicht erwarten, dass sie in jedem gegebenen Moment weiß, wo sich die Werkzeuge des Handwerkers, der bei ihr arbeitet, befinden.«

Der Verteidiger von Mohand Abu Eid widersprach. »Ihre Mandantin hätte auf ihr Kind aufpassen müssen«, erklärte er und führte an, dass Naomi selbst vor der Polizei ausgesagt hatte, der Kleine sei »ein Kind, das gern Dinge runterwirft«. Mohands Verteidiger sprach mit vor Aufregung leicht zittriger Stimme. Sein Hals wies frische Schnitte von einer Rasur auf. Naomi beschlich der Verdacht, dass dies sein erster Prozess sein könnte. Ihr Anwalt warf ihm einen mitleidigen Blick zu. »Ein bekanntermaßen schmeißendes Kind? Wie ein bekanntermaßen stößiges Rind in der Bibel? Der Herr Kollege vermischt da Unvereinbares. Ein Rind kann als stößig bekannt sein, aber ein Baby nicht dafür, Hämmer von Balkonen zu werfen – es sei denn, der Eigentümer des Hammers hat das gefährliche Werkzeug fahrlässig im Bereich des Kleinkinds liegengelassen!«

Mendelson klang triumphierend. Er suchte die Augen der Richterin und rang ihr ein kaum merkliches Nicken ab. Naomi hegte keinen Zweifel daran, dass der Anwalt seinen Spaß an der Sache hatte. Der Gerichtssaal war seine Arena. Mohand und sie waren Spielzeugautos, die er kollidieren ließ, entschlossen, eines davon – in diesem Fall sie – an die Ziellinie zu bringen.

An jenem Abend strahlte ihr Vater vor Freude auf der Couch im Wohnzimmer »Bald haben wir's überstanden«, sagte er. Aber so schnell ging es nicht. Der Prozess zog sich in die Länge. Argumente wurden vorgebracht. Arik Lewajews Vater reichte parallel zum Strafprozess wegen fahrlässiger Tötung eine Zivilklage auf Entschädigung ein. Die Rechnung des Rechtsanwalts wuchs und wuchs. Nach einigen Monaten fragte Juval vorsichtig, ob sie vielleicht wieder arbeiten wolle. Das würde ihnen helfen, für das Honorar aufzukommen. Er sehe keinen anderen Weg, um gleichzeitig eine eigene Wohnung zu mieten und Mendelson zu finanzieren. Naomi meinte, es sei zu früh für den Wiedereinstieg. Uri brauche sie. »Mir scheint es umgekehrt zu sein«, sagte Juval, »ich glaube eher, du brauchst ihn.«

In jener Nacht stritten sie sich erstmals seit dem Vorfall. All die Monate zuvor hatte er sich mit ihr in Acht genommen und sie mit ihm, doch es war nicht dieselbe Vorsicht gewesen: Er hatte sie mit Samthandschuhen angefasst, weil er fürchtete, sie würde sonst kollabieren, während sie fürchtete, er könnte explodieren. Auch jetzt, als die Hemmungen endlich wegfielen, mussten sie leise streiten, zusammengepfercht auf der Bettcouch in ihrem alten Kinderzimmer in Haifa. Ihre Eltern saßen jenseits der Wand, zogen sich die israelische Mockumentary-Serie *Hauptkasse* im Fernsehen rein. Die lauten Lacher ihres Vaters dröhnten aus der Ferne, begleitet von den kurzen Glucksern ihrer Mutter, die sich wie Hüsteln anhörten. Der Streit selbst war fies, wie es solche Zwiste nun mal sind, brachte aber auch Erleichterung. Selbst der Sex danach war besser, erstmals seit vielen Wochen. Und einige Tage später kam Juval mit der Idee von Afrika.

Sie stammte von seinem ehemaligen Vorgesetzten in der 669. Beim letzten Reservedienst hatte Juval ihm von dem Vorfall erzählt. Naomi wollte, dass möglichst wenige Personen etwas davon erfuhren, verstand aber

Juvals Bedürfnis, mit jemandem zu reden. Und Amos Baer gehörte wirklich zu den Menschen, bei denen man auf Anhieb spürte, dass man sich auf sie verlassen konnte. Sobald er begriff, dass sie Geld brauchten, bemühte er sich nach Kräften, ihnen zu helfen. Die Firma, bei der Amos arbeitete, bot Beratungsdienste in Afrika an, und wenige Wochen später saß er schon im Wohnzimmer in Haifa, mit einem Angebot. »Israelische Piloten verdienen gutes Geld als Ausbilder bei der nigerianischen Luftwaffe, sind aber unruhig. Falls dort was schiefgeht, kann keiner sie im Gelände bergen, keiner sie auf israelischem Niveau medizinisch versorgen.« Sie hätten dieses Bedürfnis nicht nur in Nigeria, sondern auch in weiteren afrikanischen Staaten ausgemacht und daher beschlossen, den Afrikanern eine Lösung vorzuschlagen: Er selbst werde demnächst nach Angola aufbrechen, zusammen mit einem israelischen Arzt und zwei ehemaligen Kampfsoldaten der Einheit, und brauche jemanden, der in Nigeria dasselbe auf die Beine stellen könnte. »Die Bezahlung ist hervorragend«, versicherte er Juval, »und die Arbeit ist ungefährlich. Du begleitest keine Einsätze, unterstützt nur unsere Piloten dort und bildest vielleicht auch ein paar Nigerianer aus, damit sie fortan selbst handeln können.«

In jeder anderen Situation hätte Naomi das für eine Schnapsidee gehalten. Nigeria erschien ihr kaum als geeigneter Wohnort mit einem kleinen Kind. Aber der Verdienst, den Amos anbot, war höher als alles, was sie sich in Israel je hätten erträumen können.

Und sie könnte noch einige Monate länger bei Uri zu Hause bleiben, auch wenn sich dieses Zuhause in Lagos befand, einer Stadt, die sie nicht mal auf der Landkarte gefunden hätte. Sie könnten Mendelsons Honorar bezahlen, ohne Geld bei ihren Eltern zu leihen. Sie könnten sogar genug zusammensparen, um hinterher in Israel eine Wohnung zu mieten. Denn in ihre eigene mit der Bougainvillea auf dem Balkon würde sie nicht wieder einziehen.

## — 9 —

Sie hatte die Praxis gerade fertig aufgeräumt, als das Telefon klingelte. Es war eine unterdrückte Nummer, und sie antwortete hastig, rügte sich selbst wegen der hartnäckigen Hoffnung, Juvals Stimme zu hören.

»Hi, ich bin Omer, suche eine weibliche Psychologin.«

Der Mann am anderen Ende der Leitung klang so schwach, dass Noga fürchtete, ihn nicht zu verstehen. Sie stand auf, um das Fenster zu schließen. Die Straßengeräusche verstummten mit einem Schlag. »Können Sie mir den Grund ihrer Anfrage nennen, Omer?«

Ihre Stimme war sanft und weich, ohne zu einladend zu klingen. Es hatte Jahre gedauert, bis sie sich diese präzise Tonlage bei telefonischen Vorgesprächen antrainiert hatte. War sie zu liebenswürdig, fürchteten die Anrufer, sie wolle ihnen etwas andrehen. Kein

Mensch wollte, dass man ihm eine psychologische Behandlung anpries wie einen Fruchtjoghurt. Klang sie zu sachlich, fürchtete man, sie sei eine Therapeutin von der kühlen, distanzierten Sorte, eine von denen, die dösen oder im Geist Einkaufslisten erstellen, während ihre Patienten auf der Couch Blut schwitzen. Man musste den richtigen Ton finden: einerseits sanft, andererseits auch präsent. Weich, aber nicht ohne Rückgrat.

Das Gespräch sollte kurz sein, nur eruieren, ob der Patient sich wirklich für eine Psychotherapie eignete. Seit ihrer Ankunft in Nigeria waren ihr keine übermäßig schweren Fälle untergekommen, aber einmal hatte sie einen psychotischen Zusammenbruch bei einem ausländischen Bauingenieur erkannt und ihn schnellstens ins Krankenhaus überwiesen, damit er ärztliche Hilfe erhielt. Sie konnte keine paranoiden Schizophrenen in ihrer Praxis gebrauchen. Früher, vor Ofers Auszug, war sie weniger wählerisch gewesen. Die Tatsache, dass er da war, sie auf dem Parkplatz der Praxis erwartete, um am Ende des Tages gemeinsam nach Hause zu fahren, hatte ihr eine Sicherheit verliehen, die sie damals nicht mal als solche erkannte. Erst nach der Trennung verstand sie, welche Ruhe die Anwesenheit eines Mannes ihr in ihrem Leben verlieh.

»Omer, sind Sie noch dran?«

»Mein Name ist Omar«, sagte der Mann.

Sie entschuldigte sich hastig, »Verzeihung, ich hatte nicht richtig gehört, hier war viel Lärm von der Straße.« Noch im Sprechen fragte sie sich, was die eilige Entschuldigung sollte, denn sie hatte sich ja nicht durch ihre, sondern durch seine Schuld in seinem Namen geirrt. Er hatte ihn so leise gesagt, dass sie keine Chance hatte, ihn zu verstehen. Die Straße, an der die Praxis lag, war ganz und gar nicht laut. Deshalb hatte sie sich für diese Lage entschieden. Blühende Bougainvillea-Sträucher am Bürgersteig entlang, drei Papaya-Bäume im Vorgarten. »So grün hier«, staunten die Patienten, »so ruhig.«

»Ich glaube, ich brauche eine Therapie«, fuhr Omar fort, ohne auf ihre Entschuldigung einzugehen. »Ich suche eine weibliche Therapeutin.« Seine Stimme klang jetzt schärfer, fast aggressiv. Er war nicht der erste Patient, der ihr sagte, er käme lieber zu einer Therapeutin als zu einem Therapeuten. Bei Männern lag es meist daran, dass sie sich nur schwer öffnen konnten. Vor den prüfenden Augen eines Mannes wollten sie sich erst recht keine Blöße geben. Frauen fürchteten Verlockung seitens des Psychologen oder ihrerseits. Aber bei ihrem jetzigen Gesprächspartner klang das anders. Etwas an der Art, wie er den Satz aussprach, verursachte Noga leichtes Unbehagen.

»Können Sie mir den Grund ihrer Anfrage angeben?«

»Ich komme nicht gut mit meinem Leben zurecht. Ich bin Araber. Ist das ein Problem für Sie, dass ich Araber bin?«

Das erwischte sie unvorbereitet. Sie hatte sich gerade auf ihrem Schreibtisch vorgebeugt, auf der Suche nach einem Stift, um die Worte des neuen Kandidaten im Therapiebuch aufzuzeichnen, und da platzte er mit dieser direkten Frage an sie heraus.

»Ein Problem welcher Art?«, fragte sie vorsichtig, suchte nicht weiter nach dem Stift.

»Ich fragte, ob es ein Problem für sie ist, dass ich Araber bin.«

»Nein, ist es nicht«, antwortete sie hastig, »ich hatte bereits arabische Patienten.« Im zweiten Jahr ihrer Fachausbildung hatte sie eine junge Araberin behandelt, die unter einer Essstörung litt. Und das wars eigentlich. Seit ihrer Übersiedlung nach Nigeria war sie kaum Arabern begegnet, obwohl sie von Ofer verstanden hatte, dass bei der israelischen Baufirma Solel Boneh viele Bauingenieure in Afrika beschäftigt waren, die aus der arabischen Bevölkerung Israels stammten.

»Prima«, sagte Omar, »das freut mich zu hören.«

Ihr fiel auf, dass Omar akzentfrei Hebräisch sprach, ohne den kleinsten arabischen Anflug. Das war eigenartig, aber sie wollte ihn am Telefon nicht danach fragen. »Ich brauche eine halbe Stunde von meiner Wohnung zu Ihnen«, sagte er. Kurz wunderte sie sich, woher er die Adresse kannte, aber dann fiel ihr ein, dass sie auf der Webseite der Praxis stand. Die Webseite war Ofers Idee gewesen: So suchen die Leute heutzutage Therapeuten, im Internet, hatte er erklärt. Ofer hatte auch geholfen, ihr Foto für die Webseite auszuwählen – schön, aber unangestrengt, mit blauem Pullover und Lippenstift, der Pulli nicht zu tief ausgeschnitten. Das war kurz vor seinem Auszug gewesen. »Ich habe heute gegoogelt, wie ich hinkomme: Ihr Gebäude ist das vierte vom Anfang der Straße, das mit dem blauen Zaun. Als ich das herausgefunden hatte, bin ich von zu Hause in Ihr Viertel gefahren, um zu sehen, wie lange das dauert. Es waren vierzig Minuten.« Noga blickte durchs Fenster zum Zaun, dessen blaue Farbe von der tiefen Dunkelheit draußen verschlungen wurde. Auf einmal fragte sie sich, ob sie die Tür der Praxis abgeschlossen hatte.

»Ich will eine Therapie, weil ich es nicht schaffe, eine Familie zu gründen, eine Partnerschaft. Ich wünsche mir eine Frau. Sehr sogar.«

»Ich verstehe«, erwiderte Noga, »das ist tatsächlich ein Punkt, den viele Menschen bei einer psychologischen Therapie klären möchten, die Bedeutung von Partnerschaft, von Familie.«

Sie meinte, ihn im Hintergrund schnaufen zu hören. »Omar, ist alles in Ordnung?«

»Ja«, antwortete er hastig, »ich habe nicht gehört, was Sie gesagt haben, könnten Sie es wiederholen?«

Sie zögerte kurz, tat es dann aber. »Ich habe gesagt, dass die Schwierigkeit, einen Partner, eine Partnerin zu finden und eine Familie zu gründen, tatsächlich etwas ist, was Menschen veranlasst, professionelle Hilfe zu …«

Jetzt hegte sie kaum noch Zweifel, dass er schnaufte. Sie erstarrte. Sie hatte in der Vergangenheit schon von Kolleginnen über Anrufe von perversen Personen aller Art gehört, aber nie selbst so was erlebt. Auch jetzt war sie sich unsicher. Sie konnte nicht heraushören, ob der Mann am anderen Ende der Leitung von dem Gespräch sexuell erregt war oder ob er schnaufte, weil es ihm Angst einflößte.

»Noga? Sind Sie noch dran? Warum sind Sie verstummt?« Seine Stimme klang wieder schwach und verzweifelt, wie die eines Kindes, das mitten in der Nacht aus einem Albtraum hochschreckt und merkt, dass es mutterseelenallein ist. Sie überlegte, was sie antworten sollte, und sagte schließlich: »Ich hörte Sie schnaufen und …«

»Ich bin Asthmatiker«, erwiderte er eilig, »ich atme so, weil ich Asthma habe. Ist es ein Problem für Sie, dass ich Asthmatiker bin?«

Die Ausdrucksweise fiel ihr auf. Sie war identisch mit seiner vorigen Frage, ob es ein Problem für sie sei, dass er Araber war.

»Ah, tut mir leid, nein, natürlich ist das kein Problem für mich«, sagte sie und ärgerte sich über sich selbst, noch ehe die Worte heraus waren, denn sie verstand nicht, worüber sie jetzt redeten, was hier eigentlich ablief. Irgendwie kamen ihr Zweifel über seine ganze Geschichte, ob er wirklich aus Nigeria anrief oder etwa aus Israel, ob er tatsächlich Araber war und Omar hieß. Das telefonische Vorgespräch sollte ja kurz und bündig sein, nur dazu gedacht, allzu schwere oder verrückte Fälle auszusortieren und dann ein Kennenlerntreffen zu vereinbaren, für volles Honorar.

»Prima, freut mich zu hören, dass es Ihnen nichts ausmacht, dass ich Asthmatiker bin. Ich habe schweres Asthma, vielleicht weil ich eine Frau will und nicht finde, heiraten will, mir Partnerschaft, menschliche Nähe, Romantik ersehne. Ich hoffe sehr, dass die Therapie mir helfen wird, mein Ziel zu erreichen, weil … Eine weibliche Therapeutin versteht sicher mehr von diesen Dingen als ein männlicher, eine Therapeutin … ist weicher als ein Mann, sie kann wie eine Mutter sein, nicht wahr?«

Er ist kein Asthmatiker, du Idiotin. Er onaniert während des Gesprächs. Das Schnaufen am Telefon schwillt beim Sprechen immer mehr an. Man müsste taub sein, um nicht zu kapieren, was hier abläuft. Und doch blieb ein Rest Zweifel. So gern sie einfach mittendrin auflegen würde – sie bringt es nicht fertig. Sie ist sich nicht ganz sicher. Wie in jenem Sommer, als sie noch aufs Gymnasium ging und in einem Restaurant in der Stadt jobbte, wo der Wirt ihr ins Lager folgte und sich von hinten an ihr rieb, wie aus Versehen, und sie erstarrte und nichts sagte, es dann zu Hause aber Barak erzählte, ausgerechnet ihm. Warum, weiß sie bis heute nicht recht.

Aber jetzt ist das anders, überlegte sie, ganz anders, denn am anderen Ende der Leitung ist ein Mensch, der Hilfe braucht. Seine Schnaufer erreichten sie durchs Telefon. Sie lauschte erneut und konnte nicht entscheiden, was sie da hörte: einen Asthmatiker mit Beziehungsschwierigkeiten, der entschieden Behandlung brauchte, oder einen Perversen, der vor Frauen am Telefon onaniert und auf seine Weise ebenfalls Behandlung braucht. Doch auf einmal war ihr das egal. Sie durchmaß die Praxis mit langen Schritten, versank mit den Füßen im Perserteppich, blieb vor der Kaffeemaschine stehen und stellte sie an.

»Was ist das für ein Lärm?« Der Mann klang überrascht, sogar verärgert.

»Ich mache Kaffee«, sagte sie. Das Mahlgeräusch füllte ihr die Ohren, was sie freute. Noch nie hatte sie während eines Telefongesprächs mit einem Patienten so etwas getan. Aber von Sekunde zu Sekunde wurde ihr klarer, dass dieser Mann nicht ihr Patient werden würde. »Hören Sie, Omar, ich stehe hier vor meinem Terminkalender, und der ist leider voll. Ich habe keine freien Termine in der Praxis.«

»Was, warum sagen Sie das?« Seine Verblüffung drang durch die Leitung zu ihr. »Habe ich Sie erschreckt? Ich bin nicht gefährlich, ich bin ein guter Mann!«

Mag sein, dass er recht hat, sagte sie sich. Vielleicht ist er ein etwas seltsamer Typ mit schwerem Asthma und eigenartiger Redeweise, der eine Therapie sucht, um sein Leiden möglichst zu verringern.

»Vielleicht vereinbaren wir ein einziges Treffen, nur eines, und Sie entscheiden dann?«, schlug er vor.

»Leider sind meine Stunden in der Praxis derzeit völlig ausgebucht.«

»Das sagen Sie bloß«, klagte er, »Sie haben Angst vor mir. Ich verstehe nicht, warum. Ich habe Asthma, ich kann Ihnen eine Kopie meiner Krankenakte schicken.«

Er klang so verzweifelt, dass sie kurz erwog, seinen Vorschlag anzunehmen. Sie hob das Kaffeetässchen auf und hielt es in der Hand. Dachte an den Satz, den sie ihren Töchtern immer wieder vorsagte: Du musst nichts tun, was du nicht willst.

»Können Sie mich dann an eine Kollegin verweisen«, fragte er plötzlich mit veränderter Stimme, fast sanft. »Wenn Sie keine Zeit haben, können Sie mir dann die Nummer von einer geben, die Sie empfehlen? Aber es muss eine weibliche Therapeutin sein, eine Frau.«

Sie stellte die Kaffeetasse ab, ohne davon getrunken zu haben. »Ich schicke Ihnen ein paar Namen.«

## — 10 —

Er hatte nicht gedacht, dass man sich nach Lärm sehnen könnte. Menschen sehnten sich nach Gerüchen, Aromen, anderen Menschen. Sehnten sich nach Berührung, nach einer bestimmten Landschaft. Aber Juval war nicht auf die Idee gekommen, dass er sich jemals nach Lärm sehnen würde, gewiss nicht nach dem ohrenbetäubenden Lärm eines Hubschraubers, diesem starken, unaufhörlichen Knattern, das die Denkfähigkeit ausschaltete. Vielleicht genoss er gerade deshalb den ersten Tag mit den Kumpels im Gelände so sehr: Drei geschlagene Stunden lang dachte er an gar nichts.

Der erste Pilot hieß Matan. Sein kükengelbes Haar wollte nicht ganz zu seinem Gesicht passen, das schon erste Alterserscheinungen aufwies, vor allem um die

Lippen, die sichtlich gern lächelten. Juval mochte ihn auf Anhieb. Der zweite, etwas höherrangige Pilot hieß Alon. Er war einige Jahre jünger als Matan, aber erheblich ernster, vielleicht weil er einen höheren Rang bekleidete, oder vielleicht hatte er diesen gerade wegen seines ernsten Wesens erhalten. Sie erwarteten ihn in dem geräumigen Büro, das man den israelischen Beratern eingeräumt hatte, gleich am Eingang des Stützpunkts. Nach einem Austausch über die ersten Eindrücke in Nigeria, der ihn an die große Südamerika-Tour nach der Wehrentlassung erinnerte (Hast du schon gebratene Bananen gegessen? Die Bootsfahrt gemacht?), führten sie Juval in ihre Übungsroutine ein und berichteten ihm von der Arbeit mit den jungen Einheimischen. Er bat sie, die besonderen Anforderungen der Arbeit in Afrika zu nennen, worauf Alon einen Ordner hervorzog, den er zu dem Thema angelegt hatte, und anbot, ihm eine Kopie zu mailen. »Moment mal«, warf Matan ein, »bevor wir anfangen, dich mit Alons Ergüssen zu langweilen – sollen wir mal eine Runde drehen? Damit du die Gegend ein bisschen kennenlernst?«

Juval suchte Alons Augen. Er wollte nicht gleich beim ersten Treffen mit dem ranghöchsten Piloten vor Ort aneinandergeraten. Aber Alon schien nichts gegen Matans Vorschlag zu haben. Achselzuckend nahm er seine Jacke vom Bügel im Büro. »*Jalla*, steig in den Overall, und wir zeigen dir die Linie.« Juval nahm den Fliegeroverall, den Matan ihm reichte, und folgte den Schildern zur Garderobe. Zwei junge Nigerianer saßen dort und lachten über irgendwas, verstummten jedoch bei seinem Anblick. Juval sagte »hi«, stellte sich vor und erwartete eine lockere Erwiderung. Bisher war er Einheimischen nur als Dienstleistern in Lokalen und Geschäften begegnet, und nun freute er sich über die Gelegenheit, in echten Dialog mit den jungen Kursteilnehmern zu kommen, die er begleiten sollte. Aber statt zurück zu grüßen murmelten die beiden nur etwas und sprangen auf, schnappten sich ihre Taschen und verließen die Garderobe, wobei sie seinem Blick geflissentlich auswichen. Als er im Overall auf den Landeplatz hinaustrat, erzählte er Matan und Alon davon. »Das kommt, weil Alon jeden zur Schnecke macht, der nicht Distanz hält«, erklärte Matan. »Er bläut ihnen das derart ein, dass sie jetzt nicht mal mehr wagen, uns in die Augen zu schauen.«

»Kommt euch das nicht komisch vor, sie derart auf Distanz zu halten?«, fragte Juval. »Findet ihr das nicht etwas … abgehoben?«

Alon schüttelte heftig den Kopf. »Dieser Kurs muss auf dem Level eines Pilotenlehrgangs in Israel sein. Distanz wahren gehört dazu. Sie sollen uns fürchten.«

Juval glaubte, ihn aufgebracht zu haben, aber als sie in den Hubschrauber stiegen, war der erfahrene Pilot so freundlich wie zuvor. Als er sich an die Steuerknüppel setzte, erklärte er eingehend die Topografie und die Flugroute, die er heute ausgesucht hatte, und reichte ihm den Helm mit einladender Geste. Als Juval im Heck des Hubschraubers Platz nahm, beschäftigte ihn immer noch der Blick der beiden jungen Männer in der Garderobe. Ihre gesenkten Augen erinnerten ihn an all das, was er beim Militär gehasst hatte. Alon irrt sich, dachte er im Stillen, Angst macht keine besseren Soldaten, sie verleiht nur den Befehlshabern ein besseres Gefühl.

Als sie auf die Startgenehmigung vom Tower warteten, blickte Juval durchs Fenster des Hubschraubers. Er sah die Stacheldrahtzäune um das Flugfeld, die Soldaten, die unter einer Flut von Schreien rannten. Plötzlich fragte er sich, was zum Teufel er hier machte, ein Mann von vierunddreißig Jahren, schon zwölf Jahre aus dem Wehrdienst entlassen, der sich nun wieder mit dem Kacki und Pippi von Soldaten und Offizieren beschäftigte. Aber ihm war klar, dass er sich diese Frage nicht erlauben konnte, sie passte für Menschen, die eine Wahl hatten. Nun schreckte ihn nicht mehr Alons geheiligte Distanz oder die militärische Ordnung, sondern Naomi, Naomi mit den ewig traurigen grauen Augen, und er konnte nur hoffen, dass sie und Uri seine Abneigung nicht spürten. Obwohl er meist meinte, sie sei bloß hysterisch in Bezug auf den Jungen, und Uri sei völlig in Ordnung, befürchtete er manchmal, es könnte etwas nicht stimmen mit seinem Sohn, der schon seit einem halben Jahr fast jede Nacht mit gellenden Schreckensschreien aufwachte. Vielleicht spürte er etwas von dem unterirdischen Fluss, der zwischen Mama und Papa strömte. Vielleicht ertrank er in ihrer gegenseitigen Feindseligkeit, ohne dass sie es merkten.

Er fürchtete, seine trübe Stimmung könnte ihm die

Freude am Fliegen verderben, aber noch ehe sie in die Luft abhoben, zerstoben seine quälenden Gedanken, als hätte Alon einen weiteren Knopf an seiner Schalttafel gedrückt. Der Hubschrauber startete, und der Rotor begann sich zu drehen, dann gab es nur noch den Lärm.

Als Juval an jenem Abend nach Hause kam, war sein Rücken steif vom langen Sitzen im Hubschrauber, doch auf dem kurzen Weg vom Aufzug zur Wohnung empfand er eine Ruhe wie nach einer langen Dusche. Er hoffte, Naomi und Uri wären schon eingeschlafen. Er wollte gern allein auf dem Balkon stehen, etwas trinken, auf den Ozean blicken.

Doch beim Eintreten sah er Naomi auf dem Sofa sitzen, so starr, dass er im ersten Moment dachte, sie könnte tatsächlich eingeschlafen sein. Doch dann wandte sie ihm langsam das Gesicht zu, und er sah Tränen auf ihren Wangen. »Naomi? Was ist denn passiert?«

Noga hat es ihr verraten, war sein erster Gedanke. Naomi war heute allein mit Uri in ihrer Praxis gewesen, und Noga hatte ihr alles erzählt. Nicht dass es viel zu erzählen gab – nur ein einziges Mal Sex, vor siebzehn Jahren, kein großer Grund zur Aufregung. »Was ist denn passiert?«, fragte er erneut, und seine sämtlichen Muskeln spannten sich auf einmal, wie vor Verfolgung oder Flucht. Da er eine bestimmte Antwort erwartet hatte, erfasste er erst mit Verzögerung, dass er eine andere erhielt. Oder er verstand aus einem sonstigen Grund zuerst nicht den Namen, den ihre Lippen formten: »Tarek. Tarek hat angerufen.«

Hundebellen im Dunkeln. Das war sein erster Gedanke. Blitzende Zähne, Geifer, schäumende Mäuler. Mit roten Zungen und erhobenen Schwänzen suchen sie ihn, die Beine trampeln auf harte, kalte Erde. Sie werfen ihn zu Boden, ein ganzes Rudel stürzt sich auf ihn, als er schon am Boden ist, die Hände über dem Kopf, sie lassen nicht locker, reißen sein Fleisch, hauen ihm die Zähne in Wade, Arme, Rücken und Oberschenkel, mit aller Kraft. Die Narben sieht er jedes Mal, wenn er sich auszieht, unter die Dusche geht, Liebe macht. Er hätte die Bestien gern eine nach der anderen abgeknallt, einen Schuss direkt in den Rachen oder ins Arschloch, er, der Hunde seit jeher geliebt, der mit Noga ehrenamtlich im Tierheim ausgeholfen hat, als sie sechzehn waren. Was würde er nicht alles darum geben, dieses Rudel jetzt mit eigenen Händen erwürgen zu können, diese Monster ein für alle Mal einzuschläfern.

»Tarek? Was wollte er denn?«

»Er wollte, dass wir zahlen«, sagte Naomi, »verlangte es, besser gesagt. Er meinte, das Gericht würde vermutlich zu unseren Gunsten entscheiden, und das sei ungerecht. Er denkt, das sei nur wegen unseres teuren Anwalts, während sein Vater irgendeinen Referendar als Pflichtverteidiger erhalten hätte.«

»Aber wo, zur Hölle, hat er deine Telefonnummer her?«

Naomi zuckte mit den Achseln. »Kleines Land. Hat er irgendwie rausgekriegt.«

Er setzte sich neben sie aufs Sofa und nahm ihre

Hand. Sie war eiskalt, er führte sie zum Mund und pustete warme Luft darauf, langsam, als seien sie auf Romantikurlaub in einer kalten, verschneiten europäischen Stadt statt an einem fernen, sonnenhellen Ort. Er suchte ihren Blick, aber sie sah ihn nicht an. Schaute auch nicht auf den Ozean hinter dem Balkongeländer. Ihre Augen fixierten eine Stelle auf dem Teppich, und sie redete so leise dorthin, dass er sich vorbeugen musste, um sie zu verstehen. »Er hat gesagt, sein kleiner Bruder sei auf offener Straße beinahe gelyncht worden wegen mir. Und sein Vater habe Prügel beim Geheimdienst abbekommen. Ihnen stünde Geld von uns zu, als Entschädigung.«

Juval lehnte sich seufzend zurück. Er erinnerte sich an Tareks funkelnden braunen Augen, die ihn herausfordernd fixiert hatten, als sie vor dem Ziegenstall standen. Said hatte etwas kindlich Verletzliches an sich, aber Tarek war anders. Er habe Uri auf einen Rundgang zu den Ziegen mitgenommen, hatte er gesagt, aber Juval wusste sehr gut, dass er seine Freude daran gehabt hatte, sie in Angst und Schrecken zu versetzen, die jüdischen Gäste zu quälen.

»Er hätte dich nicht anrufen dürfen. So geht das nicht.«

Naomi schwieg. Juval stand auf, um ihr Wasser zu holen. Als er ihr das Glas reichte, sagte sie zögernd: »Vielleicht könnten wir ihm was geben.«

»Meinst du das im Ernst?!«

Sie wandte ihm das Gesicht zu und wischte sich die letzten Tränen von den Wangen. »Du verdienst jetzt gut. Jeden Monat geht viel Geld auf dem Konto ein. Vielleicht sollten wir ihnen was geben.«

»Was redest du denn? Wir haben Mendelson noch nicht abbezahlt, haben eine Hypothek aufgenommen, müssen daran denken, wo wir nach unserer Rückkehr wohnen wollen …«

Er hasste sich selbst, als er das sagte, und noch mehr hasste er sie. Ihr gequältes Gesicht, als sie hauchte: »Aber sie brauchen es mehr als wir.«

Er seufzte. »Weißt du, es ist leichter, eine Heilige zu sein, wenn es auf Kosten eines anderen Gehaltsempfängers geht.«

Er spürte auf der Couch, wie sich ihr Körper anspannte, und fürchtete, dass er es übertrieben hatte. Aber die ganze Situation brachte ihn auf die Palme. »Schau mal, wenn du wieder arbeiten gingst, wäre ich vielleicht bereit, darüber nachzudenken, aber momentan bist du zu Hause bei Uri. Wir leben von nur einem Gehalt.«

»Dass ich zu Hause bin, erspart dir den Lohn für eine Kinderfrau. Du kannst beruhigt zur Arbeit gehen, wenn du weißt, dass dein Kind bei seiner Mutter ist. Auch das ist Geld wert.«

Durch den Dunstschleier, der all ihre Regungen seit dem Vorfall bedeckte, blitzte kurz die Naomi von früher auf: redegewandt, wohlfundiert. Beim Jurastudium hatte sie als vielversprechend gegolten, als glänzende künftige Juristin. Plötzlich sah er klar den Karriereweg, von dem sie abgekommen war, als sie gleich nach der Anwaltszulassung schwanger wurde. Jetzt sah er die Reste der Naomi, die sie hätte werden können – und vielleicht noch werden würde, wenn er sie nur dazu bringen könnte, später in Israel gleich wieder die Arbeit aufzunehmen, so er sie aus dieser Schwermut herausbekäme, die ihm schon total auf den Geist ging.

»Sag mal«, versuchte er es in sanfterem Ton, »wie lange willst du dich noch quälen?« Sie atmete schwer, und er dachte sich, dass er auf dem richtigen Weg sein könnte. »Nom, hör mal, das klingt schon nach Erpressung. Dieser Anruf von Tarek – das ist Erpressung. Genau das.« Er hoffte, sie würde endlich von dem Scheißteppich aufblicken, aber sie tat es nicht, und er spürte sein Mitgefühl schrumpfen und seine Ungeduld wachsen. »Hör zu, du hast das Richtige getan, bist zur Polizei gegangen, hast gestanden, einen Preis bezahlt, einen verdammt hohen Preis – wir sind hier in Nigeria, zum Teufel! – wann soll das enden, Naomi?«

Gottlob blickte sie vom Teppich auf. Ihre schönen Augen waren nun ganz auf ihn gerichtet. »Was willst du sonst tun?«

»Gib mir dein Telefon. Ich will seine Nummer sperren.« Er nahm ihr Handy von der Couch. Sie legte ihm ihre nunmehr warme Hand auf, als er ihre erhaltenen Anrufe durchsuchte.

»So willst du das lösen? Indem du seine Nummer blockierst?«

»Ich tue, was jeder in unserer Lage tun würde. Wer dir was anderes sagt, ist scheinheilig.«

Seine Finger glitten übers Display und blockierten die Nummer, von der Tarek angerufen hatte. »Fertig«, sagte er bestimmt, »von dem hörst du nichts mehr. Wenn er von einer anderen Nummer aus anruft, wechseln wir deine aus, und fertig.«

Er wusste, dass sie ihn deswegen verachtete, ihm aber auch dankbar war, ohne es jedoch jemals zuzugeben.

## — 11 —

Sie stand nach dem Morgenspaziergang vor der Wohnungstür, den Schlüsselbund in der einen Hand, den schlafenden Uri im anderen Arm. Nach zwei vergeblichen Versuchen gelang es ihr endlich, den Schlüssel ins Schlüsselloch zu stecken und hineinzuwanken, das schlafende Kind etwas unsicher an der Schulter balancierend, auf dem Rücken den dicken Rucksack mit Kleidung zum Wechseln, Windeln, Feuchttüchern und kalziumreichen Keksen. Naomi eilte durch den Flur und legte Uri in sein Bettchen, heilfroh, endlich das Gewicht loszuwerden.

Als sie sich zum Rausgehen umwandte, sah sie, dass die Wohnungstür offen stand und der Schlüssel im Schlüsselloch steckte. Idiotin, beschimpfte sie sich, so was kann man in Israel machen, nicht hier. Trotz der Zäune ums Viertel, der Wachmänner in der Vorhalle und auf dem Parkplatz, und trotz der Überwachungskameras, die alle Gebäude der Gegend und das Gelände dazwischen abdeckten, fühlte sie sich nicht völlig sicher. Dana Azoulay hatte gemeint, das sei Unsinn. »Wenn du dich richtig verhältst, ist Lagos sicherer als jede Stadt in Israel. Du musst einfach in den geschützten Bereichen bleiben.« Vielleicht hatte sie recht, und doch erschauerte Naomi angesichts der weit offen stehenden Wohnungstür und den Schlüsseln, die für alle Interessierten im Schlüsselloch hingen. Sie hastete hin und erstarrte. Jemand stand im Treppenhaus, direkt vor der Tür.

Es war ein Kind. Nur ein Kind. Sie atmete auf, verlegen über ihr Erschrecken, und sah den Jungen an. Er mochte neun Jahre alt sein, vielleicht nicht ganz. Braunes Haar und grüne Augen. Er kam ihr bekannt vor, aber sie wusste nicht recht, woher. Vielleicht von der Grünanlage unten oder von dem größeren Park in der Mitte des Viertels. Es war höchst außergewöhnlich, ein Kind allein im Treppenhaus zu sehen. Kinder liefen hier nicht allein herum. Auch keine Zehnjährigen. Es war keine Gegend dafür.

»Du wohnst hier.« Er sprach Hebräisch, aber nicht das überraschte sie. Es gab viele israelische Familien hier im Viertel, deshalb hatte Dana ihr diese Gegend empfohlen, und etwas an seiner Körpersprache war ihr israelisch vorgekommen, bevor er noch den Mund aufmachte. Überraschend fand sie seinen Ausspruch »du wohnst hier«. Es war keine Frage, sondern eine Feststellung, auf die sie nur nicken konnte.

»Mit deinem Sohn?« Der Ton war etwas zu erwachsen für ein Kind, und sein direkter Blick beunruhigte sie.

»Wohnst du hier im Haus?«, fragte sie unter Umgehung seiner Frage.

»Nein. Ich habe euch in der Anlage gesehen und bin euch nachgegangen.«

»Dann macht sich deine Mama sicher große Sorgen«, sagte Naomi, »du musst zur Anlage zurück. Hast du ihre Telefonnummer?«

Der Junge verdrehte übertrieben abfällig die Augen, und kurz sah sie ein Stückchen des Weißen an seinem Augapfel, milchig und erschreckend. Weiß der Kuckuck, wo er sich die Geste abgeguckt hatte, die ihr nicht altersgerecht erschien. »*Agnes* ist im Garten. Meine Mama ist im Country Club, und Agnes passt auf mich auf. Agnes ist strohdumm.«

Naomi überlegte, ob sie ihn allein gehen lassen konnte. Sie wollte Uri nicht aus dem Bett holen. Er würde aufwachen und ihre Hoffnungen auf einen eigenen Mittagsschlaf vernichten. Andererseits konnte sie das Kind nicht einfach wegschicken. Das wäre unverantwortlich. Vielleicht sollte sie in der Lobby anrufen und einen der Wachmänner bitten, ihn abzuholen. Ja, das würde sie tun, sie würde Sebastian gegen ein Trinkgeld bitten, ihn zur Anlage zu begleiten. »Ich rufe jemanden von unten, damit er dich zurückbringt«, sagte sie und hob das kleine Telefon neben der Tür ab.

Nun tat der Junge etwas Verblüffendes. Er trabte in die Wohnung und setzte sich auf die Wohnzimmercouch. An seinen Schuhsohlen klebte roter Schlamm. Naomi wusste genau, wo der herkam. In der Nacht und den größten Teil des Vormittags hatte es geregnet, und der Spielplatz jenseits der Straße stand voll mit

Pfützen. Sie hatte aufgepasst, dass Uri die schlammigen Flächen nicht betrat, ihn nur auf den gepflasterten Teil gelassen. Aber der Junge hier war nicht auf dem Pflaster geblieben, das sah man seinen Schuhen an, und diese Schlammschleudern zog er jetzt auf ihre Couch, als er in den Schneidersitz wechselte und sie anblickte.

»Nimm die Schuhe runter«, blaffte sie.

Gleich darauf bedauerte sie den scharfen, feindseligen Ton, den sie angeschlagen hatte, als spreche sie mit einem Erwachsenen. Er ist nur ein Kind, tadelte sie sich, er könnte hier noch in Tränen ausbrechen, und was soll ich dann mit ihm anfangen. Aber der Junge weinte nicht. Er nahm langsam die Füße von der Couch und sah ihr zu, als sie hastig einen Lappen holte und das Polster abwischte, ehe der rote Schlamm in den Stoff eindrang.

»Du warst mit deinem Sohn bei der Psychologin«, sagte er, »vor zwei Wochen.«

Daher hatte sie ihn in Erinnerung. Sie und Juval hatten mit Uri in der Vorhalle gewartet, vor ihrem ersten Termin bei Noga Beniel. Der Junge, der jetzt auf der Couch saß, war damals aus der Toilette gekommen und zu einer Frau gegangen, die mit dem Rücken zu ihnen gesessen hatte.

»Stimmt«, sagte Naomi, »ich habe dich dort gesehen.« Auf einmal war es ihr unangenehm, sich mit dem Lappen in der Hand über den sitzenden Jungen zu beugen. Sie richtete sich auf und legte den Lappen auf den Couchtisch. Sie würde das später sauber machen, wenn dieses Kind weg war. Sie ging zur Tür und hob erneut den Hörer ab, als seine Stimme sie innehalten ließ: »War sie bereit, deinen Jungen zu behandeln?«

Naomi drehte sich um zur Couch, sagte aber kein Wort.

»Deinen Sohn – war die Psychologin bereit, ihn zu behandeln?«

»Sebastian, hier ist Naomi. Vom Apartment vierundzwanzig. Könnten Sie kurz heraufkommen oder jemanden herschicken, auf den Verlass ist? Ein Kind hat sich hierher verirrt und muss zum Spielplatz zurückbegleitet werden. Seine Kinderfrau dort ist sicher außer sich vor Sorge, und mein Kleiner schläft, sodass ich nicht selbst ausgehen kann. Könnten Sie bitte kurz heraufkommen? Ich wüsste das sehr zu schätzen.«

Sie hätte gar nicht so viel reden müssen. Sebastian wäre schon nach dem ersten Satz herbeigeeilt, aber irgendwie wollte sie keine Minute mehr allein mit diesem Jungen bleiben, bei dem jetzt klar war, dass er Liam hieß. Die Wartezeit bis zu Sebastians Eintreffen füllte sie mit einem endlosen Redestrom am Telefon, um die Zeit nicht allein mit dem Kind im Wohnzimmer verbringen zu müssen. Die Fahrstuhltür ging auf, und Sebastian stieg aus, das Telefon am Ohr, groß und beeindruckend in dem dunkelblauen Anzug, wie alle Wachmänner ihn hier trugen.

»Haben wir uns verlaufen?«, wandte er sich in gestelztem Englisch an den Jungen auf der Couch, »komm, ich bringe dich auf den Spielplatz.« Er lächelte breit und gutmütig. Naomi war schon besorgt, weil Liam ihm nicht antwortete, fürchtete bereits, er würde nicht mitgehen wollen, und erlaubte sich ein erleichtertes Aufatmen, als das Kind endlich aufstand.

»Können Sie mir Bescheid geben, nachdem Sie ihn seiner Kinderfrau übergeben haben«, bat sie Sebastian, »damit ich unbesorgt bin?«

»Ja, Madam«, erwiderte Sebastian, »ich rufe Sie gleich an, wenn ich zurück in der Lobby bin.«

Er wandte sich der Tür zu, aber Liam blieb stehen, seine grünen Augen auf sie geheftet. »Sag mir nur, ob ihr noch hingeht, zu dieser Psychologin.«

»Nein«, sagte Naomi, »wir gehen nicht mehr hin«, und fügte hastig hinzu: »Sie wollte nicht.«

Liam schloss die Augen, und gleich darauf drehte er sich um und folgte Sebastian ins Treppenhaus, zum Fahrstuhl, ohne Abschiedsgruß.

## 12

In den großen Ferien zwischen der zehnten und der elften Klasse war er mit seinen Eltern in den Moschaw gezogen. Barak und sie sahen den Transporter vor dem Haus gegenüber halten, das leer stand, seit Braverman an einem Herzinfarkt gestorben war und seine Kinder angefangen hatten, sich um das Erbe zu streiten. Eine Tür des Wagens ging auf, und Juval stieg aus, mit einem Buch in der Hand. Noga reckte den Hals, um das Cover zu sehen. Es war *Wohin du mich führst* von David Grossman. Sie hatte den Roman zwei Wochen zuvor ausgelesen und wollte gern mit jemandem darüber reden, aber in ihrer Klassenstufe las kein Mensch Bücher außer ihr und Barak. Doch Barak war zu beschäftigt mit seinem Training, sagte, er würde erst nach dem Auswahlverfahren für Eliteeinheiten wieder Bücher lesen. Juval legte das Buch auf die Hecke – später würde er ihr erklären, dass er es auf der ganzen Fahrt gelesen hatte, ein bewährter Trick, um seine Eltern auf den Vordersitzen nicht zanken zu hören – und wandte sich ab, um eine Kiste aus dem Transporter auszuladen. Barak trat zu ihm. »Komm, ich helf dir«, sagte er, worauf Juval ihn überrascht ansah.

»So ist das bei uns in der tiefsten Provinz, man hilft einander nach Kräften.« Juval grinste. Noga eilte ebenfalls zu den beiden. »Hi, ich bin Noga«, sagte sie. »Und ich bin Barak«, sagte Barak, »und wir sind die einzigen beiden normalen Menschen im ganzen Moschaw.« Juval lachte. Baraks Charme wirkte sofort auf ihn. Noga hoffte, ihr Bruder würde gleich weitertrainieren und sie beide allein lassen, aber Barak dachte gar nicht daran zu verschwinden. Gemeinsam mit Juval hob er noch und noch Kisten aus dem Transporter und schleppte sie mit ihm hinein, und als der Wagen halb ausgeladen war, schlug er vor, eine Runde durchs Dorf zu drehen und ihm alles Wichtige zu erklären: »Wer wen reinlegt und wer wen hasst – alles, was du wissen musst.« Juval fragte seine Eltern, ob er mitgehen könne, aber die waren so damit beschäftigt, den Packern im Wohnzimmer Anweisungen zu erteilen, dass sie ihn kaum beachteten. Also machte er kehrt und ging mit ihr und

Barak, fragte, ob sie ein Fahrrad für ihn übrighätten, denn seines sei zu Hause geblieben. »Hier ist dein Zuhause, *Habibi*«, korrigierte Barak, »ich hol dir eines. Nuggets – friss ihn nicht auf unterdessen.«

Barak trabte los und verschwand hinter ihrem Haus. Noga und Juval blieben allein. »Ich hab gesehen, dass du *Wohin du mich führst* liest«, sagte Noga.

Juvals Augen leuchteten auf. »Hast du's gelesen?«

»Habs vor zwei Wochen ausgelesen, konnte aber mit keinem darüber reden, denn hier liest kein Mensch Bücher.«

Er machte den Mund auf, um etwas zu erwidern – schöne, volle Lippen hatte er –, aber da kam Barak schon mit einem Fahrrad zurück und rief: »*Jalla*, eine Runde Heimatkunde.« Die Geschwister holten rasch ihre Räder.

Die ganze Tour über wartete Noga darauf, dass Juval das unterbrochene Gespräch fortsetzen würde, aber er war ganz gefesselt von Baraks lustigen Erklärungen. Vorbei an den Dattelpalmen radelten sie Richtung Dünen. Sie passte sich Juvals Geschwindigkeit an und merkte, dass Juval sich wiederum nach dem Tempo ihres Bruders richtete, der mal schnell und mal langsam fuhr, je nach der Geschichte, die er gerade erzählte.

Was bei diesem ersten Treffen angefangen hatte, ging die ganzen großen Ferien über weiter: Noga wollte an Juvals Seite sein und Juval an Baraks. Das überraschte sie aber nicht. Alle wollten mit Barak zusammen sein. Im Moschaw gab es tollere Jungen als ihren Bruder – hübschere, sportlichere, vielleicht sogar klügere. Aber keiner hatte diese perfekte Mischung: Er war lustig, ohne zu blödeln, klug, ohne überheblich zu sein, gutaussehend, aber kein Lackaffe. Und vor allem war er der beste Freund, den man sich wünschen konnte. Selbst wenn er etwas Verbotenes tat – wie damals, als er mitten in der Nacht den Traktor aus dem Hof von Gross entwendete und ihn samt einer Flasche Wodka geradewegs in den Straßengraben fuhr –, selbst da verflog der allgemeine Zorn nach wenigen Tagen, als sich herausstellte, dass noch ein weiterer Junge mitgemacht hatte, den Barak keinesfalls zu verpetzen bereit war, weil er nicht wollte, dass noch einer Scherereien bekam. Um für den Schaden aufzukommen, verdonnerte ihn Menachem Gross dazu, in seinen Gewächshäusern zu arbeiten, zusammen mit den Thais, worauf Barak so vorzügliche Arbeit leistete, dass Menachem ihn bei voller Bezahlung weiterbeschäftigte, für höheren Lohn, als die Fremdarbeiter ihn erhielten. Barak arbeitete dort fast ein halbes Jahr lang, und irgendwann gab Menachem ihm die Schlüssel des Traktors und sagte, er könne ihn nehmen, wann immer er wolle, nur ohne Wodkaflaschen. Barak legte die Arbeit erst nieder, als die Vorbereitungen für die Auswahlverfahren begannen. Er sagte Menachem, er brauche die Zeit zum Trainieren. Wenn er um die Obstplantagen rannte, winkten ihm die Leute zu. Und er habe nichts in Erinnerung, was vor dem siebten Lebensjahr gewesen war, antwortete er Noga auf ihre Frage, rein gar nichts.

# 13

Naomi konnte die Augen nicht vom Gesicht dieser Frau abwenden. Sie sah aus wie eine Bronzefigur, die man in einer Galerie oder im Museum erwartet, aber kaum in der Kinderkrippe eines Waisenhauses in Lagos. Die Kinder scharten sich um sie, spürten ebenfalls ihre Ausstrahlungskraft. Sie kletterten auf ihren Schoß, griffen nach den dünnen Zöpfen, die ihren Kopf umgaben, verwickelten sich in ihren Rock und forderten schlichtweg ihre Aufmerksamkeit, sei es mit Heulen oder Lächeln. Sie antwortete allen freundlich distanziert. Irgendwie brachte sie es fertig, zugleich mitzuspielen und unerreichbar zu bleiben. Ihre Präsenz brachte die Kinder gerade deswegen aus dem Häuschen, weil sie alles mit sich machen ließ und ihnen doch nichts Eigenes schenkte. Sie wollten nur immer noch mehr von ihr haben. Naomi meinte, wenn sie könnten, würden sie mit den Zähnchen an ihr knabbern.

»Jetzt mal Ruhe«, sagte sie unvermittelt mit tiefer, warmer Stimme, »ich möchte euch ein Lied vorsingen.« Die Kinder setzten sich sofort, riefen einander zu, still zu sein, sogar die Kleinsten gehorchten. Die Frau saß ihnen gegenüber, kerzengerade auf dem kleinen Stuhl. Sie sah die Kinder nicht an, legte nur die Hände auf die Knie, die sich unter ihrem Rock abzeichneten, und holte tief Luft. Dann begann sie zu singen, und Naomi hätte schwören mögen, dass es der schönste Gesang war, den sie je gehört hatte. Den Text verstand sie nicht. Es war kein Englisch.

»Wer ist das?«, fragte sie flüsternd Dana Azoulay, die neben ihr saß und Anziehpuppen ausschnitt.

»Sie heißt Ayobami«, sagte Dana, »ist eine Freundin von Cathrin, der Direktorin. Sie ist erst seit zwei Wochen ehrenamtlich hier, aber die Kinder sind ganz verrückt nach ihr.«

»Ist sie eine Einheimische?«

Dana nickte. »Hörst du die Sprache, in der sie singt? Die heißt Yoruba.«

Naomi musterte Ayobami erneut. Um den Hals trug sie eine dünne Goldkette, in den Ohren passende Ringe. Sie war die einzige Einheimische unter den ehrenamtlichen Helferinnen. Nigerianerin war sonst nur noch Cathrin, die Direktorin des Heims, die Naomis Angebot eine knappe Stunde zuvor erhalten hatte. Mittwochs kamen vorwiegend Israelinnen ins Heim, um mit den Kindern zu spielen, aber Dana sagte, an anderen Wochentagen sehe es anders aus. Donnerstag beispielsweise sei der Tag der Französinnen und Belgierinnen. Montags kämen überwiegend Frauen aus den USA und England, aber Einheimische erschienen fast nie.

Die Frau hörte auf zu singen, und Naomi spürte ihren Blick auf sich ruhen. Naomi senkte verlegen die Augen, merkte jetzt erst, wie auffallend sie die Frau fixiert hatte. Die Kinder bettelten Ayobami an, weiterzusingen, aber sie schüttelte entschieden den Kopf. »Genug für heute«, sagte sie auf Englisch und fügte lächelnd hinzu: »Und wenn ihr jetzt anfangt zu weinen und mich zu nerven, singe ich euch nie wieder was vor.« Sie stand auf und ging hinaus in den Garten, begleitet von der Heimleiterin. Naomi blickte den beiden Nigerianerinnen nach, die eine knabenhaft und geschmeidig im lila Rock, die andere etwas füllig, gebeugt von den Jahren der Kinderpflege. »Kommen Sie, Naomi«, rief Cathrin ihr plötzlich zu und drehte sich zu ihr um, »tanken Sie Sonne mit uns.«

Als sie auf die beiden zuging, spürte sie die eigene Aufregung. Es war Jahre her, dass sie einen anderen Menschen so unbedingt hatte beeindrucken wollen. »Was für ein hübsches Plätzchen Sie hier haben«, sagte sie zu Cathrin, »ich würde nächste Woche gern wiederkommen.«

»Wir freuen uns, wenn Sie uns treu bleiben«, erwiderte Cathrin, »besonders, wenn es so regelmäßig geschieht. Es ist wichtig für die Kinder, bekannte Gesichter zu sehen.«

Ayobami mischte sich ein: »Cathrin möchte sagen, dass es ungut für die Kinder ist, wenn alle möglichen Frauen angelaufen kommen, um sich mit den Kleinen ablichten zu lassen, und dann wieder verschwinden, als betrachteten sie das hier nur wie eine kurze Safari.«

Naomi spürte leichtes Unbehagen und fragte sich, ob Ayobami sie zuvor beim Selfie machen mit einem kleinen Jungen beobachtet hatte. Aber der hatte Naomi selbst dazu angefeuert und dann begeistert sein Konterfei auf dem Handy betrachtet. Sie wollte es Ayobami erzählen, aber Cathrin kam ihr zuvor. »Du bist unmöglich, Ayobami, einfach furchtbar. Verschreckst mir diese junge Frau derart, dass sie zum Schluss nicht wiederkommen will.«

»Ich stelle nur sicher, dass sie dann auch bleibt«, sagte Ayobami.

»Wann sind Sie denn nach Lagos gekommen?«, fragte Cathrin, als sie die Gartenpfade abschritten, sich ihren Weg zwischen Bananenstauden bahnten.

»Vor einem Monat«, antwortete Naomi.

»Und mögen Sie Nigeria?«

»Ja«, erwiderte sie hastig, »sehr sogar. Die Menschen hier sind so …«

»Nett«, warf Ayobami süffisant lächelnd ein. Naomi überlegte, ob sie beleidigt sein sollte. Sie wusste, diese Frau genoss es seltsamerweise, sie unter Druck zu setzen. Aber genauso wusste sie, dass sie selbst, warum auch immer, nicht wollte, dass sie damit aufhörte.

»Wir sind doch wirklich nett, Ayobami, alle Nigerianer sind nett, außer dir!« Cathrin schenkte Naomi ein breites, einladendes Lächeln und hakte sie unter. »Hören Sie nicht auf diese Hexe. Erzählen Sie mir lieber: Waren Sie vorher schon mal in Afrika?«

»Nein«, gab Naomi zurück und bereute nun ein wenig, dass sie den Kontinent nicht schon früher bereist hatte, »ich noch nicht, aber meine Mutter hat als Kind zwei Jahre in Nairobi gelebt.«

Es war, als hätte Ayobami sie nun erst richtig wahrgenommen. Bisher hatte sie mit ihr gespielt wie mit einem Kätzchen oder Hündchen, ohne echte Aufmerksamkeit, doch jetzt blieb sie mitten im Garten neben einem mächtigen Hibiskus-Strauch stehen und sprach sie direkt an: »Ihre Mutter? Wirklich?«

»Ja, mein Großvater hat an der israelischen Botschaft dort gearbeitet, als Attaché.«

»Ihre Mutter hat also zwei Jahre lang in Afrika gewohnt – wow, das macht Sie ja echt zu einer halben Einheimischen! Wann war das?«

»Ich meine, 1966–68. Ich weiß noch, dass sie mir gesagt hat, sie seien während des Sechstagekriegs dort gewesen«, antwortete sie, ergänzte jedoch sofort, denn woher sollten diese Frauen wissen, was das für ein Krieg gewesen war: »Ich meine den Krieg von 1967, in Israel nennt man ihn Sechstagekrieg.«

»Auch wir hatten 1967 einen Krieg!«, flötete Ayobami seltsam fröhlich, als hätte sie gerade herausgefunden, dass sie beide am selben Tag Geburtstag hatten.

Cathrin machte kehrt, zurück zum Gebäude. »Ihr könnt noch ein bisschen hierbleiben, Girls, ich kann die Kinder nicht so lange allein lassen.«

Naomi dachte, Ayobami würde Cathrin folgen, und freute sich umso mehr, dass die Frau im lila Rock bei ihr blieb. »Kommen Sie, ich zeige Ihnen meine Lieblingsecke im Garten.« Sie legte Naomi eine Hand auf die Schulter und dirigierte sie zu einem Pfad, der zwischen den Büschen kaum zu sehen war. Sie gingen nebeneinander durch das dichte Laub. Naomi blickte ins Gestrüpp. Vielleicht sollte sie hier nicht mit Sandalen unterwegs sein, wer weiß, was für Schlangen da wuselten. Sie erwog, Ayobami darauf anzusprechen, zur Umkehr zu raten, aber die fremde Frau hatte ihr gerade erst die Hand auf die Schulter gelegt, und Naomi wollte, dass diese Hand dort blieb.

»Hier. Haben Sie sowas schon mal gesehen?«

Es war ein riesiger, ausladender Baum, der aus der roten Erde weit in den Himmel ragte. »Wow«, sagte Naomi, »wie heißt dieser Baum?«

»Wauaatschabu«, antwortete Ayobami.

Naomi sprach es ihr langsam nach, Silbe für Silbe. Als sie fertig war, lachte Ayobami zu ihrer Überraschung schallend. »Spreche ich es falsch aus?«

»Keine Ahnung. Hab ich erfunden. Ich habe in Staatswissenschaft promoviert, nicht in Botanik.«

»Sie haben promoviert?« Naomi beäugte die Frau im lila Rock anerkennend.

Ayobamis Lachen brach abrupt ab. »Überrascht Sie das?«, fragte sie.

»Nein, das nicht«, antwortete Naomi hastig, »auch in Israel staune ich immer bei einer Frau, die es geschafft hat, sowohl Doktor als auch Mutter zu sein.«

»Woher wissen Sie, dass ich Mutter bin?«

Naomi schwieg verlegen.

Ayobami ließ sie kurz zappeln und lächelte dann breit. »Aber Sie haben natürlich recht. Ich bin Mutter. Kommen Sie, ich stelle Ihnen meine Tochter vor.«

Naomi folgte ihr über die Gartenpfade, die nun, auf dem Rückweg, anders aussahen. Wenn sie denselben Weg hin- und zurückging, kam er ihr das zweite Mal meist bekannter, weniger geheimnisvoll vor, aber auf dem Rückweg mit Ayobami durchs Gebüsch blieb sie angespannt, als könnte jederzeit etwas zwischen den Bananenstauden auf sie beide losspringen.

»Da«, sagte Ayobami, als sie an der Tür des Spielzimmers standen. »Möchten Sie raten, welches der Mädchen meine Tochter ist?«

Dort tollten fast dreißig Kinder, und Naomi musterte neugierig ihre Gesichter, suchte in den jungen Zügen eine Ähnlichkeit mit denen der Frau. Schließlich meinte sie, die Richtige entdeckt zu haben: ein schmales Mädchen, größer als die übrigen, dessen Mandelaugen aus der anderen Ecke des Zimmers leuchteten. »Die Kleine dort drüben?«, fragte sie.

Ayobami nickte. »Sie können uns also unterscheiden, wenn Sie sich anstrengen.« Sie nickte ihrer Tochter zu, und die stand auf und kam heran. »Als wir das letzte Mal hier waren, wollte sie mich die ganze Zeit umarmen. Ich habe ihr gesagt, das gehöre sich nicht, dauernd an deiner Mama kleben, wo die anderen Kinder hier gar keine Mama haben.« Ayobami strich der Kleinen über den Kopf und wandte sich dann überraschend an Naomi. »Finden Sie mich schrecklich?«

»Nein«, sagte Naomi, »ich finde Sie wunderbar.«

Ayobami dachte über die Worte nach. »Gut, ich weiß nicht, was *das* betrifft. Aber eines sage ich Ihnen: Wenn Sie Arbeit suchen, bin ich bereit, Sie einzustellen.«

Naomi sah sie verwirrt an. »Was für Arbeit?«

»Ich suche eine wissenschaftliche Hilfskraft.«

Da würde Juval lachen. Sie ging ehrenamtlich in ein Waisenhaus und kehrte mit einem Jobangebot heim.

Im ersten Moment klang es verlockend. Sie wusste nicht, was sie für Ayobami tun sollte, was eine wissenschaftliche Hilfskraft bei einer Staatswissenschaftlerin zu tun hatte, doch es war sicher besser als den ganzen Tag zu Hause zu sitzen und einen Anruf von Tarek zu befürchten. »Das ist sehr nett von Ihnen«, sagte sie, »nur verbringe ich die meiste Zeit mit meinem Sohn im Haus. Im Moment ist sein Vater bei ihm, aber die Woche über passe ich auf ihn auf.«

Ayobami zuckte mit den Achseln. »Sie können ihn mitbringen. Ich arbeite von zu Hause aus, eine Kinderfrau ist bei Grace im Wohnzimmer, ich bin sicher, es wird Ihrem Sohn gefallen.«

## — 14 —

Auf der Heimfahrt fragte Dana sie nach Ayobami. »Ich habe dich mit ihr sprechen sehen«, sagte sie, »sie scheint eine interessante Frau zu sein.« Naomi erzählte ihr von dem Baum, den Ayobami ihr im Garten gezeigt und von dem Namen, den sie für ihn erfunden hatte, nur um sie zu verwirren.

»Sie hört sich ein bisschen wie eine schlaue Hündin an«, sagte Dana, nicht unbedingt abwertend, sogar etwas bewundernd, als sei die Bezeichnung »Hündin« nicht notwendig beleidigend. Naomi spürte Danas Neugier, erwähnte jedoch nichts von Ayobamis Jobangebot. »Ihre Ohrringe sind hübsch«, bemerkte Dana nach kurzer Pause, »wenn sie nächste Woche wiederkommt, frage ich sie, wo sie die gekauft hat.«

James fragte, ob sie Musik hören wollten, und Dana antwortete, er solle was Lokales einschalten. »Naomi ist schon zwei Monate in Nigeria und kennt immer noch keine High-Life-Musik.« Er stellte das Radio an, und fröhliche Rhythmen füllten das Wageninnere. Dana lächelte sie an und machte eine übertriebene Tanzgeste mit der Hand. Naomi erwiderte ihr Lächeln. Sie fühlte sich leicht, als wäre sie etwas beschwipst.

Als sie die Wohnung betrat, eilte Juval ihr mit strahlendem Gesicht entgegen. »Du beantwortest keine Anrufe«, sagte er und schlang beide Arme um sie, »Nom, es ist überstanden. Mendelson hat angerufen.« Sie starrte auf sein lächelndes Gesicht und zwang sich, ihm konzentriert zuzuhören. »Die Richterin hat entschieden, dass es die Schuld des Arbeiters war. Er hätte auf seinen Hammer aufpassen müssen.« Er verstummte, erwartete wohl eine Reaktion von ihr. Auf ihren verwirrten Gesichtsausdruck hin fügte er langsam hinzu: »Jetzt ist es amtlich – du trägst weder Schuld noch Verantwortung für das, was dort passiert ist.«

Die Leichtigkeit, die sie mit Dana im Auto empfunden hatte, verflog schlagartig. Sie setzte sich auf die Couch. Juval lief in die Küche und holte eine Flasche Weißwein aus dem Kühlschrank. »Gut, dass wir auf deine Eltern gehört haben und zu Mendelson gegangen sind. Er kostet ein Vermögen, aber tut was für sein Geld. Wenn du mich fragst, ist auch der Arbeiter nicht schuld. Hier war Riesenpech im Spiel, man muss nicht wegen allem Köpfe rollen lassen.« Er griff in ihr Haar und streichelte ihren Nacken. Seine große Hand wanderte weiter den Rücken hinunter. »In ein paar Monaten ziehen wir zurück nach Israel. Begleichen nur noch Mendelsons Rechnung, sparen ein paar Kröten, und nix wie weg hier.«

Er wollte diesen Abend mit ihr schlafen. Das zeigten seine Gesten, seine Blicke. Sie fragte sich, ob sie mitmachen könnte, wenn sie nur genug Wein trinken würde. Sie hoffte es. Er hatte es verdient, war so geduldig gewesen in dieser Zeit.

Sie vögelten im Schlafzimmer. Das Fenster war offen. Nur eine gelbe Gardine trennte sie von der Straße, und die Brise vom Ozean bauschte sie so, dass sie gelegentlich wie ein Lebewesen wirkte. Juval stieß erregt in ihr, während sie die Augen schloss und wartete, bis er kam. Er hielt inne, fragte flüsternd, ob er es ihr besorgen solle. Sie schüttelte verneinend den Kopf und ignorierte seine enttäuschte Miene. Sie wollte jetzt nicht kommen, sie wollte allein sein. Als er so weit war und sich waschen ging, stand sie auf und schaltete das Handy an. Sie gab Ayobamis Name auf Google ein und fand ein aktuelles Foto von ihr, fast so hübsch wie in Wirklichkeit, in einem knallroten Kleid. Ayobami Abara, Doktor der Staatswissenschaft, Universität Lagos.

Das Klingeln des Telefons kam ihr wie eine logische Fortsetzung der Betrachtung von Ayobamis Foto vor. Vielleicht wegen des Weins, den sie mit Juval getrunken hatte, in dem sturen Versuch, fröhlich zu werden, oder vielleicht wegen der späten Stunde war ihr irgendwie glasklar, dass am anderen Ende der Leitung Ayobami sein musste, die sich meldete, um sie nochmals einzuladen, bei ihr zu arbeiten, und so ging sie schwungvoll und begeistert dran: Ja, wollte sie sagen, ich komme bei dir arbeiten. Ich komme.

Die Stimme am anderen Ende hielt einen Moment inne, bevor sie sprach, und Naomi verstand – schon aus der kurzen Pause verstand sie –, dass es nicht Ayobami war.

»Hier ist Tarek Abu-Eid«, sagte er. »Die Richterin hat meinen Vater zu einer Entschädigungsleistung von zweihunderttausend Schekel verurteilt. Du musst uns helfen. Dein Kind hat den Hammer runtergeworfen.« Naomi schwieg. »Ich weiß, dass du zuhörst. Du schuldest uns Geld.«

»Ich kann dir nicht helfen«, flüsterte sie.

»Du kannst sehr wohl helfen! Mein Vater ist krank. Seit den Schlägen, die er beim Verhör bekommen hat, verlässt er kaum noch das Haus. Mein kleiner Bruder hat nachts Albträume, dass sie ihn auf offener Straße umbringen wollen. Ihr habt Geld!«

Er klang entschlossen und aggressiv, aber Naomi spürte die Verzweiflung dahinter. Wie alt mochte er sein, fragte sie sich, und schloss auf höchstens siebzehn. Sie musste keine Angst vor einem Siebzehnjährigen haben. Tarek, ich bitte dich, ruf diese Nummer nicht mehr an. Das ist Belästigung. Aber das sagte sie nicht, sie brachte es nicht über die Lippen. Sie saß auf dem zerwühlten Bett und hörte Tarek zu, der sie bedrohte, beschimpfte, anflehte und erneut bedrohte, und so albtraumhaft dieses Gespräch auch sein mochte – auflegen kam ihr noch schlimmer vor.

»Mit wem sprichst du?« Juval stand an der Schlafzimmertür, ein Handtuch um die Hüften gewickelt. Schlagartig war sie selbst betreten, als hätte sie etwas Verbotenes getan, als hätte er sie mit einem fremden Mann im Schlafzimmer erwischt.

»Tarek ist dran«, sagte sie, »er hat von einer anderen Nummer angerufen.«

»Warum hast du ihn nicht weggedrückt?«, schimpfte Juval und durchmaß forsch das Zimmer. Er packte ihr Gerät, aus dem noch Tareks Stimme schallte, und schloss es mit einem Fingerdruck. »Fertig. Morgen rufe ich die Telefongesellschaft an und ändere deine Handynummer.«

»Aber ich will die Nummer nicht ändern, alle kennen mich unter dieser Nummer.«

»Dann schick all deinen Kontaktpersonen eine Nachricht. Ich will nicht, dass dieser Kerl dich erreichen kann. Nach dem letzten Gespräch, das dich zwei Tage lang fertiggemacht hat, werde ich nicht zulassen, dass er dir das immer wieder antut.«

Mitten in der Nacht wachten sie von Schreien auf. Sie fuhren beide hoch, saßen aufrecht nebeneinander im Doppelbett. Es war stockdunkel im Raum, und das Gebrüll durchschnitt die Finsternis und ließ die beiden hochschrecken und durch die Tür auf den Flur und zu Uris Zimmer stolpern. Dort stand er in seinem Bettchen, nass vor Schweiß und Urin, und schrie aus vollem Hals. Die Augen des Kindes waren fest geschlossen. Es war offensichtlich, dass er seine Eltern weder sah noch hörte. »Uri«, sagte Naomi mit weicher Stimme, »Uri.« Aber er verstummte nicht, schlug die Augen nicht auf, war wie weggetreten. Sie erklärte Juval, er sei in Trance oder vom Dybbuk besessen und finde da nicht wieder raus. Dann brach sie in Tränen aus, und Juval schrie: »Naomi, beruhig dich, hör auf, was fängst du jetzt auch noch an«, und: »Uri, wach auf, was hast du denn!« Er nahm den kickenden und kreischenden Jungen hoch und trug ihn ins Badezimmer, wo er ihn wusch und mit einem großen Handtuch trockenrieb, und die ganze Zeit über hörte Uri nicht auf zu schreien, bis Juval ihn wieder ins Bett legte, wo er schlagartig verstummte, sich auf den Bauch drehte und erschöpft in Schlaf versank, als sei er nie aufgewacht.

## — 15 —

Ayobami klang kühler als erwartet, so zurückhaltend, dass Naomi kurz überlegte, ob Cathrin ihr wirklich die richtige Nummer gegeben hatte. »Ja, ich erinnere mich, vom Waisenhaus«, sagte sie schließlich.

Naomi wartete auf eine Fortsetzung, aber die Frau am anderen Ende der Leitung fügte nichts hinzu, und Naomi musste sich mit gewundenen Sätzen auf Englisch vortasten. »Also ich habe nachgedacht über das, was Sie gesagt haben, das heißt, wenn Sie immer noch eine Assistentin für die Lehre, das heißt, für die Forschung brauchen, eine wissenschaftliche Hilfskraft, dann würde ich mich sehr freuen, also, das Angebot annehmen, obwohl ich nicht recht weiß, was ich da genau tun muss, freue mich wirklich drauf, ich habe einen ersten Abschluss in Rechtswissenschaft, falls das hier relevant sein sollte.«

»In Ordnung«, fiel Ayobami ihr ins Wort, »können Sie am Montag um neun Uhr kommen? Das ist eigentlich der einzige Tag, den ich habe.«

Naomi bejahte hastig. Erst als sie die Anschrift notiert und das Gespräch beendet hatte, fiel ihr ein, dass sie das erste Treffen mit Ayobami genau für den Termin vereinbart hatte, an dem sie erneut bei Noga Beniel sein sollte.

»Ist doch kein Problem«, sagte Juval, »ruf Ayobami einfach zurück und sag ihr, du müsstest die Sache verschieben.«

»Ich will nicht unzuverlässig wirken. Und sie hat gesagt, sie hätte diese Woche keinen anderen Tag frei.«

»Dann verschieb halt die Psychologin.«

»Hab ich versucht. Sie hat keine anderen Termine.« Sie erwartete, dass Juval sich erbot, selbst mit Uri zur Psychologin zu gehen, aber er schwieg. »Vielleicht bringst du ihn diesmal zur Therapie?«

Juval zögerte mit der Antwort. »Wäre es nicht vernünftiger, dass du die Nigerianerin anrufst und den Termin zu verschieben versuchst?«

»Ich freue mich auf dieses Treffen«, antwortete Naomi. »Ich meine, die Zusammenarbeit mit Ayobami könnte mir guttun.«

Dagegen wagte er nichts einzuwenden. »Okay, geh zu deinem Treffen«, sagte er, »ich bringe Uri zur Psychologin.«

Auf der ganzen Fahrt zur Praxis verfluchte er Naomi wortlos. Uri saß hinten, schaute neugierig aus dem Fenster. Das Radio spielte einen alten Song von Nina Simone. Er hätte Naomi bitten müssen, Noga erneut anzurufen und auf einem anderen Termin zu bestehen. Er wappnete sich für die Verlegenheit, die sicher eintreten würde, wenn Noga die Tür aufmachte und ihn dort vorfand, musste jedoch auch gestehen, dass das vorhersehbare Überraschungsmoment ihm nicht nur peinlich, sondern auch aufregend vorkam.

Doch sie wirkte kein bisschen überrascht, als sie die Tür öffnete und ihn mit ruhigem Lächeln begrüßte, als wäre nichts Ungewöhnliches daran, ihn, Juval, an ihrer Kliniktür in Lagos anzutreffen. Ihre Haare waren zu einem Knoten zusammengefasst und ihre Augen dezent geschminkt. Letztes Mal hatte sie eine Brille getragen und wie eine graue Maus ausgesehen. Jetzt waren die Augen frei, und man sah wieder ihre Farbe, die tiefschwarz, fast lila war. Sie trug einen übergroßen grünen Baumwollpullover. Die anliegende schwarze Hose endete in Absatzschuhen, die ihn überraschten. Als Siebzehnjährige im Moschaw hatte sie geschworen, niemals hohe Absätze zu tragen.

Er hätte ihr gern etwas über die Schuhe gesagt, lächelnd eine Verbindung zwischen der Noga von heute und der Noga von damals hergestellt, aber die Art ihrer Begrüßung ließ ihn verstummen. Wäre sie seinem Blick ausgewichen, hätte ein Eingeständnis darin gelegen, aber sie blickte ihn im Gegenteil seelenruhig an, als wollte sie sagen, »ja, wir haben mal gevögelt. Na und?« Sie empfing ihn und Uri mit »guten Tag« und machte die Tür weit auf. »Möchtest du was trinken?«

Er vermerkte irritiert, wie offen und freundlich ihr Ton war, völlig unbelastet. Am Vorabend, als er auf Naomis Bitte notgedrungen eingewilligt hatte, den Termin mit Uri wahrzunehmen, hatte er im Stillen gehofft, die vergangenen Jahre hätten alles ausgelöscht. Es wird schon nicht peinlich werden, hatte er sich später im Bett beruhigt, nach siebzehn Jahren ist die Beklemmung verschwunden. Siebzehn Jahre später empfindet man nichts mehr, außer vielleicht leichte Befremdung. Jetzt, an Nogas Praxistür, entdeckte er eines: Noch schlimmer als die erwartete Beklemmung war das Fehlen jeglicher Gefühlsregung.

»Ich würde mich über einen Kaffee freuen«, sagte er, fahndete dabei nach der kleinsten Regung in ihrem Gesicht, aber Nogas Augen blickten auf Uri, der begeistert den neuen Pouf in der Zimmerecke ansteuerte und ihr zuwinkte. »Du kannst dir Kaffee in der Küchenecke holen und ihn im Wartezimmer trinken. Ich glaube, Uri ist heute reif für Einzelarbeit.«

Juval blieb verblüfft auf der Schwelle stehen, meinte, eben gerade von etwas Wichtigem ausgeschlossen zu werden. »Sollte ich nicht lieber hier bei euch sein?«, fragte er.

»Ich hole dich nach vierzig Minuten dazu«, sagte sie lächelnd, »Uri fühlt sich endlich sicher genug, um mit mir allein zu bleiben – vielleicht, weil heute du mit ihm da bist und nicht seine Mutter –, ich meine, wir sollten die Gelegenheit nutzen.« Und auf sein Zögern fügte sie hinzu: »Der Kaffee ist ausgezeichnet, vertrau mir.« Dann wandte sie sich strahlend an Uri und sagte: »Papa kommt bald wieder zu uns«, und als Uri nicht reagierte, gab sie Juval einen Wink mit den Augen, hinauszugehen, und schloss die Tür hinter ihm. Juval verharrte im Flur, verwirrt und verärgert. Unwillkürlich blieb er nahe der Praxistür stehen, wartete auf Uris Protestgeschrei wegen seines Abgangs.

Das ist völlig in Ordnung, sagte er sich, so muss es sein. Ein normales Kind soll nicht ständig an seinen Eltern kleben, und überhaupt ist es Naomi, die Uri bei jeder Gelegenheit an sich drückt, wobei nicht immer klar ist, ob nur aus Sorge um ihn. Wenn sie ihn so auf dem Arm hält, sieht sie manchmal aus wie eine Hundebesitzerin, die mit ihrem bissigen Köter Gassi geht und ihn ordentlich fest an der Leine hält, denn wer weiß, was diese Bestie sonst anstellen könnte. Er selbst hingegen, dachte er stolz, hält Uri nur so fest wie nötig. Man sieht es ja, bei ihm fühlt sich der Junge sicher genug, um einer fremden Frau in die Arme zu laufen. Es sei denn, Uri spürt mit seinem Kinderverstand, dass diese Frau kein bisschen fremd ist. Deshalb hat er keine Angst vor Noga, ist zutraulich. Sicher spielt er jetzt gerade mit ihr, versinkt in ihrem Schoß, wie er selbst vor Jahren, als er seinen Kopf auf ihren Bauch legte und sie ihm übers Haar strich.

Solche Gedanken wälzte Juval auf dem Flur, bürstete sie jedoch so weg, wie er dann das Glas aus ihrer Spüle scheuerte und unter fließendem Wasser abwusch. Danach schaltete er endlich die Maschine an. Der Kaffee war so gut, wie von Noga versprochen. Er könnte ihn auf einem Sessel im Wartezimmer trinken und dabei gemächlich durch sein Handy scrollen, aber stattdessen zog es ihn wieder zur Praxistür, um zu lauschen. Er meinte, etwas Unmögliches zu hören, trat deshalb noch näher und horchte erneut. Ja, er hatte sich nicht geirrt, sein Sohn wieherte drinnen vor Lachen. Der Ton war so ausgefallen, dass er sich kurz fragte, ob seine Ohren ihn auch nicht täuschten. Uri lächelte viel und hatte die meisten Tagesstunden ein ruhiges Gemüt, aber solche Lachsalven hatte er schon seit Monaten nicht mehr bei ihm gehört, seit es mit den nächtlichen Albträumen losgegangen war. Juval glaubte nicht, dass da ein Zusammenhang bestand. Er hütete sich immer davor, falsche Schlüsse zu ziehen. Naomi war eine Meisterin darin, zeichnete in Windeseile Verbindungslinien zwischen unverbundenen Ereignissen, die für sie schlagartig zu klaren Fällen von Ursache und Wirkung mutierten. Die ganze Welt war für sie ein unendliches Netzwerk mysteriöser Wechselwirkungen, denn obwohl sie im 20. Jahrhundert geboren war, hielt sie an den Ängsten und Überzeugungen einer Bäuerin aus dem Mittelalter fest.

Sie hat ihn also zum Lachen gebracht, sagte er sich und wurde augenblicklich von einer Welle der Dankbarkeit für Noga überrollt, weil sie ihnen so viel Gutes schenkte. Doch auf die Dankbarkeit folgte Eifersucht: Wieso hat sie Erfolg, wo Naomi und er versagen. Wie kann es angehen, dass diese fremde Frau sein Kind besser kennt als er selbst.

Immer wieder sagte er sich, er sollte sich lieber ins Wartezimmer setzen. Schließlich hatte er Mails zu lesen. Und Rückrufe zu machen. Und meist wünschte er sich doch sehnlich ein paar Minuten Ruhe, um israelische Nachrichten zu lesen. Aber er blieb an der Tür stehen und horchte. Erst als die nächste Familie eintraf und er den kritischen Blick der Mutter sah, begriff er, dass sein Verhalten einen Namen hatte: Lauschen. Er belauschte das Treffen seines Sohns mit der Psychologin. Schnell straffte er sich und ging auf Abstand. Man hörte ja ohnehin nur dumpfe Laute von drinnen. Schon seit einigen Minuten lachten Noga und Uri dort nicht mehr. Er wollte sich gerade einen weiteren Kaffee machen – der erste war inzwischen abgekühlt –, als die Tür aufging und Noga im Spalt erschien. Ihre schwarzen Augen überflogen das Wartezimmer. »Kommst du zu uns?«

Er hastete hinein. Uri freute sich bei seinem Anblick. »Dein Kind ist reizend«, sagte sie. »Wir haben richtig Spaß miteinander gehabt.«

Das stimmte. Sie hatte wirklich Freude an Uri. Der Junge war wissbegierig und aufgeweckt, und als sie sich zu ihm auf den Teppich setzte und seine Erkundungen mitmachte, war sie dankbar für die sichere Art, mit der er sie in seine Welt einließ. Aber nicht weniger genoss sie ihre Macht über Juval, der sie jetzt voller Hochachtung anblickte.

»Wir sind beunruhigt über seine Albträume«, sagte er, als er sich aufs Sofa setzte. »Vor ein paar Tagen hat er uns wirklich Angst eingejagt, ist mitten in der Nacht schreiend aufgewacht und konnte sich gar nicht wieder beruhigen.«

»Manchmal träumen Kinder von Alltagserlebnissen, die sie nicht verarbeiten können«, sagte sie. »Vorhin, als wir mit Stofftieren spielten, habe ich ihn gefragt, wovor der Hase Angst hat. Er hat gesagt, der Hase würde sich vor großen Hunden fürchten. Hat Uri mal eine beängstigende Begegnung mit einem Hund erlebt?«

»Nein, bestimmt nicht.«

Doch einen Moment später: »Ehrlich gesagt hatte ich einen unangenehmen Zusammenstoß mit mehreren Hunden, wurde gebissen und so, aber Uri war da nicht dabei, erst später, und das ist über ein Jahr her, deshalb glaube ich kaum, dass das … Hätte ihn das beeinflussen können?«

»Schau, Kinder schnappen manchmal auch Dinge auf, die sie nicht direkt miterlebt haben. Denk an die Kinder von Holocaustüberlebenden – sie waren nicht dabei, als die Dinge geschahen, aber das Trauma ist auf anderen Wegen auf sie übergegangen.«

Juval missfiel dieser Vergleich. Sie schien Uris und seine Lage weit schwärzer zu malen, als sie war. »Wir reden doch nur über einen Zwischenfall mit einigen Hunden, nicht wahr? Das ist nicht direkt Auschwitz.«

Noga spürte die Luft dicker werden und wusste, dass sie vorankamen. Nach langjähriger Praxis erkannte sie den genauen Zeitpunkt, an dem ihr Gegenüber im Begriff stand, etwas zu erzählen, was alles verändern würde. Manchmal spürte sie diese Luftveränderung, ohne dass der Patient ein Wort sagte. Dann wusste sie, dass das Geheimnis, was immer es auch sein mochte, noch zu kompakt war, um es in Worte fassen zu können. Der einzige Beweis für sein Bestehen war in dem Moment das Schweigen.

Sie hätte Juval gern nach den Hundebissen gefragt. Der Gedanke, ihn von einem Rudel Hunde angegriffen zu sehen, jagte ihr eine Gänsehaut über den Rücken. Aber sie spürte, dass sich sein Verhältnis zu ihr schlagartig abgekühlt hatte, und begriff, dass sie behutsam vorgehen musste. »Du hast recht, es ist nicht Auschwitz, und Uri verhält sich nicht wie ein Kind, das an einer posttraumatischen Störung leidet. Und trotzdem beängstigt ihn nachts etwas, und er hat es verdient, dass wir gemeinsam zu erkunden versuchen, was es ist.«

Juval erwog ihre Worte. Beim Nachdenken über Nogas Formulierung beschlich ihn das Gefühl, dass er vor dieser Mittelstellung stand, die Naomi und er nie hatten finden können. Je mehr Naomi sich dazu hinreißen ließ, Uris Albträume als das Werk eines übernatürlichen Dybbuk zu betrachten, desto entschlossener versteifte er sich darauf, die Sache kleinzureden. Noga hatte diese Extreme vermieden und eine Mittelposition eingenommen: Uris Albträume versetzten sie nicht in Panik, erschienen ihr aber auch nicht unbedeutend.

»Ich glaube, du hast recht«, sagte er. »Ich habe schlichtweg keine Ahnung, wie man das macht, das heißt, wie man überhaupt herauskriegt, was ein Kind dieses Alters ängstigt, solange es noch nicht richtig sprechen kann.«

Schlagartig fielen ihm all die Nächte ein, in denen sie von Uris Schreien aufgewacht waren, und er Naomi hastig versichert hatte, das sei nichts weiter, kein Grund zur Sorge. Dabei schreckte sein Kind schon monatelang fast jede Nacht panisch aus dem Schlaf auf, und er wollte die Sache immer nur abtun, sagte seiner Frau im Expertenton, es sei alles in Ordnung, als sei er ein großer Sachverständiger. Was war er denn bloß für ein Vater? Wie konnte er seinen Sohn so lange leiden lassen? Der Gedanke an jene Nächte war jetzt unerträglich. Er wandte den Blick ab, damit Noga nicht sah, wie aufgewühlt er war. Ihre schwarzen Augen verrieten nichts. Sie reichte Uri ein weiteres Spielzeug. Das triumphierende Lächeln behielt sie für sich. Seit Juvals erstem Besuch in der Praxis hatte sie gewusst, dass dieser Moment kommen würde. Die Wende. Jetzt hatte sie die Oberhand. Beim letzten Mal war sie die Defekte gewesen, und nun war etwas von ihm defekt – das Liebste, was er hatte –, und sie konnte es heil machen.

»Wir müssen aufhören«, sagte sie sanft. »Aber wir

können nächste Woche weitermachen. Bis dahin bitte ich dich, möglichst darauf zu achten, was nachts abläuft, was Uri sagt, wenn er aufwacht, womit er sich vor dem Schlafengehen beschäftigt, sehen wir mal, ob es einen Vorboten für diese Albträume gibt.« Juval nickte. Als er aufstand, folgte ihm Uri lustlos. An der Tür machte der Kleine kehrt, rannte zurück und warf sich in Nogas Arme, in einer Weise, die er sonst bei Fremden noch nie gezeigt hatte. Als sein Sohn Nogas Hüften umfasste, schoss ihm ein Gedanke durch den Kopf, den er gleich wieder löschte: Vielleicht hätte es so ausgesehen, wenn du als Siebzehnjähriger in jener Nacht nicht abgehauen wärst. Vielleicht hätte es so ausgesehen, wenn ihr zusammengeblieben wärt.

»Deine Kinder können sich glücklich schätzen«, sagte er.

»Meine Töchter denken nicht immer so«, gab sie lächelnd zurück.

»Was macht der Vater der Töchter?«, fragte er.

Sie erwog, Juval zu erzählen, dass der Vater ihrer Töchter jetzt wohl seine Sekretärin in Port Harcourt fickte, ließ es aber bleiben. Die Trennung zwischen Ofer und ihr wurde bisher wie ein Staatsgeheimnis gehütet, und so sollte es bleiben. Es hätte ihr gerade noch gefehlt, dass alle über die Psychologin mit dem gescheiterten Eheleben tratschten. Und abgesehen davon wollte sie es Juval nicht erzählen. »Er arbeitet in Port Harcourt«, antwortete sie und fügte, ehe er etwas sagen konnte, hinzu: »Leider ist unsere Zeit für heute um. Wir sehen uns nächste Woche wieder.«

# 16

Ayobamis Haus stand am anderen Ende der Stadt. Bei dem dichten Verkehr brauchte sie fast eine Stunde bis dorthin, und als sie aus dem Taxi stieg, war sie nervös und abgespannt. Hibiskussträucher säumten den Zaun der Villa, und Naomi hörte zu ihrer Überraschung Wasser hinter dem Tor plätschern. Der Wächter, der ihr öffnete, deutete auf einen großen Swimmingpool. »Die Lady kommt gleich herunter«, sagte er, »Sie können hier am Pool auf sie warten.« Naomi folgte dem Wasserkanal zum Pool, der in der Sonne glitzerte. So hatte sie sich dieses Domizil nicht vorgestellt.

Ayobami kam in einem gelben Baumwollkleid in den Garten. »Wie war der Weg hierher?«, fragte sie, »Sie bedauern sicher, dass sie diese Staufahrt überhaupt angetreten haben.«

»Es war lang«, bestätigte Naomi.

»Ich bin froh, dass Sie gekommen sind«, sagte Ayobami mit einem Lächeln, das Naomi warm im Bauch werden ließ.

Eine korpulente Frau trat aus dem Haus, in den Händen ein Tablett mit Obst und einer Kaffeekanne. Sie setzten sich an den Pool, aßen Papaya und Ananas und tranken Kokosmilch aus zwei Nüssen, die bereits auf dem Tisch standen. »Jemand hat mir gesagt, bei euch in Israel gibt es keine Kokosnüsse«, sagte Ayobami.

»Sie werden importiert«, erklärte Naomi. »Es gibt

viele tropische Früchte aus dem Ausland, aber sie kosten ein Vermögen.«

Ayobami spießte einen orangegelben Papaya-Schnitz mit der Gabel auf. »Gut, ihr hättet alle tropischen Früchte der Welt, wenn die Juden den Uganda-Plan angenommen hätten.«

»Ich hätte nicht gedacht, dass jemand außerhalb Israels vom Uganda-Plan gehört haben könnte«, sagte Naomi überrascht und bereute ihre Worte sofort – dass sie ihre Gastgeberin bloß nicht mit diesen Vorurteilen kränkte.

Aber Ayobami wirkte nicht verletzt. Sie streifte eine Sandale ab und tauchte die Zehenspitzen ins Wasser, während sie weitersprach. »Ich habe eine Seminararbeit darüber geschrieben, für den ersten Abschluss.«

Naomi trank einen Schluck aus der Kokosnuss, die im Kühlschrank gewesen war und nun kühl und süß schmeckte. »Worum ging es in dem Seminar?«

»Darum, dass die Briten den Juden angeboten hatten, ihren Staat in Afrika zu errichten, und die Juden das aus allerlei Gründen ablehnten, wobei keiner die Tatsache berührte, dass in Uganda bereits Menschen lebten, die Ugander.«

Naomi fragte sich, ob Ayobami sie brüskieren wollte, aber die Miene ihres Gegenübers war so freundlich wie zuvor. Ayobami nahm die Kaffeekanne vom Tablett und schenkte ihnen ein. »Haben Sie einen Badeanzug dabei? Sonst könnte ich Ihnen einen leihen.«

Es war eine nette Idee, zusammen im Pool zu schwimmen, aber Naomi hatte ihre Beine nicht enthaart und wollte sie lieber nicht vor Ayobami entblößen, deren glatte Beine in der Sonne glänzten. Sie überlegte, wie sie das Angebot zum gemeinsamen Schwimmen ablehnen könnte, ohne die Gastgeberin vor den Kopf zu stoßen, aber die hatte ihre Abneigung wohl schon ihrem Blick entnommen, denn sie sagte sofort: »Gut, vielleicht ein anderes Mal. Kommen Sie, ich zeige Ihnen das Haus.«

Das Haus war großartig. Geräumig, aber nicht unbehaglich, voll mit Topfpflanzen. Die Böden waren mit bunten Teppichen ausgelegt. An den Wänden hingen nigerianische Filmplakate aus den Fünfzigerjahren sowie zwei große Ölgemälde, die Ayobami von ihrem Postdoktorat in London mitgebracht hatte. Im Arbeitszimmer ragten die Bücherregale vom Marmorboden bis zur Decke und reichten doch nicht für alle Bände, die auch auf Sofa, Stühlen und vor allem auf dem immensen Schreibtisch lagen, an dessen beiden Enden je ein Computer stand.

»Wenn John heimkommt, wird er verlangen, dass ich das ganze Chaos aufräume, aber solange er in Kanada ist, habe ich freie Hand.« Naomi musste nicht nachfragen, wer John war. Google hatte es ihr bereits verraten. Ayobamis Ehemann war ein leitender Chirurg im Krankenhaus von Lagos und wissenschaftlicher Mitarbeiter an der Universität Toronto. Außerdem sah er, wenig überraschend, auch auffallend gut aus.

Naomi blieb mitten im Zimmer stehen und betrachtete die Wand gegenüber dem Bücherregal, die mit Schwarz-Weiß-Fotos bedeckt war. Sie zeigten junge Paare in Abendkleidern und Anzügen bei Anlässen, die nach Bällen aussahen, festlich gekleidete Kinder an den Händen ihrer Mütter und alte Leute in Gala auf sichtlich sorgfältig arrangierten Bildern sowie Reisende vor Wasserfällen und Naturstätten.

»Ihre Familie?«

»Nein«, sagte Ayobami, »Wildfremde«, und fügte gleich hinzu: »Ich habe die Bilder auf dem Flohmarkt gefunden und in Rahmen gesteckt.«

»Nachdem Sie mich mit dem Namen des Baums reingelegt haben, weiß ich gar nicht mehr, ob ich Ihnen glauben soll.«

»Ehrlich, ich kenne keine der hier abgelichteten Personen.«

»Warum haben Sie denn Familienbilder Ihnen unbekannter Menschen aufgehängt?«

Ayobami strich über ein Foto im Silberrahmen, auf dem ein Mann und eine Frau sich an den Händen hielten. »Sie haben mich interessiert. Die meisten sind in den Sechzigerjahren aufgenommen. Das ist die Zeit, die ich erforsche. Ich schaue diesen Leuten gern ins Gesicht und versuche zu erraten, was aus ihnen geworden ist.«

»Wonach forschen Sie eigentlich?«

»Ich schreibe ein Buch über die diplomatischen Beziehungen zwischen Nahost und Afrika in den Sechzigern. Ich brauche eine Assistentin, die das hebräische Material über Israel durchsieht und mir die relevanten Stellen übersetzt.«

»Ich bin nicht sicher, ob mein Englisch dafür ausreicht.«

»Seien Sie kein Dummkopf, Ihr Englisch ist völlig in Ordnung.«

Sie nahm an, sie würden noch weiter über Ayobamis Forschungen diskutieren, aber die Tür ging auf, und die Kinderfrau kam mit dem Mädchen herein, das sie schon bei ihrem Besuch im Waisenhaus gesehen hatte. Die Mandelaugen der Kleinen, die den Augen ihrer Mutter glichen, funkelten unter den dünnen Haarschwänzchen. Ihr blaues Kleid endete kurz über den Knien und war schlammverschmiert. Grace rannte zu ihrer Mutter und gab ihr einen Kuss, und dann drehte sie sich um und begrüßte die Besucherin überraschend höflich. Sie wirkte älter als ihre vier Jahre. »Wenn die Kinder in Israel sich doch auch so gut benehmen würden«, sagte Naomi.

»Kommen Sie mit Ihrem Sohn, dann bringen wir ihm ebenfalls Manieren bei«, sagte Ayobami.

Wieder zu Hause, war sie überrascht, wie viele Stunden unbemerkt vergangen waren. Sie fragte Juval, wie es bei der Psychologin gewesen war. Er antwortete »hervorragend« und fügte hinzu, auf Wunsch könne er Uri auch das nächste Mal hinbringen. »Sie will allein mit ihm arbeiten, hält das für wichtig, und wenn Uri bei dir ist, klebt ihr dafür zu sehr aneinander.«

An jedem anderen Tag wäre sie beleidigt gewesen, aber jetzt konnte sie es wegstecken. Es war doch egal, wer Uri zu Noga Beniel brachte, Hauptsache, er wurde seine Albträume los. Und tatsächlich – nach dem Besuch bei der Psychologin wachte Uri kein einziges Mal mehr auf. Solche ruhigen Nächte hatte es früher schon manchmal gegeben, aber seit ihrem Umzug hierher hatten Juval und sie diese nur für kurze Atempausen gehalten, kaum mehr als das zu erhoffen gewagt. Doch diesmal erwachten sie beide in dem klaren Gefühl, dass hier und jetzt etwas Neues begann.

## — 17 —

Ayobami rief am Donnerstag an und meinte, Naomi solle doch wiederkommen, diesmal mit ihrem Sohn. »Die Kinder beschäftigen sich miteinander, und wir können in Ruhe arbeiten.«

Naomi zog Uri seine schönsten Sachen an, enthaarte ihre Beine und bat Juval, sie auf der Fahrt zur Arbeit hinzubringen. Es lag nicht auf dem Weg, aber Juvals Grummeln und häufiges demonstratives Auf-die-Uhr-Blicken während der Fahrt taten ihrer Vorfreude keinen Abbruch. Sie wollte Ayobami ihren Sohn vorführen, und sie wollte wieder in jenem Haus sein.

Grace und Ayobami begrüßten sie an der Haustür. »Sie können das Kind absetzen, Naomi, ich verspreche Ihnen, dass wir ihn nicht auffressen werden.« Grace lachte über Ayobamis belustigte Rüge, aber Naomi behielt Uri auf dem Arm, bis sie sichergestellt hatte, dass die Glastüren zum Pool abgeschlossen waren. Als sie ihn auf den Teppich setzte, rief Ayobami: »Was für ein hübscher Junge, ein wahres Püppchen«, und Grace nickte und setzte sich zu ihm, strich ihm übers Haar, als wäre er tatsächlich eine Puppe, die sie gerade aus der Verpackung gezogen hatte. »Siehst du, Liebes, ich hab dir dieses niedliche Hündchen gebracht, und jetzt kannst du den ganzen Morgen mit ihm spielen.« Das Mädchen lächelte breit, und Uri, der kein Wort von der auf Englisch geführten Unterhaltung verstanden hatte, lächelte ebenfalls.

Die erste Stunde verbrachten sie im Wohnzimmer, saßen mit den Kindern auf dem Teppich. Es gab keine richtigen Spielsachen im Haus, Ayobami holte für die beiden einen Topf, eine Pfanne und leere Plastikbecher, und zu Naomis Erstaunen reichte das, um die Kinder zu beschäftigen, während sie selbst sich unterhielten. Ayobami sprach Grace mit launigem, manchmal sogar strengem Ernst an, als spreche sie mit einer aussichtsreichen Elitestudentin, die einige Verhaltensprobleme hatte. Als das Mädchen hinaus in den Garten wollte, erlaubte ihre Mutter es mit leichtem Nicken und redete weiter mit Naomi, ohne einen einzigen Blick nach draußen zu werfen. Naomi wusste nicht, ob sie sie deshalb kritisieren oder beneiden sollte. Als Grace zwanzig Minuten später wiederkam, deutete Ayobami auf den Teppich und befahl ihrer Tochter, sich neben Uri zu setzen. »Du wolltest den Kleinen immer haben, dann sehen wir jetzt mal, wie du dich um so einen kümmerst. In der nächsten Stunde möchte ich nichts mehr von euch hören.« Naomi erschauerte bei dem Gedanken, sie könnten die Kinder allein im Wohnzimmer lassen und sich selbst ins Arbeitszimmer zurückziehen, aber Ayobami beruhigte sie, indem sie die Kinderfrau hereinrief, die bei Grace und Uri bleiben sollte. »Außerdem gehen wir jetzt nicht arbeiten, sondern schwimmen.«

Diesmal war sie vorbereitet, hatte sogar einen Badeanzug dabei, aber nichts hatte sie auf die Selbstverständlichkeit vorbereitet, mit der Ayobami ihre Kleidung ablegte, als sie im Badehäuschen standen. Im Universitätsschwimmbad kehrten die Frauen einander im Umkleideraum den Rücken zu, zogen rasch ihre Badesachen an, vermieden direkte Blicke auf die Blöße ihrer Geschlechtsgenossinnen, doch Ayobami handelte genau umgekehrt: Sie zog sich frontal vor Naomi gemächlich aus, hängte ihr Kleid an den Haken, streifte BH und Unterhose ab, fasste das Haar mit einem Gummi zusammen und erzählte dabei durchgehend von ihrem Studium in London und der Schottlandreise, die sie drangehängt hatte, während Naomi nickte und sich bemühte, den Blick nicht über ihren Körper schweifen zu lassen, obwohl Ayobami selbst Naomis Körper unverhohlen musterte und schließlich bemerkte: »Du bist sehr schön. Dein Mann freut sich sicher.«

»Danke«, sagte Naomi errötend. »Auch du bist schön.«

»Deine Brüste sind schwer«, fuhr Ayobami fort, »stillst du immer noch?«

»Ja. Juval ist dagegen.«

»Gut, das ist gewiss nicht seine Angelegenheit. Ich habe Grace nicht gestillt. John meinte, er könnte was darüber sagen, und ich hätte ihn beinah aus dem Haus gejagt.« Naomi erlaubte sich nun einen Blick auf Ayobami, die sie um eine Kopflänge überragte. Ihre Brüste waren klein und straff und ihre Schamhaare dicht gelockt. »Früher bin ich viel geschwommen«, fuhr Ayobami fort, »jetzt habe ich kaum noch Zeit dazu. Aber Wettkampf hat mir immer gutgetan. Mit dir in der Nebenbahn bin ich sicher schneller.«

Sie schwammen zwanzig Bahnen, und Ayobami wollte, dass sie auf dreißig erhöhten, aber die Nanny kam in den Garten und sagte, Uri sei unruhig, und so musste Naomi rausklettern, um Uri zu stillen, und Ayobami allein im Wasser zurücklassen. Danach schlief er ein, und Naomi – erschöpft vom Schwimmen, in einen Bademantel gehüllt, den die Haushälterin ihr gebracht hatte – tat es ihm nach.

Als sie aufwachte, war es schon nach drei Uhr. Von Uri keine Spur. Sie rief nach Ayobami, erhielt jedoch keine Antwort. Sie suchte die geräumigen Zimmer ab, aber sie fand das Haus leer vor. Rasch zog sie sich an und lief in den Garten, aber auch dort war niemand. Sie zwang sich zur Ruhe, und nach einigen Minuten, die ihr wie eine Ewigkeit vorkamen, sah sie die drei den Zugangsweg entlanggehen. »Du hast so müde ausgesehen, dass wir dich nicht wecken wollten«, erklärte Ayobami, »da habe ich mit den Kindern eine Runde durch den Park hier nebenan gedreht.«

Naomi dankte ihr verlegen und wollte schon ihre Sachen zusammenpacken, aber Ayobami protestierte, sie sollten noch den Nachmittag bleiben, Grace habe so viel Freude an Uri, und es sei besser, als dass jede Mutter sich daheim allein zu Tode langweile. Naomi willigte gern ein. Es schmeichelte ihr, dass Ayobami sie noch weiter dahaben wollte.

Als Juval zwei Stunden später kam, um Frau und Kind abzuholen, erklärte Ayobami, er müsse unbedingt reinkommen und Kaffee mit ihnen trinken. Naomi gab ihm einen Wink mit den Augen, die Einladung abzulehnen – sie und Uri hätten Ayobamis Gastfreundschaft schon reichlich ausgenutzt –, aber Juval übersah den Wink oder nahm trotzdem gern an. Naomi wusste, dass die Nigerianerin ihn interessierte, nicht nur wegen ihrer außerordentlichen Schönheit oder ihres seltenen Reichtums, sondern auch, und vielleicht hauptsächlich, wegen ihres sicheren Auftretens. Sie spazierte durch die Welt wie durch ihr eigenes Wohnzimmer. Naomi folgte Juval und Ayobami gereizt in den hinteren Teil des Gartens. Es war unhöflich, so lange in einem fremden Haus zu bleiben. Sie hätten längst gehen müssen.

Er blieb neben der Gastgeberin am schmalen Randstreifen des Pools stehen. Uri rannte zu ihm, und Juval hob ihn auf die Schultern. »Komm, Naomi«, rief Ayobami, »stell dich hier neben Mann und Kind, ich möchte euch drei Hübschen fotografieren.« Naomi ging hin und straffte den Rücken für die Aufnahme. Ayobami dirigierte sie neben den Hibiskusstrauch und sagte lächelnd: »Ihr seid die dekorativste Familie, die ich je gesehen habe. Man müsste euch direkt für Events vermieten.« Danach saßen Uri und Grace am Pool, ließen die Füße im Wasser baumeln und aßen Eis, das ein Bediensteter ihnen gebracht hatte. Ayobami verschwand im Haus und kam mit einem Kaffeetablett zurück, stellte es auf dem weißen Tisch am Pool ab und bedeutete den beiden, Platz zu nehmen.

Nachdem Juval den Garten gelobt und die roten Frangipani-Blüten bewundert hatte, sagte Ayobami: »Nun erzählen Sie mal, wie ihr beide euch kennengelernt habt.« Juval kam der Aufforderung gern nach. Es war eine hübsche Geschichte, und er konnte sie gut erzählen. Über die Jahre hatte Naomi sie x-mal in geselligem Kreis von ihm gehört. Stets konnte er an den richtigen Stellen lächeln und dem Publikum kleine Lacher entlocken, aber noch nie hatte er sie so gut vorgetragen wie heute vor den schwarzen Mandelaugen. Ayobami schenkte ihnen Kaffee nach und schob Juval den Keksteller hin. »Was machen Sie eigentlich hier in Lagos?«

»Ich soll eine Bergungseinheit aufbauen, zur medizinischen Absicherung für die israelischen Teams, die mit der nigerianischen Luftwaffe kooperieren«, antwortete er.

»Nigerianische Luftwaffe«, blaffte Ayobami mit verächtlichem Lächeln, »so nennen sie hier die fliegende Bande, die unsere korrupte Regierung aus der Luft verteidigt.«

»Glauben Sie mir«, erwiderte Juval mit bitterem Lächeln, »unsere Regierung ist nicht weniger korrupt als eure hier – die israelischen Politiker sind das Letzte vom Letzten.« Er sprach ruhig, kannte schon hinreichend diese Art Gespräche, bei denen jede Seite die eigene Regierung runtermachte. Aber Naomi war alarmiert. Sie meinte, hinter Ayobamis Lächeln einen bissigen Zug aufflackern zu sehen.

»Unser Präsident schickt Piloten los, um Bürger, die gegen ihn sind, aus der Luft zu liquidieren«, erklärte Ayobami. »Vor einem Monat hat er Dörfer am Niger bombardiert, weil sie es gewagt haben, gegen internationale Erdölgesellschaften zu protestieren, die ihnen ihr Eigentum stehlen wollen. Sie können das nicht wirklich mit dem Geschehen bei euch vergleichen.«

Juvals Lächeln verblasste. »Sie haben recht«, sagte er in versöhnlichem Ton, »ich kann das nicht vergleichen, und ich verstehe wirklich nicht genug davon.« Er trank einen Schluck Kaffee. »Ayobami, das ist der beste Kaffee, den ich seit meiner Ankunft hier getrunken habe.«

»Danke. Probieren Sie auch die Kekse.« Sie wartete, bis er einen angebissen hatte, und sagte dann in dem ruhigen Ton, mit dem sie einige Minuten zuvor Grace angesprochen hatte: »Sie müssen eines bedenken: Selbst wenn Sie nichts davon verstehen – sobald Sie mit der nigerianischen Luftwaffe zusammenarbeiten, werden Sie zum Mittäter. Das heißt, Sie können sich nicht hinter Ihrer Unwissenheit verbergen.«

Als sie zehn Minuten später aufbrachen, ging die Sonne schon unter. Uri sang im Fond vor sich hin, ruhig und ausgeglichen. Juval fuhr bis ans Ende der Straße, ehe er sagte: »Die ist aber mal eine selbstgerechte Hündin, deine neue Freundin.«

## — 18 —

Naomi befürchtete langsam, Ayobami würde nie mehr anrufen. Fast zwei Wochen waren seit jenem Besuch vergangen, ohne ein Lebenszeichen von ihr. Als sie am Mittwoch ins Waisenhaus ging, hoffte sie, sie bei Cathrin zu sehen, wurde jedoch enttäuscht. Den ganzen Nachmittag wartete sie, aber als die anderen Ehrenamtlichen am Nachmittag schließlich ihre Taschen nahmen und aufbrachen, musste sie sich mit der Tatsache abfinden, dass sie nicht mehr kommen würde. Auf der Heimfahrt ließ sie Dana fröhlich plaudern und blickte unterdessen aus dem Fenster. Es war wegen Juval. Ayobami wollte wegen Juvals Arbeit nichts mehr mit ihnen zu tun haben. Und obwohl Ayobamis Verhalten an jenem Abend wirklich derb, sogar ausfällig gewesen war, merkte Naomi, dass sie im Stillen nicht der Nigerianerin böse war, sondern ihrem Mann.

Sie hätte ihr gern eine Nachricht geschickt, scheute sich aber. Irgendwie war ihr klar, dass Ayobami entscheiden müsste, ob und wie die Verbindung weitergehen sollte, und als zwei Tage nach ihrem letzten Besuch im Waisenhaus das Telefon klingelte und sie den Namen auf dem Display las, schlug Naomis Herz so heftig, dass sie kurz warten musste, ehe sie antworten konnte. »Möchtest du morgen mit Uri kommen?«, fragte Ayobami unumwunden, »Grace und ich würden gern den Tag mit euch verbringen.« Sie nahm die Einladung an und setzte gleich darauf Juval in Kenntnis, der das Gesicht verzog. Er könne sie nicht noch einmal ans andere Ende der Stadt kutschieren, sagte er. Und überhaupt gefiele ihm diese Frau nicht. Dass sie Millionärin sei, verleihe ihr noch lange nicht das Recht, andere Menschen wie Abschaum zu behandeln.

»Sie hat dich nicht wie Abschaum behandelt«, konterte Naomi, »sie hat dir nur ihre ehrliche Meinung gesagt, was die meisten Menschen eher nicht tun.«

»Vielleicht fragst du sie mal, wo sie das Geld für den schönen Swimmingpool in ihrem Garten herhat. In Nigeria wird kein Mensch Millionär, ohne Dreck am Stecken zu haben.«

Unterdessen piepste das Telefon leise, und Naomi linste aufs Display. »Sieh mal«, sagte sie, »sie hat uns die Fotos geschickt, die sie von uns im Garten aufgenommen hat. Schau, wie süß Uri aussieht.«

Juval blickte aufs Display und musste zustimmen. Die Fotos am Pool waren gelungen. Naomi und er nebeneinander, aufrecht und lächelnd wie am Tag ihrer Hochzeit. Uri auf seinen Schultern, mit strahlendem Gesicht, die eine Hand auf Juvals Kopf, die andere in der Luft schwenkend. »Wirklich hübsche

Bilder«, gab er zu, »aber ich sehe immer noch keinen Grund, warum du mit dieser kritischen Hündin zusammen sein möchtest. Uri jedenfalls ist morgen Vormittag bei der Psychologin. Ich will nicht, dass er den Termin verpasst.«

»Völlig in Ordnung«, sagte Naomi. »Geh mit ihm hin. Ich nehme ein Taxi zu Ayobami.«

Sie fürchtete Einwände, aber Juval stimmte sofort zu und brach kurz danach zum Luftwaffenstützpunkt auf, um die israelischen Piloten bei einer nächtlichen Übung zu unterstützen. Netta Gonen rief erst an und simste dann im Verlauf des Abends, um zu fragen, ob sie wisse, wann die Männer von dem Flug zurück sein sollten, Alon sei nicht erreichbar. Naomi beruhigte Netta, die Übung werde spät zu Ende sein, so hätte sie es zumindest von Juval verstanden. Als bald darauf ein Anruf mit unterdrückter Nummer einging, wunderte sie sich nicht mehr.

Sie antwortete Tarek, ohne zu zögern. Es war, als hätte sie auf seine Stimme gewartet. In den nächsten Minuten verlangte er Geld, drohte. »Ich kann dir nichts geben«, antwortete sie ihm, »wir haben noch Schulden bei unserem Anwalt.« Und als er weiter forderte, sagte sie: »Der Prozess ist zu Ende. Die Richterin hat entschieden.«

»Glaubst du überhaupt, was du da redest?«, fragte Tarek, »das kann nicht wahr sein.«

»Falls ich irgendwann zu Geld komme, denke ich vielleicht nochmals darüber nach«, sagte Naomi.

»Wieso siehst du nicht ein, dass du jetzt schon Geld

hast«, beharrte Tarek, »du warst bei uns zu Hause. Hast bei meiner Mutter gegessen.«

Sie wusste, dass sie vorsichtiger mit ihren Worten umgehen musste. Hatte jetzt schon zu viel gesagt. Wäre Juval da, würde er wütend werden. Vor drei Tagen hatten sie über Zoom mit Mendelson geredet, ein Gespräch, das sie fünfzig Schekel die Minute kostete. Juval war dagegen gewesen, aber Naomi hatte auf dem Gespräch bestanden. Sie wollte wissen, ob sie der Familie Abu-Eid eventuell eine Spende zukommen lassen könnten. Mendelson reagierte eindeutig: Auf gar keinen Fall, denn falls es zur Berufung käme, würde das gegen Naomi arbeiten. Es würde aussehen, als fühle sie sich mitschuldig. »Und dann können sie euch eine Entschädigungsleistung aufbrummen, die euch das ganze Leben vermasselt.«

Jetzt, im Wohnzimmer mit Blick auf den Ozean, als Tareks Stimme ihr in den Ohren dröhnte, meinte sie im Hintergrund Ziegen meckern zu hören. Gewiss ist er zum Telefonieren rausgegangen, zum Ziegenstall. Vielleicht ist seine Mutter ihm nachgeschlichen und steht nun hinter ihm, um zu lauschen. Und Said und die Zwillinge und die kleine Nasrin – vielleicht sind sie alle dort, drängen sich am Zaun zusammen. »Ich muss aufhören, Tarek«, sagte sie, unterbrach aber nicht die Verbindung, ließ ihn fluchen, und ihre Gedanken wanderten von der Hütte im Dorf zu dem großen Anwesen der Nigerianerin, zu dem glitzernden Pool hinterm Haus.

Als das Gespräch schließlich endete, durch einen

abrupten Fingerdruck seinerseits, ging sie Wäsche falten. Die Hausgehilfin hatte sich schon mehrmals dazu erboten, aber immer vergebens. Naomi fand es eigenartig, fremde Hände über ihre Unterwäsche fahren zu lassen. Die Kleidungsstücke dufteten gut. Sie legte sie in die blitzsauberen Wäschefächer. Wenn sie bei Juvals Rückkehr von der Arbeit noch wach war, würde sie ihn fragen, ob er den Vertrag in Lagos um ein halbes Jahr verlängern könne. Sie wollte noch nicht nach Israel zurück. Sie dachte gern an die vielen Kilometer, die sie und Tarek trennten, und mittlerweile gefielen ihr die Aushilfsstunden im Waisenhaus, die Pilates-Übungen und die Stadtbummel mit Dana Azoulay. Und vor allem wollte sie noch mit Ayobami zusammen sein.

Ihr schien, auch Juval würde gern noch bleiben. Gleich nach der Ankunft hatte er zwar den Kasernenton bemängelt, behauptet, zu alt für diesen Kram zu sein. Aber von Woche zu Woche sah sie, wie er das Fliegen genoss, wie er sich nach diesen Adrenalinschüben gesehnt hatte. Zwischen ihm und den beiden Piloten, mit denen er flog, war eine enge Freundschaft entstanden. Zweimal hatten sich die drei Paare schon zum Abendessen am Wochenende getroffen, ohne allerdings näher darüber zu reden, was sie jeweils nach Nigeria geführt hatte. Geld war im Spiel, klar, aber Naomi hatte das Gefühl, dass es keinem allein darum ging. Sie hakte nicht nach. Sie selbst wollte nicht danach gefragt werden und fragte daher auch die anderen nicht. Stattdessen erkundigte sie sich nach den Plänen für die bevorstehenden Feiertage. Natürlich würden sie gemeinsam feiern. Wie ein Kibbuz, sagte Matans Frau zu ihr. Vielleicht hatte sie recht. Naomi hatte nie in einem Kibbuz gewohnt, konnte es daher schlecht beurteilen, wusste aber, dass sie sich lange nicht mehr so geborgen gefühlt hatte wie hier, und dass Juval schon jahrelang nicht mehr so wertgeschätzt worden war. Er hatte einen hohen Stand auf dem nigerianischen Luftwaffenstützpunkt, genoss die Ehrfurcht der Auszubildenden, was ihn anfangs auf die Palme gebracht, ihm später aber gefallen hatte. Er besaß einen Wagen, von dessen Klasse man in Israel nur träumen konnte. Und Uri, um den sie sich zuerst so gesorgt hatten, schlief schon seit Wochen jede Nacht durch. Wenn es so weiterging, könnten sie die Therapie bei der Psychologin vielleicht einstellen. Naomi faltete Juvals Pullover zusammen und legte ihn in den Schrank. Ja, wenn Uri weiter so gut schlief, bestand kein Grund mehr für eine Behandlung. Sie würde Noga Beniel ein Abschiedsgeschenk kaufen und sie bei jeder Gelegenheit weiterempfehlen. Nicht nur wegen ihrer hilfreichen Arbeit mit Uri, sondern auch wegen der Sitzung, bei der sie sie ermuntert hatte, aus dem Haus zu gehen, eine ehrenamtliche Tätigkeit anzunehmen. Sogar Juval hatte sie mit einspannen können: Sieh mal einer an, ihr Ehemann, der anfangs gegen die Therapie gewesen war, suchte jetzt mit Uri die Praxis auf. Auch wenn sie ihn heute persönlich gebeten hatte, mit Uri zu Noga zu gehen, damit sie selbst Ayobami treffen konnte, so hatte die Psychologin anscheinend doch etwas richtig gemacht, denn tatsächlich hatte Juval sich nicht gesträubt, sondern gleich zugestimmt.

## — 19 —

Wann genau waren sie da bloß reingeraten? Anscheinend, als Uris Therapie endete und Juval allein zur Elternberatung ging. Noga hatte nur ein einziges Treffen angeregt. »Eine Art Brücke zwischen meiner Therapie mit Uri in der Praxis und der Fortsetzung, die ihr bei euch zu Hause macht«, hatte sie erklärt. Sie hatte wohl angenommen, Naomi würde zu dieser Beratungsstunde kommen, Juval sicher eine Begegnung zu zweit vermeiden wollen. Doch am Abend vor dem Termin in der Praxis schlug Naomi vor, er solle am nächsten Tag zu Noga gehen, während sie und Uri sich mit Ayobami und Grace vergnügten, und Juval hatte keinen Grund zum Ablehnen gesehen.

Er las die Überraschung an ihrer Miene ab, als sie die Tür aufmachte und ihn auf der Schwelle sah. Doch sie fing sich schnell, deutete auf das Sofa und setzte sich selbst auf ihren Sessel. »Wie geht es Uri?«, fragte sie. Er antwortete: »gut, sehr gut sogar.« Die Albträume seien völlig verschwunden, und er spreche auch viel besser. Sie sagte lächelnd, das höre sie gern, er sei so ein lieber kleiner Junge, und selbst wenn die nächtlichen Albträume wiederkämen, müsse man nicht erschrecken. Hauptsache er habe tagsüber Raum, das zu verarbeiten, was ihm nachts Angst einjage.

»Ehrlich gesagt, verstehe ich nicht ganz, was du eben gesagt hast«, gab Juval zurück, »das ist so eine Psychologensprache, wie im Film.«

»Im Film?«

»Na ja, wie in *Die Sopranos* oder solchen Streifen, in denen Leute zur Psychologin gehen und sich aufs Sofa legen«, er deutete auf die große Couch, auf der er saß, »und allerlei Dinge sagen, auf die die Psychologin ihnen halbe Antworten gibt und Assoziationen hören möchte.«

»Soll ich dich um Assoziationen bitten?«

Juval sah sie verblüfft an. »Das habe ich nicht gesagt.«

»Mag sein, aber mir scheint, genau das willst du.« Die folgende Stille war ihm peinlich. Noga wirkte frustrierend ruhig. Kein Kunststück, dachte er, in ihrem Beruf sind sie darin geschult, peinliches Schweigen auszuhalten.

»Und falls ja – was bedeutet es überhaupt, Assoziationen zu nennen?«

»Das heißt, du liegst auf der Couch und versuchst, alles zu sagen, was dir in den Sinn kommt, ohne Selbstzensur und ohne Auslassungen.«

»Hört sich nicht besonders kompliziert an.«

»Na ehrlich, das ist das Komplizierteste auf der Welt. Hast du mal versucht, alles zu sagen, was dir einfällt, ohne Abstriche oder Zensur? Kein Mensch bringt das ganz fertig, es geht um den Versuch.«

»Und was kommt dabei raus?«, fragte Juval.

Noga zuckte mit den Achseln. »Die Wahrheit.«

»Schau, ich war niemals in Behandlung – außer diese Therapie mit Uri –, aber ich kann mir nicht vorstellen, dass Menschen zur Therapie gehen, um eine ihnen bisher unbekannte Wahrheit zu entdecken. Wenn überhaupt, gehen sie hin, weil sie mit der Wahrheit, die sie kennen, nicht leben können.«

Das war genau die Art von Gesprächen, die sie in den endlosen Nächten damals geführt hatten, als sie durch die Plantagen um den Moschaw streiften, Juval mit seinen philosophischen Ausführungen, sie mit ihren neunmalklugen Antworten. Aber da schlenderten sie nebeneinander, die Schultern berührten sich ab und zu, und jetzt saßen sie einander gegenüber, sie auf ihrem Therapeutensessel, er auf der Couch, und anstelle einer schlauen Antwort erhielt er nur lächelnd abwartendes Schweigen – ein Schweigen, das sein Kopf zu einer einzigen Frage ummünzte: Hast du Courage?

Er zog die Schuhe aus und legte sich auf die Couch. Sie schob ihren Sessel hinters Kopfende. »Warum musst du eigentlich dort sitzen?«, fragte er, »damit deine Patienten es nicht sehen, wenn du aufs Telefon schielst?«

»Weil Freud meinte, die Patienten könnten nicht sagen, was sie wirklich dachten, wenn sie das Gesicht des Zuhörenden vor Augen sahen. Sie würden dann nur befürchten, was er von ihnen halten könnte, oder Eindruck bei ihm schinden wollen, und so leiteten sie ihre ganze Aufmerksamkeit nach außen, statt sich auf die Abläufe in ihrem Kopf zu konzentrieren.«

Die Antwort war länger als erwartet ausgefallen, und er fragte sich, ob Noga trotz all ihrer Übung im Durchstehen peinlicher Schweigepausen die bevorstehende Stille hinauszuzögern versuchte. Aber dieses Schweigen ließ sich nicht länger aufschieben. In den nächsten Minuten brachte er kein Wort heraus. Er schluckte hörbar und tröstete sich erst, als er kurz darauf einen ähnlichen Laut von ihrem Sessel hörte.

»Gut, das ist unmöglich«, sagte er ein paar Minuten später, blieb jedoch liegen. Er beugte den linken Arm und schob die Hand unter den Kopf, in einer Geste, die eine Leichtigkeit, die er gar nicht hatte, signalisieren sollte. Nun erst erfasste er, dass diese Haltung – Arm unter dem Kopf gebeugt – seinen Unterarm mit der hässlichen Narbe am Ellbogen freilegte.

»Erzähl mir von dem Vorfall mit den Hunden«, bat sie unvermittelt in sanftem Ton.

»Darüber rede ich nicht.«

»Warum nicht?«

»Weil das mit Naomi zu tun hat, und sie nicht wollen würde, dass ich mit anderen darüber spreche.« Er wusste, dass er der Frage auswich, sich hinter dem Quatsch mit dem, was Naomi angeblich nicht wollen würde, versteckte. Schließlich würde Naomi auch nicht wollen, dass er auf dieser Couch lag, einen halben Meter entfernt von dem Sessel, auf dem eine Frau saß, die er einmal geliebt hatte.

»Dann ist das die Sache, über die du nicht sprechen kannst«, sagte Noga, »jeder hat so eine Sache, die sich nicht in Worten ausdrücken lässt. Das ist deine.«

»Ich kann sehr wohl darüber reden«, gab Juval aufgebracht zurück. Es ärgerte ihn, dass sie so tat, als gebe es etwas, das er nicht fertigbrächte. »Ich kann durchaus darüber reden, verstehe bloß nicht den Sinn dahinter. Es war und ist vorüber. Was soll es mir jetzt helfen, über was Vergangenes zu sprechen?«

»Das Vergangene ist nicht tot, es ist nicht einmal vergangen.«

Er schnellte mit dem Oberkörper hoch, total genervt. »Siehst du, das ist genau einer dieser aufgeblasenen Sätze, die Psychologen von sich geben.«

»In Wahrheit stammt er von Faulkner. Und ich halte ihn nicht für aufgeblasen, sondern schlichtweg für richtig.« Er legte sich nicht wieder hin, wollte ihr diese Genugtuung nicht gönnen, blieb einfach auf dem Sofa sitzen. »Weshalb bist du verärgert?«, fragte sie.

»Ich bin nicht verärgert. Ich bin bloß fassungslos darüber, dass Menschen deines Berufsstands meinen, sie könnten einem anderen aufgrund eines einzigen Treffens pro Woche sagen, was er denkt und was gut für ihn ist. Was ist, wenn diese ganze Idee mit der Therapie ein einziger großer Bullshit ist, was wenn Leute zu ihrem Psychologen kommen und mit ihm in ihrer Vergangenheit rumstochern, sie das letzten Endes jedoch nur noch niedergeschlagener zurücklässt?«

»Hast du davor Angst? Dass du mir erzählst, was an jenem Tag mit den Hunden geschehen ist, und dich das dann nur noch mehr niederschlägt?«

Mit einem Mal schien die Luft aus ihm raus zu sein. Er sank auf die Coach zurück. »Weiß nicht. Sowieso ist alles schon total beschissen.«

Er hatte angenommen, sie würde rasch erwidern, dass doch nicht alles beschissen sei, ihn aufmuntern wollen – oder ihm vielleicht weitere Fragen stellen, um mehr über ihn zu erfahren. Aber sie verharrte wortlos, in einem Schweigen, das ihm nun kein bisschen peinlich war, und er erinnerte sich an den Abend, als sie von einem Spaziergang unter den Palmen zurückgekehrt waren und nicht ins Haus gehen konnten, weil seine Eltern sich im Wohnzimmer anschrien, und er fürchtete, sie könnte ihn zu trösten versuchen, ihr dann aber im Stillen dafür dankte, dass sie gar keine Anstalten dazu machte, sondern nur neben ihm auf den Stufen im Hof saß und mit ihm wartete, bis das Geschrei verebbte und sie reinkonnten.

Nach zehn Minuten sagte sie ruhig, die Zeit sei um. Es war, als würde sie ihn aus einem Traum aufwecken. Nun verstand er gar nicht mehr, was er hier zu suchen hatte. Juval richtete sich verlegen auf, aber als sein Blick Nogas Augen traf, sah er eine Wärme darin, die ihn auftaute. Auf dem Weg zur Tür hoffte er, ihre Stimme hinter sich zu hören, und erschauerte vor der Möglichkeit, dass sie gar nichts sagte. Er würde die Tür aufmachen, hinausgehen und Noga nie wiedersehen. Mit der Hand schon auf der Klinke, hörte er ihre Stimme und atmete endlich auf: »Wir sehen uns nächste Woche.«

## — 20 —

Als er die Woche darauf wiederkam, legte er sich gleich auf die Couch. Sie saß auf ihrem Sessel ihm gegenüber. Er blickte ihr nicht in die Augen. Das Schweigen war von der bedrückenden Sorte. Nach einigen Minuten sagte er: »Heute Nacht habe ich geträumt, dass ich mit dir schlafe. Auch Tony Soprano war da, hat uns zugesehen. Später dachte ich, das käme von der Stelle in den *Sopranos*, wo Tony von seiner Psychologin träumt.«

Auf dem ganzen Hinweg hatte er gerätselt, wie sie auf diese Ansage reagieren würde. Nichts hatte ihn auf ihre ruhige Feststellung vorbereitet: »Das kommt ziemlich häufig vor bei der Behandlung, weißt du, dass Männer von ihrer Psychologin träumen.«

»Das ist nicht dasselbe, Noga« – er drehte sich auf die Seite und sah sie direkt an, aber ihre Miene warnte ihn davor fortzufahren. Ihr harter, strenger Blick signalisierte klar: Wenn er weiter so mit ihr redete wie mit der Noga von früher, war das Spiel aus. Und er wollte nicht, dass dieses Spiel endete, noch nicht.

»Gut, okay. Dann sag mir bitte, was dein Freud über solche Träume sagt, in denen die Männer von ihrer Psychologin träumen. Das tun sie doch auch, wenn die

Betreffenden nicht gerade superattraktiv sind. Ehrlich, ich hatte einen Freund auf der Uni, der von seiner Therapeutin träumte. Ich habe sie mal in der Cafeteria gesehen, sie war flach wie ein Brett.«

Jetzt war er ekelhaft und wusste es auch. Er spielte auf ihren Körper an, auf ihre kleinen Brüste, auf all die Dinge, die sie damals, vor Jahren, verunsichert hatten. Als sie antwortete, suchte er Spuren jener Kränkung in ihrer Stimme. Aus etwas unklaren Gründen tat es ihm gut, sie immer noch beleidigen zu können.

»Das Aussehen der Psychologin spielt gar keine Rolle«, sagte sie. »Die Leute träumen diese Träume nicht, weil ihre Therapeutin an Gal Gadot erinnert. Sie träumen in Reaktion auf etwas, was in der Therapie abläuft.«

»Und was genau läuft in der Therapie?«

»Eine Frau hört ihnen zu wie noch keiner zuvor. Eine Frau kennt sie im Innersten, ohne bei dem Anblick zu erschrecken. Kannst du verstehen, was erregend daran ist?«

»Ehrlich gesagt, nein. Du wirst im Leben keinen Mann sehen, der eine Pornoseite anklickt und dort eine Frau sucht, die ihm zuhört und ihn von innen kennt. So was törnt einen Mann nicht an. Und entschuldige mal, auf diesem Gebiet verstehe ich nun doch mehr als du.«

»Was verlockt denn deiner Meinung nach einen Mann, von seiner Psychologin zu träumen?«

»Das Verbotene. Patienten wissen, dass sie nicht mit ihrer Therapeutin schlafen dürfen. Deshalb wollen sie

sie, weil es verboten ist. Manchmal sprechen sie mit ihr über diese verbotene Anziehung, weil es sie anmacht. Und vielleicht auch die Therapeutin.«

»Weißt du, was Freud über die Anziehung zwischen Patient und Therapeut gesagt hat?«, fragte Noga und fuhr, ohne die Antwort abzuwarten, fort: »Er glaubte nicht, dass wirklich Attraktion im Spiel war. Er nannte es ›Widerstand‹.«

»Widerstand?«

»Ja, Widerstand des Patienten gegen die Fortsetzung der Analyse. Ihm war aufgefallen, dass Patienten sich gerade dann zu ihren Therapeuten hingezogen fühlten, wenn die Therapie sich einem wichtigen Punkt näherte. Als diene die sexuelle Anziehung als eine Art Ablenkungsmanöver, das der Patient ins Sprechzimmer einbringt, um die Arbeit zu stören und das Gespräch vom wirklich Wichtigen abzulenken. Du zum Beispiel hast gerade dann angefangen, vom Beischlaf mit mir zu träumen, als du kurz erwogen hattest, mir von diesem Vorfall mit den Hunden, der dich verfolgt, zu erzählen.«

»Aber ich habe keine Herrschaft über meine Träume, Noga. Der Mensch sucht sich vor dem Schlaf nicht aus, worüber er diese Nacht träumen wird.«

»Schau trotzdem mal, wie gut dieses System funktioniert: Du bringst einen erotischen Traum in unsere Sitzung ein, und plötzlich können wir über nichts anderes mehr reden.«

Ihre Stimme erreichte ihn vom Sessel in der Zimmermitte und verriet ihm mehr, als sie hatte erzählen wollen. Sie klang hellwach und lebhaft, anders als ihr normaler Ton in der Praxis. Es war die Noga von den langen Spaziergängen um den Moschaw, die Noga der Nacht. Auch wenn die Worte selbst ausgewogen, vorsichtig und distanziert waren – Nogas Stimme sagte etwas anderes.

Er lag stumm auf dem Sofa, fühlte sich ruhig und großzügig, als hätte er ein Gefecht gewonnen.

An jenem Abend fragte Naomi, wie es bei der Psychologin gewesen sei, und er antwortete, »super«. Sie wollte wissen, ob weitere Beratungsstunden sinnvoll seien, nachdem Uris Albträume verschwunden waren. Und er antwortete, er würde gern noch zwei- bis dreimal hingehen, es sei wichtig, die Therapie geordnet abzuschließen.

## 21

Sie wusste, dass sie Schiri Danon und Liam irgendwann wiedertreffen würde. Lagos hatte zwanzig Millionen Einwohner, aber genau drei Wohnviertel, in denen Israelis verkehrten, und nur einen einzigen Supermarkt, der Erdnussflips der Marke Bamba führte. Der Inhaber war ein Israeli, der eine Nigerianerin geheiratet hatte und stets Kürbiskerne, Tahini und kommerzielle Mengen Bamba aus Israel importierte. Jaeli und Gefen gingen gern mit ihr dorthin. Sie sprangen in den Einkaufswagen und riefen »Mama, rumfahren«, und in Erinnerung daran, wie sie und Barak sich einst genauso im Einkaufswagen ihrer eigenen Mutter gedrängt hatten, ließ sich Noga dazu erweichen, ihre Töchter durch die Gänge zu schieben. Aber diesmal war sie alleine da, kurz vor Ladenschluss, direkt von der Praxis, denn Ofer hatte sie am Telefon daran erinnert, dass Gefen sich für ihre morgige Geburtstagsparty massenweise Bamba wünschte, und da er selbst bereits für Luftballons, Torte und ein Geschenk gesorgt hatte, war es logisch, dass sie Bamba beschaffte.

Avi, der Ladeninhaber, grinste, als er ihre Bitte hörte. Er ging ins Lager, kehrte mit sieben Beuteln Bamba zurück und sagte: »Bedaure, mehr ist nicht da, ich warte auf eine neue Sendung aus Israel. Genügt das für eure Party?« In Gefens Kindergarten waren einundzwanzig Kinder, aber sie nahm an, dass nicht alle morgen Vormittag zur Party kommen würden, und hoffte, dass auch die anderen nicht alle wild auf Erdnussflips waren. Sie ging zur Kasse und stellte sich zum Bezahlen an, als sie vor der nächsten Kasse Schiri und Liam warten sah. Kurz erwog sie, die Sachen liegenzulassen und das Weite zu suchen, tadelte sich aber sofort: Du brauchst nicht zu flüchten. Du hast nichts Schlechtes getan. Doch sie fürchtete den Moment, in dem die schlanke Frau, die jetzt noch übermüdeter aussah, sie erkennen würde. Schiri Danons schwarzlila Augenringe ließen sich auch durch das Make-up nicht kaschieren. Ihre Brauen waren bis auf das letzte Härchen gezupft, und die aufgemalten Bogen wirkten überspannt. Liam stand neben seiner Mutter vor der

Quengelware an der Kasse. Er riss einen Schokoriegel auf, biss ein Stück ab, wickelte den Rest wieder ein und legte ihn an seinen Platz zurück. Schiri Danon wandte unterdessen den Kopf ab, blickte so lange zur Seite, dass Noga langsam fürchtete, die Frau könnte sie entdeckt haben. Als Liam aufgegessen hatte, zog er ein Kaugummi aus der Hosentasche. Noga sah zu, wie er es in den Mund steckte.

»Madam?« Die Kassiererin blickte sie ungeduldig an. Der Kunde vor ihr war fertig. Sie hielt die Schlange auf. Noga murmelte eine Entschuldigung und begann, die Waren aus dem Wagen aufs Band zu legen. Sieben Tüten Bamba. Eine Flasche Weißwein, die sie am Abend allein im Wohnzimmer trinken würde. Gemüse. Cornflakes. Reis. Tahini. Sie bezahlte und packte die Sachen ein, in dem festen Entschluss, nicht mehr zur zweiten Kasse hinüberzublicken. Aber als sie schon hinausgehen wollte, die Einkaufstüten an den Fingerknöcheln hängend, drehte sie sich doch um. Liam kaute sein Kaugummi mit offenem Mund und sah sie direkt an, als er es aus dem Mund nahm und sich unbemerkt dem Mantelsaum seiner Mutter annäherte. Hinten klebte er es an, ohne dass Schiri Danon es bemerkte – oder vielleicht bemerkte sie das Tun ihres Sohns, ignorierte es aber lieber.

Überraschend wurde Noga übel, so würgend, dass sie fürchtete, es nicht mehr rechtzeitig ins Freie zu schaffen. Sie setzte die Tüten ab und hastete aus dem Supermarkt, kam aber nicht weit. Sie kauerte auf der feuchten Erde am Ausgang und erbrach das Sandwich, das sie zwischen den Terminen in der Praxis verschlungen, und den Becher Kaffee, den sie vorm Einsteigen ins Auto noch hinuntergeschüttet hatte. Auch als sie alles von sich gegeben hatte, hörten die Magenkrämpfe nicht auf, als trommle jemand innen in ihrem Bauch. »Bist du okay?« Avi war ihr aus dem Laden gefolgt und hockte sich neben sie, legte ihr die Hand auf die Schulter. Noga nickte, immer noch unfähig zu sprechen. Er reichte ihr eine Papierserviette, und sie wischte sich verlegen den Mund ab. Leute umringten sie. Jemand hielt ihr eine silbrige Trinkflasche hin, aus Aluminium. Sie trank das Wasser in kleinen Schlucken, die Augen geschlossen, und hoffte, der Kreis würde sich auflösen. Als sie genug getrunken hatte, wandte sie sich um, um die Flasche zurückzugeben. Da erst entdeckte sie, dass sie Liam gehörte. Der Junge stand genau hinter ihr, während seine Mutter, die ihre Einkäufe an der Kasse einpackte, sie durch die Glastüren anstarrte. »Danke«, sagte sie zögernd. »Keine Ursache«, erwiderte er.

Sie dankte ihm erneut und drehte sich dann um, wankte auf ihr Auto zu. Sie musste sich in Erinnerung rufen, wo es stand. Da ist der Parkplatz. Der Supermarkt. Der Schlüsselbund. Hier ist das Lenkrad, das sind ihre Fingerspitzen, die es umfassen. Wenn sie nur tief genug atmet, werden sie nicht mehr zittern. Doch obwohl sie versucht, tief durchzuatmen, will das Zittern nicht aufhören, breitet sich vielmehr aus, von den Fingern zu den Händen, von den Händen zum Leib, und vielleicht bebt gar nicht ihr Körper, sondern die Erde unter ihr. Die Gegenwart zerfällt in eine Menge Körner, der Parkplatz tut sich auf, und in diesem Spalt, der immer breiter wird, sieht sie das, was unter der Erde ist, unter jeder Erde, auf die sie jemals treten wird, und in diesem Spalt sieht sie das Zimmer.

Baraks und ihr altes Kinderzimmer lag am Ende des Flurs. Darin standen ein Stockbett und ein Schrank, den Barak mit bunten Stickern der Garbage Pail Kids beklebt hatte. Außerdem gab es einen kleinen Tisch, auf dem er seine Hausaufgaben der zweiten Klasse machte und ihr manchmal, wenn er guter Laune war, erlaubte, sich neben ihn zu setzen und die Buchstaben zu malen, die sie in der ersten Klasse lernte. Die Bodenfliesen waren das ganze Jahr über kühl, sogar im Sommer, und in den großen Ferien legten sie sich nebeneinander darauf, um ihre Körper von der Gluthitze der Arava-Senke abzukühlen. So sieht sie sich auf dem Fußboden liegen und den unterm Bett angesammelten Staub betrachten, als Barak sagt: »Mir ist langweilig. Lass uns Aufträge vergeben.«

»Aufträge«, so nannten sie Mutproben. Verbotene Streiche. In Omas Haus Schokolade aus dem Schrank stibitzen war ein Auftrag. Die Pistole, die der Vater in der Schublade aufbewahrte, anfassen, ein anderer. Bauer Gross' Hoftor aufmachen, sodass die Hühner Reißaus nehmen, und ungesehen zurückkehren, noch einer. »Da hast du einen Auftrag«, sagte sie: »Nimm das Bazooka aus dem Mund und kleb es auf den Teppich im Wohnzimmer.« »Aber was, wenn Mama mich sieht?«, fragte Barak. »Pass halt auf, dass nicht. Das ist der Auftrag. Hinterher sagen wir ihr, es war einer ihrer Schüler.«

Ihre Mutter gab privat Klavierunterricht, jeden Tag von ein Uhr mittags bis acht Uhr abends, manchmal sogar freitags. Aus der ganzen Gegend kamen sie zu ihr. Oma sagte, sie hätte eine glänzende Karriere vor sich gehabt, und aus ihrem Mund hörte sich das an wie ein ranziges Kompliment, wie ein Käsekuchen, der zu lange ungekühlt rumgestanden hat.

Barak fuhr mit den Fingern die schwarzen Fugen zwischen den Fliesen ab. Noga wusste, dass er überlegte. Beide wussten: Sich mit Bauer Gross oder ihrem Vater anlegen, war eine Sache, aber ihre Mutter mit ihren Wutanfällen eine ganz andere. Noga hoffte, Barak würde ablehnen. Bisher hatte er sich noch vor keinem Auftrag gedrückt. Vielleicht weil er ein Jahr älter war als sie und vor nichts Angst hatte. Er hingegen wusste genau die Aufträge auszuwählen, die sie erschrocken verweigerte, sodass er als der Held im Haus dastand. »Okay«, sagte er einige Minuten später, »Bazooka auf dem Teppich, völlig in Ordnung«, obwohl seine Augen anderes aussagten.

Bach war der Lieblingskomponist der Mutter, und deshalb erklang auch ein Stück von ihm an jenem Mittag im Wohnzimmer, allerdings in der verhunzten Version eines schwitzenden Schülers vom Konservatorium. Hätte dort zufällig ein begabterer Schüler gesessen, wäre vielleicht alles anders ausgegangen. Die Mutter hätte selig die Augen geschlossen, ganz der

Musik ergeben, und Barak wäre ins Wohnzimmer gerobbt und nach getaner Tat schnell abgehauen. Aber Barak hatte die Zeichen falsch gelesen. Er merkte nicht, wie grottenschlecht der Schüler spielte. Musik war nie seine Stärke gewesen. Er hastete ins Wohnzimmer, im Vertrauen darauf, dass die Mutter ganz mit dem Unterricht beschäftigt war, und übersah den strengen Blick, den sie genau im Moment seines Tuns auf ihn richtete. Sie verlor kein Wort, ließ den Schüler Bach weiter ruinieren, bis er, verlegen schnaufend, das Ende erreichte, diktierte ihm mit klarer, kalter Stimme Korrekturen und schickte ihn fort. Fünf weitere Schüler kamen und gingen, ehe sie die Tür hinter dem letzten schloss und Barak ins Wohnzimmer zitierte.

Sie ohrfeigte ihn so heftig, dass seine Wange den ganzen Abend über rot blieb. Es war das erste und letzte Mal, dass sie eines ihrer Kinder schlug. Vorher und nachher setzte es nur Schreie und Drohungen. Und schreien konnte die Mutter, konnte es nicht weniger gut als Klavier spielen.

Zurück im Kinderzimmer schloss Barak die Tür und sagte kein Wort. Er machte Noga keine Vorwürfe wegen der Ohrfeige, die er erhalten hatte, und das überraschte sie, denn sie wusste, dass er guten Grund dazu gehabt hätte. Schließlich hatte sie ihm den Auftrag erteilt. Obwohl sie gehofft hatte, er würde ihn ablehnen, ihr ein einziges Mal den Sieg über ihn gönnen, freute sie sich doch auch über seine Zustimmung und lauerte im Stillen darauf, was wohl geschah, wenn er erwischt würde. Aber er war ihr nicht böse an jenem Abend, und anders als erwartet weinte er auch nicht, obwohl seine Wange röter war als die Paprikaschoten, die in Gross' Gewächshaus wuchsen. Er sagte nur: »Jetzt bist du dran. Dein Auftrag lautet, meinen Pimmel in deinen Mund zu nehmen.«

Im ersten Moment fand sie das einfach zum Schießen. Sie ging in die erste Klasse. Sie wusste, dass es Körperteile gab, die man nicht berühren durfte, aber sie wusste auch, dass es verboten war, die Schokolade anzufassen, die Oma im Schrank versteckte, oder Papas Pistole in der Schublade oder Gross' Hoftor. Sie wusste, dass es verboten war, Kaugummi auf den Teppich zu kleben, den ihre Mama von Oma zur Hochzeit geschenkt bekommen hatte, handgearbeitet vom heimischen Modehaus Maskit. Und sie wusste, dass Barak es aufgrund ihres Auftrags trotzdem getan hatte. So nahm sie denn zwischen dem Schrank mit den Stickern und dem Stockbett Baraks Pimmel in den Mund und schloss die Lippen darum, genau nach seinen Anweisungen, bis er sagte: »Genug, du Ekel, das reicht.«

In den nächsten Wochen gab er ihr weitere solcher Aufträge. Sie erinnerte sich nicht mehr genau, wie viele, aber als die großen Ferien zu Ende waren und die zweite Klasse anfing, hörte es von alleine auf. Sie hatten nie mehr davon gesprochen. Darüber gab es nichts zu sagen. Als Barak zehn Jahre alt war, räumten die Eltern ihm das Arbeitszimmer, das nun sein Reich wurde, aber er kam noch manchmal zu ihr ins alte Zimmer, um ein bisschen zusammenzusitzen, oder sie besuchte ihn, um Musik über Stereo zu hören. Und als sie mit siebzehn Jahren zitternd aus dem Restaurant in Eilat zurückkehrte, war es Barak, dem sie sich anvertraute. Er hatte ihr Zimmer betreten, um sich eine CD auszuleihen, und fand sie eiskalt auf dem Bett. Als er wissen wollte, was los sei, erzählte sie ihm, wie der Wirt sich im Lagerraum an ihr gerieben hatte. Barak war achtzehn, kurz vor der Einberufung. Er holte ihr ein Glas Wasser, legte ihr die Hand auf die Schulter und fragte, ob sie gemeinsam zur Polizei gehen sollten. »Nützt doch nichts«, antwortete Noga und brach in Tränen aus. »Sei unbesorgt«, sagte er. An diesem Abend saß er an ihrem Bett, bis sie eingeschlafen war, und verließ dann das Haus. Als er gegen Morgen zurückkehrte, roch er stark nach Benzin, betrat ihr Zimmer und sagte, der Wirt des Restaurants hätte jetzt andere Sorgen und daher keine Zeit mehr, sich an die Mädchen, die bei ihm arbeiteten, ranzumachen.

»Was hast du getan?«, fragte sie erschrocken.

Auf Baraks Gesicht trat ein verschwörerisches Grinsen. »›Und du sollst das Böse ausräuchern aus deiner Mitte‹ – das ist aus der Bibel, erinnerst du dich?«

»Hast du dem Kerl das Lokal abgefackelt?!«

Sein Grinsen verflog schlagartig, und Barak gebot ihr flüsternd, leise zu sein. Zwei Tage vor der Einberufung könne er keine Scherereien gebrauchen. Und nicht das Lokal habe er ihm abgebrannt, sondern nur das Motorrad.

Er hatte es für sie getan, und sie liebte ihn dafür. Aber als sie ihn anschaute – attraktiv, gutaussehend und völlig im Recht – kam sie nicht umhin, sich zu fragen, ob er sich erinnerte. Denn sie erinnerte sich, obwohl sie nicht daran denken wollte. Sie erinnerte sich an alles. Und wenn sie sich an Erlebnisse als Siebenjährige erinnerte, dann erinnerte er sich sicher auch, er war ja auch acht gewesen. Daher fragte sie ihn gegen Morgen in ihrem Schlafzimmer: Sie im Bett, mit dem abgeschnittenen T-Shirt von Sonic Youth, er neben ihr an den Schrank gelehnt, an dessen Ecken man noch die Reste der Sticker sah. Als die Frage heraus war, stand er wortlos neben ihr. Seine hübschen, lebendigen Züge wirkten jetzt grau und leer. Die Zunge lallte, als er zu sprechen versuchte. »Ich … Noga, das … ich glaube, du bist nicht ganz richtig im Kopf.«

Damit drehte er sich um und verließ den Raum, und sie blieb jenen ganzen Tag im Bett. Auch als ihre Mutter sie anschrie, sie solle sofort aufstehen und zur Schule gehen, sie habe keinerlei Geduld oder Energie für dieses Verhalten, zog sie nur die Decke über den Kopf und kehrte ihr den Rücken zu. Der Morgen ging in Mittag, Abend und Nacht über, und als es wieder Morgen wurde, kam Barak in ihr Zimmer, setzte sich auf den Boden und fing an zu weinen. Es tue ihm leid, sagte er, so schrecklich leid. Er sei ja selbst noch ein Kind gewesen, wisse auch, wo er diese beschissenen Ideen hergehabt habe. Ein älterer Schüler der Mutter habe ihn einmal aufgefordert, dasselbe nach der Schule mit ihm zu machen, habe ihm Geld versprochen, wenn er sein Glied in den Mund nehme.

Er habe abgelehnt, die Idee aber im Hinterkopf behalten. Das habe ihn irre gemacht, beharrte Barak, die Sache mit diesem Schüler. Und der hatte die Idee sicher von einem anderen älteren Schüler erhalten, dachte Noga, oder von einem Cousin. Vielleicht war es einfach so, ein endloser Turm großer Kinder, die Sachen mit kleineren Kindern anstellen, die ganze Reihe runter, aber sie war die letzte gewesen, denn sie hatte niemandem etwas angetan.

Er flehte sie an, es keinem zu sagen. Er schäme sich in Grund und Boden, würde sich umbringen, wenn jemand davon erführe. Und sie versprach ihm, es keinem zu verraten, denn sie liebte ihn, aber dann hatte sie es doch erzählt, nur einem, weil sie auch ihn liebte. Das war zwei Wochen nach Baraks Einberufung, in der Nacht, als Juval und sie endlich miteinander schliefen, nach fast einem Jahr endloser Gespräche und halb-zufälliger Berührungen. Sie waren unzertrennlich gewesen in jenem Jahr, sie, Juval und Barak. Waren gemeinsam um den Moschaw gejoggt, hatten längere Touren mit Schlafsäcken gemacht oder Veranstaltungen im Yacht-Pub besucht. Hatten über Bücher, Filme und Musik diskutiert. Und irgendwie hatten sie wohl alle drei gedacht, dass Juval und sie endlich zusammenkämen, wenn Barak erst mal eingerückt wäre. Als hätten sie nur abgewartet, bis zu seiner Einberufung an sich gehalten, um ihr Trio nicht zu zerreißen. So nannte man sie im Moschaw, das Trio, und darin lag zu viel Kraft, als dass man es hätte aufgeben wollen.

Zwei Wochen nach Baraks Dienstantritt fuhren die Eltern übers Wochenende in ein Hotel in Jerusalem, und Juval übernachtete bei ihr. Er hatte schon x-mal bei ihnen geschlafen, aber fast immer bei Barak im Zimmer. An jenem Abend saßen sie im Wohnzimmer, sahen sich *Shining* von Stanley Kubrick an, diskutierten zwei Stunden darüber. Danach gingen sie in ihr Zimmer, legten sich ins Bett und verharrten reglos nebeneinander, fast ohne zu atmen, bis Juval mit den Worten, er könne nicht länger warten, sich ihr zuwandte, sie küsste und mit Händen streichelte, die fast so zitterten wie ihr Körper darunter. Sie wollte, dass er reinschlüpfte, und er fragte, ob sie sicher sei, da er wusste, dass sie noch nie einen Freund gehabt hatte, und sie sagte, sie sei sicher, ganz sicher, und obwohl es ein bisschen wehtat, war es schön, und nachdem sie sich beruhigt und ein bisschen gedöst hatten, machten sie es noch mal, und nun tat es noch weniger weh und war noch besser. Die ganze Nacht berührten sie einander, und am Morgen schliefen sie bis wirklich spät, und als sie aufwachten, kuschelten sie erneut, berührten jetzt alles, was sie bisher nicht zu berühren gewagt hatten. Juval fragte, ob er zu ihr runterkommen solle, und sie bejahte, obwohl sie sich schämte, und als er dann fragte, ob sie auch zu ihm runterkommen wolle, bejahte sie wieder, völlig unbedacht, und erst, als er schon in ihrem Mund war, spürte sie den Brechreiz.

Er begriff nicht, was sie hatte. Erschrak zutiefst. Dachte, es sei seinetwegen. Sie beruhigte ihn, das sei es nicht. Dann fragte er mit gesenktem Blick, ob es wegen dem Tun des Kerls im Restaurant sei. Das haute Noga völlig um. Sie erfasste nicht, woher zum Teufel er davon erfahren hatte. Nur sie und Barak wussten davon, und sie hatte ihrem Bruder doch das Versprechen abgenommen, es keinem zu erzählen. Aber Juvals stotternder Antwort entnahm sie, dass Barak geredet hatte. Ihr Bruder hatte keine Einzelheiten preisgegeben, Juval nur erzählt, ein Scheißkerl habe sie begrapscht, worauf er die Sache für seine Schwester geregelt habe. Sie stellte sich vor, wie Barak mit seinem geheimen Racheakt für sie vor Juval prahlte. Sie fühlte sich erniedrigt, entehrt, als hätte Barak sie ohne ihr Wissen vor Juval bloßgestellt. Und das ärgerte sie dermaßen, dass sie Juval den Grund für ihre Reaktion erzählte, ihm die Aufträge schilderte, die Barak ihr in den großen Ferien zwischen der ersten und zweiten Klasse gegeben hatte.

Danach saß Juval mit gesenktem Kopf da. Seine großen Locken fielen ihm in die Stirn und über die Augen. Er hatte ihre Hand gehalten, während sie sprach, und hielt sie auch weiter, als sie fertig war, drückte sie jetzt aber nicht mehr zwischen seinen Fingern. »Bist du denn sicher, dass es Barak war?«, fragte er, »ich meine, könnte es auch sein, dass du dich nicht richtig erinnerst?«

Sie sagte ihm, dass sie sich richtig erinnere. Sie wolle nichts damit anfangen, rein gar nichts, niemals. Sie wolle nur, dass Juval es wisse. Denn er solle alles über sie erfahren. Juvals blaue Augen blickten sie verloren und versonnen an. »Hör mal, das verwirrt mich echt, was du gesagt hast. Ich brauche wohl ein bisschen Zeit, um es zu verdauen. Ich komme morgen wieder, und dann reden wir über alles, in Ordnung?«

Aber er kam nicht am nächsten Tag und auch nicht am übernächsten. Und als er nach drei Tagen ankam, bat sie ihre Mutter, ihm zu sagen, sie sei krank. Er versuchte es nicht wieder. Zwei Wochen später rückte er zur Einheit 669 ein. Er kam einmal im Monat nach Hause, und dann schlief Noga bei einer Freundin außerhalb des Moschaws. Ein Jahr später rückte sie selbst ein, bezog mit drei Kameradinnen ein Zimmer in der Feldschule Hermon, führte Wanderungen und wohnte nicht mehr in dem Zimmer am Ende des Flurs. Heute steht dort das alte Klavier ihrer Mutter. Die Eltern haben es dahin gerückt, um Platz zum Spielen im Wohnzimmer zu schaffen, wenn die Enkel auf Besuch kommen. Aber der Teppich von Maskit liegt noch an seinem Platz, an der Seite des Zimmers.

Jetzt, auf dem Parkplatz in Lagos, sieht sie den Teppich vor Augen, das vertraute Muster, die klaren, lebendigen Farben. Und nun weiß sie auch, dass das, was sie mit Liam in der Praxis für eine überwältigende Intuition gehalten hat, nichts als eine Erinnerung war. Ja, Liam Danon war gestört, aber sie hatte schon schwerer gestörte Kinder behandelt. Sie hatte sich geweigert, den Jungen zur Therapie anzunehmen, weil ihr beim Anblick des Kaugummis auf dem Teppich speiübel wurde. Für einen winzigen Moment hatte sich Liam in Barak und Barak in Liam verwandelt, und sie war nicht Noga Beniel, klinische Psychologin, gewesen, sondern Noga Sagi, sieben Jahre alt.

## — 22 —

Diesmal schwammen sie fünfunddreißig Bahnen. Danach legte sie sich schwer atmend auf die warmen Holzplanken. »Alle Achtung«, sagte Ayobami, »wenn du weiter jede Woche herkommst, schaffen wir's noch auf fünfzig.«

»Ich komme gern her«, erwiderte Naomi, »aber ich glaube kaum, dass ich es auf fünfzig Bahnen bringen werde, ich bin jetzt schon völlig fertig.«

Ayobami setzte sich neben sie und strich ihr über den Arm. »Deine Arme sind durchaus dafür gebaut, wenn du dranbleibst.« Ayobamis Finger berührten ihre Muskeln, und Naomi erschauerte. »Schau her«, rief Ayobami, »ohne Handtuch wirst du dich noch erkälten. Wir tauen dich unter der Dusche auf.«

Sie duschten minutenlang im Badehäuschen. Der Wasserdruck war prima, landete in starkem Strahl auf Naomis Rücken, wie eine Massage. Sie schloss die Augen und genoss den Wasserstrom. Als sie sie wieder aufschlug, sah sie Ayobami genau vor sich stehen. Sie drehte Naomi mit dem Rücken zu sich, seifte ihn ihr ein und spülte nach. Dann stellte sie das Wasser ab und reichte ihr ein Handtuch. »Ich habe drinnen für uns decken lassen.«

Das Mittagessen war gut und reichlich. Sie tranken Weißwein, den Ayobami aus dem Kühlschrank holte, und lachten viel. Danach dösten sie nebeneinander in den großen Hängematten hinterm Haus. Nach einer halben oder ganzen Stunde – die Zeit war fließend geworden – hob Ayobami einen Fuß aus der Matte und trat so heftig gegen die Wand, dass beide Hängematten schaukelten. Ihre Stimme erreichte Naomi aus der Nebenmatte, tief und träge: »Ich glaube, ich erzähle dir jetzt etwas, was ich bisher noch niemandem erzählt habe.« Das gefiel Naomi sofort. In den letzten Wochen hatte Ayobami viel Raum in ihrer Welt eingenommen, und sie fragte sich, welchen Raum sie in Ayobamis einnahm, wenn überhaupt. Als sie vorher aus dem Pool gestiegen war, hatte sie einen nassen Fußabdruck auf dem Holzboden hinterlassen, aber auch der war längst getrocknet. Jetzt war sie aufgeregt bei dem Gedanken, ihre Anwesenheit in diesem Haus könnte irgendein Zeichen hinterlassen, sie selbst irgendwelche Bedeutung haben. »Mit sieben Jahren stand ich manchmal Stunden vor dem Spiegel und versuchte mir vorzustellen, wie es wäre, weiß zu sein«, begann Ayobami. »Nicht, dass ich weiß werden wollte, mir gefiel immer, wie ich aussah. Aber ich wollte wissen, wie es sich anfühlt, wenn die Haut weiß ist. Verstehst du, was ich meine?«

»Vielleicht«, antwortete Naomi nach kurzem Überlegen. »Ich bin nicht sicher, dass es dasselbe ist, aber als Kind habe ich mir vorgestellt, ich würde morgens aufstehen und Lisa Katz sein.«

»Wer ist Lisa Katz?«

»Sie war die beliebteste Schülerin meiner Klassenstufe. Hübsch. Blond. Reich. Nicht dass ich wie sie sein wollte. Ich wollte nur wissen, wie es wäre, sie zu sein. Ich bin nicht sicher, ob es deiner Erfahrung entspricht.«

»Vielleicht ist es ähnlich«, erwiderte Ayobami nachdenklich. Darauf folgte langes Schweigen, und Naomi nickte wieder ein. Ayobamis weitere Worte durchdrangen die dünne Schicht des Schlafs: »Als ich nach London gezogen war, habe ich mit einer weißen Frau geschlafen. Sie war sehr schön, aber darum ging es nicht. Ich glaube, ich wollte einfach wissen, wie eine weiße Frau sich von innen anfühlt. Es war Mittag, als wir im Bett waren. Unter ihrer durchsichtigen Haut pulsierten blaue Venen. Sie waren wie Flüsse. Ich wollte auf ihnen fahren. Aber dort drinnen war nichts außer mir. Nur ich, ich, ich.«

»So ist es doch bei allen«, sagte Naomi. Sie wusste, dass sie in Schutzstellung ging, verstand jedoch nicht ganz, wogegen. »Bei allen schlägt das Herz nur ich-ich-ich. Früher mal dachte ich, Mutterschaft würde das ändern, denn für einige Zeit pulst dein Herz auch im Leben eines anderen. Aber heute bin ich da nicht mehr sicher.«

Ayobami nahm den Fuß von der Wand. Die Hängematte hörte auf zu schwanken. »Ich habe ein paar Kleider, die ich aussortieren will. Die meisten habe ich nie getragen, nur gekauft und aufbewahrt. Möchtest du sie sehen?« Sie gingen ins Obergeschoss. Seit dem Gymnasium hatte Naomi keine Kleider mit Freundinnen anprobiert. Ayobami erzählte von ihrer Familie und Naomi von ihrer, und jedes Mal, wenn es schien, nun gebe es nichts mehr zu sagen, fand sich irgendwie noch mehr.

Als Naomi ein Taxi bestellen wollte, bestand Ayobami darauf, dass ihr Fahrer sie nach Hause brächte. »Aber erst in einer Stunde«, erklärte sie, »erst nach Obst und Kaffee.«

»Ich komme mir vor wie im Urlaub«, erklärte Naomi, »im Urlaub von mir selbst.«

»Der Ausdruck gefällt mir«, sagte Ayobami und räkelte sich auf der Couch, »Urlaub von mir selbst – ich glaube, den werde ich künftig verwenden, obwohl mir nicht ganz klar ist, was er bedeutet.«

»Gut, wenn du nicht weißt, was das bedeutet, brauchst du anscheinend keinen Urlaub von dir selbst. Nur Menschen, die mit sich selbst nicht zurechtkommen, brauchen solch einen Urlaub, und du scheinst mir wie eine, die bestens mit sich auskommt.«

Ayobami lachte. Naomi wartete auf eine Gegenrede, hoffte plötzlich von einer anderen dunklen Seite der strahlenden Gastgeberin zu hören, aber falls es die gab, hatte Ayobami es nicht eilig, sie ihr zu zeigen. Vielleicht gab es auch keine. Vielleicht gab es Menschen, die sich einfach wohlfühlten in ihrer Haut.

## — 23 —

Der Artikel erschien drei Tage später, aber es dauerte noch einen weiteren Tag, bis Naomi davon hörte. Juval und sie lasen den *Guardian* nicht, und auch ihre israelischen Bekannten in Lagos konsumierten keine englischsprachige Presse. Aber die Nigerianer lasen regelmäßig britische Zeitungen. Als Juval auf dem Stützpunkt ankam, musterte ihn ein grauhaariger nigerianischer Offizier in der Messe mit offenem Interesse, was ihn überraschte. Er versuchte weiterzuessen, aber der Offizier blickte ihn unverwandt an und trat schließlich näher. »Das sind Sie doch hier, oder?« Juval blickte auf die Seite des *Guardian*, die ihm hingestreckt wurde. Der Graukopf deutete auf ein Foto. Naomi und er mit Uri auf dem grünen Rasen am Pool. Er überflog die Überschrift: *Sechzig Jahre israelisches Engagement in Nigeria – was haben wir gelernt?*

Ayobamis Aufsatz war lang und detailliert. Sie schrieb, wie sie sprach – absolut sicher, die Daten mit scharfem, trockenem Humor gewürzt. Zunächst breitete sie ihre Forschungsergebnisse über das israelische Engagement in Nigeria in den Sechzigerjahren aus. In der Offiziersmesse war es voll und laut, sodass Juval sich schwer konzentrieren konnte, aber er verstand das Wesentliche. »Ende der Sechzigerjahre verkaufte Israel Munition gleichzeitig an die nigerianische Regierung und an die Separatisten in Biafra, bewaffnete also beide Seiten des Bürgerkriegs.« Juvals Augen sprangen von

Zeile zu Zeile. »Israel verurteilte den Völkermord, den die nigerianische Regierung in Biafra beging, rüstete das Regime jedoch gleichzeitig auf.« Er versuchte zu begreifen, was zum Teufel das alles mit ihm zu tun hatte. Wenn der Bürgerkrieg in den Sechzigern in Biafra getobt hatte – was sollte dann sein Foto hier, das in Großformat in der führenden Zeitung Großbritanniens prangte.

Er musste noch drei weitere Absätze voll mit alten Daten und Zitaten von ihm unbekannten Politikern lesen, ehe er schließlich auf seinen Namen stieß. Die Geschichte wiederhole sich, schrieb Ayobami. Erst vor einigen Monaten sei Juval Katzir, ehemaliger israelischer Kommandosoldat, in Lagos gelandet, eine neue Generation des militärischen Engagements in Nigeria.

Der nächste Absatz war schon ganz ihm gewidmet: »Juval Katzir unterstützt ehemalige Piloten der israelischen Luftwaffe, die heute nicht weit von Lagos Kadetten der nigerianischen Luftwaffe ausbilden. Das Wort ›Luftwaffe‹ könnte den britischen Leser täuschen: Die Hauptaufgabe unserer Luftstreitkräfte liegt nicht in der Verteidigung des Landes gegen ausländische Feinde, sondern im Angriff auf Einheimische, die es wagen, gegen das korrupte Regime in unserem Land aufzubegehren.«

Es ging noch weiter, aber weiter wollte er nicht lesen. Der grauhaarige Offizier fixierte ihn unverhohlen, und nicht nur er. Aller Augen im Raum richteten sich auf ihn. Einige Offiziere hatten den Aufsatz gerade fertiggelesen, andere von ihren Tischnachbarn davon gehört. Juval legte die Zeitung auf den Nebenstuhl, nahm sein Tablett und trug es zum Spülstand. Der Graukopf begleitete ihn, als hätten sie sich vorher abgesprochen, die Messe gemeinsam zu verlassen. »Ayobami Abara ist eine zahnlose Hündin«, sagte er in freundlichem Ton. »Keine nigerianische Zeitung ist bereit, ihren Quatsch zu veröffentlichen, also sondert sie ihn in den britischen Blättern ab. Die Briten mögen das, müssen Sie wissen, es tut ihnen gut. Sie möchten glauben, unter ihrer Herrschaft sei es hier besser gelaufen.«

Juval ging direkt zur Flugstaffel. Alon und Matan kamen gerade von einer Lagebesprechung. Er informierte sie über den Aufsatz und schickte auch Amos Baer eine Nachricht. Er wusste nicht, ob die Kadetten von Ayobamis bissigem Bericht im *Guardian* erfahren hatten – obwohl er täglich viele Stunden mit ihnen verbrachte, hatte noch kein Nigerianer sich getraut, mehr als ein paar wenige Worte mit ihm zu wechseln.

»Diese Hurentochter«, schnauzte Matan auf dem Weg zum Unterrichtsraum. »Wenn wir in Israel wären, würde sie dafür ordentlich was zu hören bekommen, einfach so unerlaubt private Details über ein Crewmitglied der Luftwaffe zu verbreiten.«

»Auch hier könnte sie was abbekommen«, erwiderte Juval, »obwohl – mit dem Geld, das sie hat, wird es in Nigeria wohl kaum jemand wagen, sie anzutasten.«

»Wie ist sie überhaupt an dein Foto rangekommen?«,

warf Alon ein, »und woher, zum Teufel, weiß sie so viel über das, was wir hier machen?« Alon sprach leise, mit ernster Miene, und man sah ihm an, dass er noch wütender auf Juval war als auf Ayobami.

Juval zögerte, beschloss dann aber zu reden. Er erzählte Alon von der Falle, die Ayobami ihnen gestellt hatte. Er hegte keinen Zweifel daran, dass sie sich nur dazu im Waisenhaus engagierte, um die israelischen Helferinnen auszuhorchen. Obwohl er noch nie dort gewesen war, konnte er sich die Lage vor Ort unschwer vorstellen: Frauen der israelischen Community in Lagos, die den Online-Kaufrausch und das Posten von Fotos auf Instagram überhatten und der alltäglichen Langeweile in soziales Engagement entkamen, redeten offenherzig, und wenn Ayobami Abara dort aufkreuzte, brauchte sie bloß zu fragen.

»Netta hätte solche Informationen nie im Leben an Außenstehende weitergegeben«, beharrte Alon, »vielleicht einer anderen Israelin, aber nicht einer schnüffelnden Nigerianerin.«

»Das kannst du nicht mit Sicherheit wissen«, wandte Matan vermittelnd ein. »Du vergisst, dass Juval und seine Frau hier neu sind. Vielleicht hat Naomi noch nicht kapiert, in was für eine Schlangengrube sie geraten ist.«

Matan suchte Juvals Augen, wohl Bestätigung heischend, aber Juval war es leid, sich vor Alon Gonen rechtfertigen zu müssen. Das ganze Gespräch nervte ihn. Als die Instruktion beendet war, kehrte er schweigend in sein Büro zurück, saß stumm am Schreibtisch und verließ drei Stunden später stumm den Stützpunkt. Zu Hause angekommen, wusste Naomi noch nichts. Sie stand in der Küche, mit offenem Haar und in einem lila Kleid, das er nicht kannte, und meinte, sie sollten übers Wochenende wegfahren. Jetzt, da Uri endlich richtig schliefe, könnten sie prima eine Nacht in einem Hotel verbringen, um die neue Umgebung ein bisschen kennenzulernen. Man könnte auch Ayobami dazu einladen, erklärte sie, die wüsste sicher, was sehenswert sei.

»Deine Freundin ist eine Giftschlange, Naomi. Du hast uns ein Monster ins Haus geholt.«

Ihr Schreck über seine Worte war so groß, und ihre Miene so verdattert, dass Juval ihr beinah genüsslich berichtete. »Sie hat dich ausgenutzt, um Informationen zu erhalten, und du hast ihr das Gewünschte gegeben, ohne Verdacht zu schöpfen. Jetzt kannst du nur hoffen, dass meine Bosse das schlucken, denn dieser Artikel kann leicht mit einer Entlassung enden.«

»Aber ich habe ihr doch gar nichts über deine Arbeit erzählt!«, rief Naomi. »Du hast es getan, als wir bei ihr im Garten Kaffee getrunken haben. Alles, was du Uris Psychologin beim ersten Treffen nicht erzählen wolltest, hast du Ayobami am Pool problemlos weitergegeben.«

In ihrer Stimme schwang keinerlei Vorwurf mit. Sie zählte die trockenen Fakten auf, als hätte man sie aufgefordert, ihre Finger abzuzählen. Und gerade die Tatsache, dass keinerlei Wut mitschwang, verstörte Juval. Mit welcher Seelenruhe sie noch anfügte: »Näher betrachtet, ist es kein bisschen überraschend: Du hast eine schöne Frau gesehen und prompt geredet.«

## — 24 —

Bei Amos Baers Anruf war Juval sicher, er wolle ihm seine Entlassung mitteilen. Als Amos ihm den Job vermittelte, hatte er ihn gebeten, nicht zu viel über seine neue Aufgabe zu reden, denn die Nigerianer wollten die Kooperation mit der israelischen Sicherheitsfirma weitgehend unterm Deckel halten, und Juval hatte sofort zugestimmt. Nun, da sein Foto einen ganzseitigen Artikel im *Guardian* zierte, war Juval gewiss nicht mehr unterm Deckel. Er beschuldigte Ayobami dafür, nicht weniger aber auch sich selbst. Welcher Idiot betritt das Haus einer fremden Frau und fängt an zu plappern. Als Amos' Name am Abend nach der Veröffentlichung auf seinem Handy-Display aufleuchtete, wartete er daher einen Moment, ehe er antwortete. Schon vorher hatte er beschlossen, gar nicht erst den Versuch zu unternehmen, Amos umzustimmen. Vielen Dank für alles, würde er sagen, tut mir ehrlich leid, dass es so schiefgelaufen ist. Doch schon bei den ersten Worten merkte er, dass sein ehemaliger Vorgesetzter beim Militär kein bisschen wütend war. Amos' Stimme klang warm und freundlich, als er sich nach dem Wetter dort in Nigeria erkundigte und erzählte, dass man bei ihnen in Angola diese Woche wegen eines schweren Gewitters alle Flüge habe absagen müssen. »Und ich habe dich im *Guardian* gesehen, hübsches Foto. Ihr seht aus wie ein Paar in Hollywood.«

»Hat euch das Probleme bereitet, der Aufsatz?«, fragte Juval.

»Nichts, was nicht zu managen wäre«, sagte Amos, »warum, dachtest du, ich hätte deswegen angerufen?«

Er verneinte erst, gab es dann aber zu. Amos lachte. Ayobamis Aufsatz habe die nigerianische Luftwaffe vielleicht ein bisschen geärgert, aber nicht so sehr, dass jemand deswegen Köpfe rollen lassen wolle. Er jedenfalls rufe nicht wegen Nigeria, sondern wegen Angola an: Aufgrund des Gewitters habe eine große Flugübung, die für den Norden des Landes angesetzt war, aufgeschoben werden müssen und werde erst in zwei Tagen starten. Doch einer seiner Jungs müsse jetzt wegen früherer Verpflichtungen nach Israel zurückkehren, und er, Amos, wolle, dass er für ihn einspringe. »Der Nachteil ist, dass du in eine gottverlassene Gegend fährst und dort eine Woche festhängst. Der Vorteil ist, dass du einen Haufen Geld verdienst und dir die Zeit damit vertreiben kannst, gemeinsam mit mir Bälle in den Korb zu versenken.«

Zu jedem anderen Zeitpunkt hätte er Amos erklärt, dass er erst mit Naomi sprechen müsse, aber jetzt sagte er sofort zu. Er war froh, Alon Gonens Reden über Sicherheit im Feld für einige Tage zu entgehen, sehnte sich nach guten Gesprächen mit Amos, und vielleicht wollte er sich vor allem vom Unbehagen erholen, das ihn immer befiel, wenn er mit Naomi alleine war. Wenn er übermorgen nach Angola flog, musste er außerdem seinen Termin in Nogas Praxis absagen. Vielleicht würde es ihm dank dieses äußeren Grunds endlich gelingen, wirklich von ihr loszukommen. Von Minute zu Minute wuchs seine Überzeugung, dass die Zeit, die er, weit weg von ihr, in Angola, verbringen würde, ihren Einfluss auf ihn abschwächen müsste. Und selbst wenn dieser Einfluss nicht gänzlich verschwände, würde er nach seiner Rückkehr doch wenigstens kein weiteres Treffen mit ihr vereinbaren.

Als er Naomi über die bevorstehende Reise informierte, verzog sie die Miene. »Hat Amos denn keinen anderen für diese Aufgabe?«, fragte sie. »Sieben Tage sind eine lange Zeit, überleg mal, wie Uri darauf reagieren wird.«

»Uri wird okay sein«, sagte Juval, »das ist ein Bonus von zwanzigtausend Schekel für eine einzige Arbeitswoche.«

»Was sollst du da eigentlich machen?«, wollte Naomi wissen, »und wo liegt Angola?«

»Ich erzähl es dir gern, aber nur, wenn du's der Schlange nicht verrätst.«

Sie lächelte traurig. »Nur keine Sorge. Ich glaube kaum, dass Ayobami und ich je wieder miteinander sprechen.«

»Amos sagt, es ist ein gemeinsamer Übungsflug von angolanischen Piloten und ihren israelischen Ausbildern. Wir werden dort eine Station einrichten und vor Ort sein für den Fall, dass einer der Piloten geborgen oder medizinisch versorgt werden muss.«

Naomi blickte auf ihr Telefon. »Das klingt so ähnlich wie das, was du hier machst.«

»Ja, bloß am anderen Ende von Afrika.«

Uri stolperte im Wohnzimmer und heulte los. Naomi blieb sitzen und wartete darauf, dass Juval sich kümmerte. »Gut, du solltest dir ein Buch einpacken. Mir scheint, du wirst dort eine Woche lang rumsitzen.«

Er wusch Uri, zog ihm den Pyjama an und versuchte sich zu beherrschen, als der Junge nur schlafen gehen wollte, wenn Mama ihn ins Bett brachte. Als Naomi sich mit Uri in sein Zimmer verzogen hatte, nahm er das Telefon und schrieb Noga, leider könne er nächste Woche nicht kommen, da er beruflich unterwegs sein werde. Er fürchtete, sie könnte fragen, ob er einen Termin für die Woche danach vereinbaren wollte, aber sie antwortete nicht gleich auf die Nachricht. Mit jeder Minute empfand er sein nervöses Warten als demütigender. Schließlich hatte er genug vom ständigen Schielen aufs Display. Warum war es ihm eigentlich so wichtig, ein Wort von ihr zu entdecken. Woher dieser krankhafte Drang nachzusehen, was sie geschrieben hatte. Er schaltete das Telefon aus und bemühte sich, den Abend normal zu verbringen, mit dem festen Entschluss, das Telefon erst morgens nach dem Aufstehen wieder einzuschalten.

Als am nächsten Morgen blasse Sonnenstrahlen auf dem gelben Vorhang flirrten, sprang er auf und schaltete das Handy wieder ein. Nogas Nachricht wartete dort seit dem Vortag, und als er darauf schaute, war er entschlossener denn je, sie nie wieder zu treffen.

»Danke für die Nachricht.«

— 3. Teil —

# KÜKEN

## — 25 —

Jemand hatte ihnen rote Farbe aufs Auto geschüttet. Es musste in der Nacht nach Juvals Abflug nach Angola geschehen sein, denn als Naomi am nächsten Morgen mit Uri zur Grünanlage hinunterging, war der Wagen schon leuchtend rot. Uri reckte begeistert die Hand nach der Farbe und rief »ooot! Ooot!«, doch sie zerrte ihn hastig zurück, damit er sich nicht die Hand schmutzig machte. Als sie jedoch selbst mit dem Finger dranfasste, merkte sie, dass die Farbe schon trocken war. Eine durchgehende rote Farbschicht bedeckte die Windschutzscheibe und die Außenspiegel. Sie holte Sebastian und fragte ihn, was das sein könnte. Er war nicht weniger überrascht als sie. »Ich weiß nicht, Madam«, sagte er schließlich, »so was habe ich noch nie gesehen. Ich muss die Nachtwächter anrufen, ob sie etwas bemerkt haben.«

Die Nachtwächter hatten nichts gesehen. Sebastian fragte Naomi, ob er einen der Männer bitten solle, den Wagen für sie zu waschen. Naomi schüttelte den

Kopf, sagte, sie werde es selbst tun. Ihr war klar, dass man keine Bezahlung fordern, aber ein saftiges Trinkgeld erwarten würde. Und sie arbeitete ja ohnehin nicht. Die Tagesstunden lagen vor ihr wie eine weite Wüste, die es zu überwinden galt, um die Nacht zu erreichen. Es würde ihr nicht schaden, kurz aus ihrem sinnlosen Dasein auszubrechen und etwas zu unternehmen, zum Beispiel ihren Wagen von der roten Farbe zu reinigen, die ein Namen- und Gesichtsloser ausgeschüttet hatte.

Falls der zuvorkommende Empfangschef durch ihre Ablehnung verletzt war, zeigte er es nicht. Er brachte ihr einen Eimer Wasser nebst Putzlappen und blieb unweit stehen, als sie versuchte, die Windschutzscheibe zu schrubben. Die Farbe ging nicht runter. Es war wohl Stunden her, dass eine verborgene Hand sie ausgekippt hatte, und inzwischen war sie hart geworden. Naomi streckte sich in voller Länge, um an die Mitte der Frontscheibe zu kommen, doch so sehr sie auch mit dem Lappen rubbelte – die rote Farbe wollte nicht weichen. Sebastian verfolgte ihre Bemühungen, während sie hoffte, ein Anruf möge ihn wegholen und sie von seinem interessierten Blick befreien, als hätte er noch nie eine weiße Frau körperlich arbeiten gesehen.

Als ihre Arme schließlich von dem sinnlosen Bemühen zu schmerzen begannen, bereute sie langsam, das Angebot des Empfangschefs abgelehnt zu haben. Sie hoffte, er würde es wiederholen, damit sie nun zustimmen könnte, aber nachdem sie ihn einmal abgewiesen hatte, würde er nicht so schnell darauf zurückkommen. Vielleicht genoss er es, sie so schuften zu sehen, oder aber seine Miene verriet keine Schadenfreude, sondern nur den gelangweilten Blick eines Menschen, der seine Tage damit verbrachte, den Wünschen anderer nachzukommen. Erst als Uri zu quengeln anfing, gab sie auf und sprach Sebastian an. »Vielleicht könnten Sie wirklich einen der Männer bitten, das hier abzuwaschen«, bat sie, »ich würde das sehr zu schätzen wissen.«

»Mit Freuden, Madam«, erwiderte Sebastian breit lächelnd, »ich rufe gleich jemanden. Sie können mit Ihrem kleinen Herrn in den Garten gehen, und wenn Sie zurück sind, glänzt ihr Wagen bereits. Verlassen Sie sich auf mich.« Es erheiterte sie, dass Sebastian Uri als »kleinen Herrn« bezeichnete. Sie dankte ihm und spazierte zum Spielplatz in der Mitte des Wohnviertels. Der Himmel war grau, die Gehsteige lagen breit und leer vor ihr, als sie die Straße entlangging. Jemand hatte ihnen rote Farbe über den Wagen gekippt, aber das weckte mehr Neugier als Angst bei ihr. Wer mochte so etwas getan haben und warum? Sie prüfte diese Frage, als sei sie eine Detektivin, die einen beliebigen Fall auf ihrem Tisch zu lösen versuchte, ein Rätsel, das nichts mit ihr zu tun hatte und daher mit klarem Kopf, ja sogar einigem distanzierten Vergnügen angegangen werden konnte.

Trotzdem würde Juval davon wissen wollen, und zwar unverzüglich. Sie versuchte, ihn telefonisch zu erreichen, erhielt aber keine Antwort, was sie kaum überraschte. Ihr Mann war derzeit am anderen Ende von Afrika, im abgelegenen Norden Angolas. Sie verwarf den Drang, Ayobami zu kontaktieren, und rief stattdessen Dana Azoulay an. »Du wirst kaum glauben, was passiert ist«, begann sie. Als sie fertig erzählt hatte, klang Dana nicht besonders besorgt. »Sicher Kinder«, sagte sie, »eine Bande gelangweilter Kids. Nur blöd, dass so was gerade dann passiert, wenn Juval weg ist.«

Sie plauderten noch einige Minuten über Ayobami, diese Schlampe, und über gemeinsame Pläne fürs Wochenende, bis Dana entschuldigend sagte, sie müsse jetzt auflegen: Die Putzfrau sei da, und wenn sie die nicht im Auge behielte, sei das Haus hinterher noch chaotischer als zuvor. Naomi beendete das Gespräch und steckte das Telefon ein. Und erst jetzt spürte sie, dass jemand sie beobachtete.

Ein eigenartiges Gefühl, von der Sorte, die schwer zu lokalisieren ist, irgendwo am Steißbein und vielleicht auch auf dem Schädel. Physisch merkte Naomi: Ein anderer Mensch sieht ihr jetzt, auf offener Straße, zu, hat ihr vielleicht während des ganzen Gesprächs mit Dana unbemerkt zugeschaut. Sie packte den Griff von Uris Buggy fester und beschleunigte ihren Schritt. Die Sorglosigkeit ist verflogen, aller Frohsinn dahin. Jemand verfolgt sie, ganz sicher. Sie ist allein in einer fremden Stadt, einem anderen Land, und jemand folgt ihr draußen heimlich.

Hinter der nächsten Ecke lag der Spielplatz. Sie hoffte, ihn trotz des trüben Wetters nicht leer vorzufinden. Ungeachtet des Ziehens im Unterleib ging sie noch etwas schneller. Sie hörte jetzt Schritte hinter sich, festes Auftreten, und verfiel in einen Laufschritt. Dann endlich war sie auf dem Spielplatz, umringt von Müttern und Kindern, und wagte einen Blick über ihre Schulter.

Was sie sah, machte sie derart wütend, dass sie beinah aufgeschrien hätte. Sie schnappte den Laut gerade noch, ehe er ihre Kehle verließ, stürzte auf den Jungen zu und rüttelte ihn heftig an den Schultern. »Verfolgst du mich? Ha, du Psychopath, läufst du mir nach?«

»Du bist eine Lügnerin«, fauchte Liam und stieß sie mit seinen dünnen Armen zurück, die weit kräftiger waren als gedacht. »Du hast gesagt, die Psychologin würde euch nicht behandeln, aber sie tuts doch! Erst wart ihr mit dem Kind bei ihr, und jetzt geht dein Mann allein hin!«

Die Leute auf dem Spielplatz beobachteten die beiden konsterniert, aber Naomi war das egal. Sie dachte an Sebastians Assistenten, der jetzt rote Farbe von ihrem Auto schrubbte. Sie würde sich das nicht gefallen lassen. »Meinst du, du kannst mir rote Farbe aufs Auto kippen, ohne bestraft zu werden? Interessiert mich nicht, dass du klein bist, hörst du? Mir ist egal, wie alt du bist, ich lass mir nicht gefallen, dass du meine Familie belästigst!« Nun schrie sie schon aus vollem Hals. Vielleicht, weil der Junge nicht erschrocken wirkte. Hätte er Angst gezeigt, hätte sie gewiss auf der Stelle aufgehört, beschämt über den eigenen Kontrollverlust, aber Liam lachte sie verächtlich aus, und das brachte sie nun völlig aus dem Häuschen. »Wenn ich dich noch einmal vor meinem Haus erwische, rufe ich die Polizei, das versichere ich dir.«

Eine schlanke Frau lief herbei, von der Naomi annahm, dass sie Liams Mutter war. »Lassen Sie meinen Sohn in Ruhe!«, schrie die Frau, worauf Naomi sich ihr zuwandte und überraschend ruhig sagte: »Ihr Sohn hat mir rote Farbe aufs Auto gegossen und mich hierher verfolgt. Wenn er so was noch mal tut, erstatte ich Anzeige bei der Polizei wegen Belästigung.«

»Stimmt das?«, fragte Liams Mutter ihren Sohn. »Hast du ihr Farbe aufs Auto gegossen?«

»Ich doch nicht!«, rief Liam. »Ich bin ihr nur nachgegangen, man darf doch noch hinter Menschen auf der Straße gehen, ich hab ihr nix aufs Auto gekippt. Sie ist eine Scheißlügnerin.«

»Sie glauben doch nicht wirklich, was er sagt, nicht wahr?« Naomi blickte Liams Mutter an. Die Wangen der dünnen Frau waren gerötet vom Rennen, und auf ihrer Stirn glänzten kleine Schweißperlen.

»Warum sollte ich ihm nicht glauben? Wo soll er denn Farbe herhaben, sagen Sie mal? Er ist der Kinderfrau vor zwanzig Minuten weggelaufen. Wollen Sie mir einreden, dass er in dieser Zeit Farbe besorgt, sie auf Ihr Auto gekippt und Sie noch bis hierher verfolgt hat?«

Naomi zögerte kurz, beharrte aber sofort wieder so lautstark, dass alle auf dem Spielplatz es hören konnten: »Vielleicht hat er die Farbe am Vortag irgendwo versteckt. Hören Sie, Ihr Junge ist mir schon einmal unerlaubt in meine Wohnung gelaufen. Ich musste den Empfangschef rufen und ihn bitten, Ihren Sprössling der Kinderfrau zurückzubringen, und eben gerade hat er auch zugegeben, mir nachspioniert zu haben. Sie können nicht so tun, als sei er ein normales Kind.«

Liams Mutter verzog die Lippen, als würde sie gleich losschreien. Ihre glatten, faltenfreien Wangen waren rot, als hätte ihr jemand eine Ohrfeige versetzt. Dann erst rollten die Tränen, verschmierten ihr Make-up. Hinter Naomi begann Uri im Buggy zu quengeln. Er wollte raus zu den Geräten. Sie wandte sich ihm zu, froh, sich nicht länger mit dieser aufgelösten Frau auseinandersetzen zu müssen. Als sie sich mit Uri auf dem Arm wieder aufrichtete, packte Liams Mutter ihren Sohn an der Schulter und zerrte ihn fort, weg vom Spielplatz, weg von den aufgerissenen Augen der anderen Mütter.

## — 26 —

Jemand hatte ihnen ein totes Küken in den Briefkasten getan. Sie fand es am Morgen nach dem Zwischenfall mit Liam auf dem Spielplatz. Als sie mit Uri aus dem Garten zurückkam, griff sie routinemäßig hinein und fühlte etwas plüschig Weiches. Im ersten Moment dachte sie, es sei eines von Uris Kuscheltieren. Ein Nachbar hatte es sicher im Fahrstuhl oder in der Vorhalle gefunden und war so nett gewesen, es ihnen in den Briefkasten zu stecken. Sie zog den Gegenstand behutsam heraus, und selbst da verging noch eine Schrecksekunde, bis sie begriff, was sie in Händen hielt.

Das tote Küken hatte einen weichen gelben Federflaum über der blassen grauen Haut. Die kleinen Beine waren ebenfalls grau, die halb geöffneten Augen schwarz. Kurz behielt sie es auf ihrer Handfläche, dann schleuderte sie es mit einem Aufschrei von sich. Sebastian hörte sie und lief herbei, um zu sehen, was los war. Er fand sie zitternd vor. »Was ist denn, Madam«, rief er, »was ist passiert?« Sie deutete vor sich auf den Marmorboden. Dort lag das tote Küken. Ein Flügel war bei dem Sturz gebrochen und ragte unnatürlich hoch. Sebastian bückte sich und betrachtete erstaunt das tote Tier. »Wo ist das denn hergekommen?«

»Jemand hat es mir in den Briefkasten gelegt.«

»Das ist nicht in Ordnung«, sagte Sebastian ernst. »Ich sage Ihnen, das ist ganz und gar nicht in Ordnung. Noch dazu, wenn Mister Juval weg ist.«

Sebastian richtete sich wieder auf, zog ein Taschentuch aus der Tasche und hob das tote Küken hoch. Er brachte es zum Abfalleimer in der Ecke der Vorhalle und fragte Naomi dann, ob er sie zu ihrem Apartment begleiten solle.

»Ich glaube, ich muss die Polizei anrufen«, sagte sie.

»Sie können es versuchen, Madam, aber ich bin nicht sicher, ob die Polizei in Lagos sich um tote Küken in Briefkästen kümmert, verstehen Sie?«

»Ich halte das für eine Art von Drohung«, sagte sie.

»Das ist wirklich bedrohlich, Madam. Ihren Briefkasten aufmachen und ein totes Küken darin finden, ist sehr besorgniserregend.«

Er begleitete sie zum Aufzug, fuhr in den siebten Stock mit ihr und wartete, bis sie die Tür aufgeschlossen hatte. Er fragte, ob er mit eintreten dürfe, was sie bejahte, und ging dann alle Zimmer ab, während sie in die Küche eilte, um sich die Hände mit Wasser und Seife zu waschen.

»Es ist ein hohes Stockwerk«, sagte er nach beendeter Inspektion, »keiner kann durchs Fenster einsteigen, wissen Sie.«

»Ich weiß.« Uri schlief im Buggy, und sie beschloss, ihn dort schlafen zu lassen und nicht ins Bett zu legen, denn sie war zu aufgelöst, um ihn erneut zum Schlafen zu bringen, falls er aufwachte. »Möchten Sie etwas trinken, Sebastian?«

»Nein, Madam, ich kehre an meine Arbeit zurück.«

Aber sie hatte Angst, allein zu bleiben, die Berührung mit dem weichen Flaum brannte ihr noch in den Fingerspitzen. »Bitte, ich bestehe darauf. Sie helfen mir so viel in der letzten Zeit. Ich würde mich wirklich freuen, wenn Sie für einen Kaffee blieben.«

Er zögerte kurz, beschloss aufgrund ihrer Miene jedoch, ihrer Einladung zu folgen. Er setzte sich auf das weiße Sofa mit Ozeanblick. »Sie haben ein Apartment mit fantastischer Aussicht ausgesucht, Madam, unsere schöne Küstenlinie liegt genau vor Ihrer Haustür.« Er klang stolz, so als hätte er die Küstenlinie von Lagos eigenhändig entworfen.

»Es ist wirklich eine wunderbare Wohnung«, sagte sie.

»Haben Sie in Israel auch am Meer gewohnt?«

»Nein. Wir lebten in einer Stadt fern vom Meer.«

»Dann ist es ja ein Glück, dass Sie hergekommen sind«, meinte Sebastian mit dem Lächeln eines Mannes, der gerade seine These bewiesen hat. Naomi lächelte ebenfalls fast unwillkürlich. Der Empfangschef besaß die seltene Fähigkeit, seinen Mitmenschen Wohlgefühl zu verleihen. Er lobte ihren Kaffee und fragte kurz darauf: »Hat Ihre Mutter Ihnen Gutes über Afrika erzählt?«

»Meine Mutter?«

Die Frage erstaunte sie derart, dass sie erst im zweiten Moment erfasste, was sich eigentlich von selbst verstand: Sebastian hatte den Aufsatz gelesen. Gefaltete Ausgaben des *Guardian* und der *Times* lagen ja stets auf der Marmortheke in der Vorhalle aus. Die Zeitungen waren zwar für die Bewohner bestimmt, aber wann immer sie mit Uri vom Spaziergang zurückkam, sah sie den Empfangschef selbst eine davon lesen. Sie hatte nie nachgesehen, welche Zeitung es war, er hatte das Blatt immer rasch abgelegt, sobald ein Bewohner die Vorhalle betrat. »Haben Sie den Artikel im *Guardian* gelesen?«, fragte sie, obwohl sie die Antwort schon kannte.

»Alle haben ihn gelesen«, antwortete Sebastian, »John und Isaac – alle, die im Haus arbeiten, und die Fahrer der Familien, die hier wohnen, das heißt diejenigen, die lesen können. Es ist das erste Mal, dass wir

Leute kennen, die in der Zeitung stehen, verstehen Sie?«

Sie versuchte sich zu erinnern, ob einer der Männer, die im Gebäude arbeiteten, sie in den Tagen seit dem Erscheinen anders angeschaut hatte, aber bei allem Bemühen konnte sie sich nicht an ihre Gesichter erinnern. »Diese Frau, Ayobami, hat alles verzerrt«, sagte Naomi. Sebastian nickte höflich über seiner Kaffeetasse. »Ich hol auch Kuchen«, sagte sie und eilte in die Küche, um die Brownies aus dem Kühlschrank zu nehmen, die sie am Vortag als Reiseproviant für Juval gebacken und ihm dann aus Versehen nicht mitgegeben hatte. Jetzt konnte sie wenigstens dem Gast welche anbieten.

Sebastian lobte ihr Werk und bestand schließlich darauf, das Geschirr selbst abzuräumen und zu spülen. Dabei sagte er in der Küche: »Ich bin ein Igbo, wissen Sie.«

»Igbo?«

»Wir sind die Gruppe, die 1967 versucht hat, einen eigenen Staat namens Biafra zu gründen.« Naomi nickte hastig, verlegen. Sogar jetzt, nach über zwei Monaten, brachte sie die Namen der Volksgruppen in Nigeria durcheinander, so sehr sie sie auch zu memorieren versuchte. »Meine Mutter ist damals im Krieg gestorben. Auch mein Großvater. Sie haben uns ausgehungert, verstehen Sie? Sie haben alle Straßen gesperrt und uns nichts zu essen gegeben.«

»Das ist furchtbar«, sagte Naomi, »es tut mir sehr leid.«

Sebastian nickte wieder höflich wie immer, und sie fragte sich, vielleicht zum ersten Mal, was hinter diesem Nicken steckte. Er trocknete das Geschirr mit dem Handtuch ab und stellte es auf die Arbeitsfläche. »Ich muss wirklich zurück in die Lobby«, sagte er. »Ich hoffe, Sie werden keine toten Küken im Briefkasten mehr finden. Es ist nicht gut, dass Ihnen solche Dinge passieren, während Mister Juval nicht zu Hause ist.«

## — 27 —

»Natürlich könnt ihr bei uns schlafen«, sagte Dana Azoulay, »wäre doch prima.«

»Würde es euch wirklich nichts ausmachen?«, fragte Naomi.

»Ganz und gar nicht«, lachte Dana, »endlich hätte ich jemanden zum Reden. Roy ist schon seit einer Woche in Abuja für irgendein Projekt, und ich bin es leid, jeden Abend vor der Glotze zu sitzen.«

Naomi holte den kleinen Koffer hervor und packte ein paar Sachen für sich und Uri ein. Dana wohnte nur zehn Gehminuten entfernt, aber sie nahm lieber das Auto, hatte keine Lust, mit Buggy und Koffer loszuziehen, wollte überhaupt nicht auf der Straße sein. Sie schloss die Wohnung ab und drückte den Fahrstuhlknopf, hoffte, Sebastian jetzt nicht an der Rezeption vorzufinden. Irgendwie wollte sie nicht, dass er ihre hastige Flucht mitkriegte. Als sie den Fahrstuhl im Erdgeschoss verließ, sah sie, dass er tatsächlich abwesend war, und hastete zum Parkplatz, ehe er wiederkam.

Dana war großartig. Sie hatte für Naomi das Bett im Gästezimmer bezogen und für Uri ein Klappbettchen bei einer israelischen Nachbarin im Haus ausgeliehen. Ihr großer Sohn, Ofek, war schon zehn Jahre alt und unterhielt Uri im Wohnzimmer, während Naomi ihr in der Küche im Flüsterton von dem toten Küken im Briefkasten berichtete.

»Das ist ja furchtbar«, rief Dana. Ihre Tochter Nina kam in die Küche gerannt, um zu fragen, was denn so furchtbar sei. Dana schickte sie zurück ins Wohnzimmer. »Ich sag dir, Nini, du musst nicht alles wissen.« Das Mädchen schlurfte hinaus, und Dana wandte sich wieder Naomi zu. »Mir wird ganz schlecht, allein schon bei dem Gedanken«, erklärte sie. »Hast du eine Ahnung, wer das gewesen sein könnte?«

»Zuerst dachte ich, es wäre ein bekloppter Junge aus der Nachbarschaft«, antwortete Naomi, »aber jetzt bin ich mir da nicht mehr sicher. Es könnte mit Ayobamis Aufsatz zusammenhängen.«

»Meinst du, einer der Einheimischen hier liest den *Guardian*?«

»Du wirst dich wundern. Nicht wenige haben den Artikel gesehen.«

»Gut, aber schau mal, was hat diese Schlampe denn schon geschrieben. Jedes zweite Land der Welt verkauft Waffen in Afrika. Das sind keine sensationellen Neuigkeiten.«

»Ich weiß nicht, wie weit das hier in Nigeria thematisiert wurde. Und selbst wenn – bis zu Ayobamis Aufsatz hatten sie keine spezifische Person, an der man alles festmachen konnte.«

»Aber warum sollte dir jemand ein totes Tier in den Briefkasten legen, weil Israel vor fünfzig Jahren mal Waffen an Nigeria verkauft hat? Das macht doch keinen Sinn. Und bei aller Hochachtung für Juvals Tätigkeit scheint sie mir nicht derart wichtig zu sein, dass jemand euch deshalb schaden wollen würde. Dein Mann ist ja kein Nuklearphysiker, der hier Uran anreichern soll, sondern nur damit beauftragt, die Bergung Verwundeter zu organisieren.«

Naomi schwieg. Danas Redestrom ging ihr langsam auf die Nerven. Vielleicht hätte sie lieber für eine Nacht ins Hotel gehen sollen. Vorher hatte sie menschliche Gesellschaft gesucht, doch jetzt wünschte sie sich nur noch Ruhe. Dana merkte das nicht. Sie schnippelte den Salat fürs Abendessen und redete ununterbrochen weiter. »Selbst mal angenommen, Regimegegner hätten deine Familie als Symbol für die Sünden des Westens in Afrika markiert – meinst du, sie würden nichts weiter tun, als dir rote Farbe übers Auto zu kippen? Wir sind in Nigeria, Kleine, wenn jemand ein Zeichen setzen will, tut er es nicht mit toten Küken, sondern mit der Pistole.«

Sie bemerkte Naomis Gesichtsausdruck und legte das Messer nieder. »Oje, Liebes, tut mir ja so leid, was bin ich dumm, wie taktlos ich manchmal sein kann, also ehrlich.« Dana fiel ihr um den Hals, und Naomi wünschte sich den Moment herbei, in dem sie von ihr ablassen und wieder Salat schneiden würde. »Ich wollte nicht sagen, dass einer wirklich mit der Pistole auf euch losgehen wird, ganz im Gegenteil, was ich sagen wollte – und völlig vermasselt habe, ich weiß –, ist, dass nigerianische Verbrecher eurer Familie sicher nichts antun wollen. Ich glaube immer noch, dass es ein bekloppter Junge aus der Nachbarschaft war.«

Naomi nickte. Kurz trat Schweigen ein, was völlig untypisch für Dana war, und Naomi beeilte sich, nach Nina und Ofek zu fragen: Ob es ihnen in der Schule gefiele. Ob sie Sehnsucht nach Israel hätten. Dana ging freudig darauf ein, die Leute reden immer gern über ihre Kinder, und Naomi verschaffte sich ein paar Minuten Atempause. Beim Abendbrot mieden sie das Thema vor den Kindern. Hinterher bestand Naomi darauf, das Geschirr zu spülen, und zog sich dann mit Uri in ihr Zimmer zurück, mit dem festen Versprechen, zurückzukommen, sobald er eingeschlafen wäre.

»Ich habe uns eine Flasche Wein in den Kühlschrank gestellt«, erklärte Dana, »bis Uri schläft, ist er kalt genug.«

Uri schlief fast sofort ein. Die Stunden mit Danas Kindern hatten ihn müde gemacht. Als Naomi ihn ins Kinderbettchen legte, fürchtete sie, die neue Umgebung würde ihn aufregen, sodass er nicht einschlafen könnte. Aber als seine Atemzüge umgehend tiefer wurden, erkannte sie ihren Irrtum. In ein paar Minuten könnte sie ihn schon im Zimmer allein lassen und ins Wohnzimmer gehen. Dana saß auf dem Sofa und wartete auf sie. Der Fernseher war ausgeschaltet. Heute Abend würde sie Naomis Lebensgeschichte verfolgen.

Sie legte sich rücklings auf das fremde Gästebett und erwog, einfach die Augen zu schließen und so vollbekleidet dort einzunicken. Dana würde denken, sie sei vor Müdigkeit gemeinsam mit Uri eingeschlafen, und ihr selbst bliebe ein langer Abend voll Fragen und Horrorszenarien erspart. Die Idee gefiel ihr, obwohl sie ein gewisses Maß an Unhöflichkeit und sogar Undankbarkeit enthielt. Die Frau im Wohnzimmer wollte doch nur ihr Bestes. Eine Flasche Weißwein wartete im Kühlschrank. Warum vergrub sie sich trotzdem in diesem dunklen Zimmer, schaltete schon um acht Uhr abends ab?

Sie hörte Danas leises Klopfen an der Tür nicht, spürte jedoch die Hände, die sie im Schlaf zudeckten. Gerade als Dana das Zimmer wieder verließ, wurde Naomi hellwach. Es war elf Uhr nachts. Sie hatte erst drei Stunden geschlafen. Durch die Tür hörte sie das Wasser im Bad rauschen, die Klospülung gehen, Danas Schritte im Schlafzimmer verschwinden. Sie lag auf dem Rücken und lauschte Uris ruhigen, gleichmäßigen Atemzügen. Sie dachte an Ayobami, die jetzt sicher in ihrem Bett lag, stellte sie sich dort in den roten Laken vor – irgendwie war ihr klar, dass sie rot waren. Sie hoffte, Ayobami würde an sie denken, wusste jedoch sehr wohl, dass sie es nicht tat. So fühlt es sich also an, wenn eine Frau dir das Herz bricht.

Sie drehte sich auf den Bauch und sog den Duft von

Dana Azoulays Bettwäsche ein. Kühle Baumwolle, gute Luft vom Fenster. Kurz hoffte sie, wieder einzuschlafen, aber nach einer Viertelstunde sah sie ein, dass die Chance gering war. Sie ging leise in das fremde Wohnzimmer, tastete sich an der Wand entlang zum Schalter der kleinen Lampe. Sie betrat Danas Küche, erhitzte Teewasser und nahm das Glas mit auf den Balkon. Auch der Balkon von Dana und Roy blickte auf den Ozean, aber anders als bei Naomi und Juval standen hier blühende Blumenkästen auf dem Geländer, und kleine Lämpchen hingen an der Pergola darüber. Sie setzte sich auf einen verblichenen Korbsessel und dachte sich, Dana sei schon lange genug in diesem Land, dass ihre Sachen zu altern begannen. Das Klingeln ihres Telefons im Wohnzimmer ließ sie aufspringen. Der heiße Tee spritzte auf ihren Oberschenkel. Das Letzte, was sie jetzt brauchen konnte, war, dass Uri aufwachte, oder gar Nina und Ofek. Sie hastete ins Wohnzimmer, in der Hoffnung, dass Juval dran war. Komm heim, würde sie ihm sagen, lass alles stehen und liegen und komm sofort zurück.

Sie hätte wissen müssen, dass es Tarek war. Elf Uhr abends war seine Lieblingszeit für derlei Gespräche. Sie wappnete sich für die übliche Mischung aus Drohungen, Flüchen und Forderungen, wusste selbst nicht, warum sie weiter den Worten lauschte, die er ihr beharrlich ins Ohr schrie. Vielleicht weil ihr Ohr das Einzige war, was sie ihm zu leihen bereit war. Sie kehrte mit dem Telefon auf den Balkon zurück. Der Tee war schal geworden. Sie setzte sich in den

Korbsessel und blickte auf den Ozean, das Telefon in der Hand. Jetzt sah sie die rote Brandwunde auf ihrem Oberschenkel. Sie fuhr mit dem Zeigefinger über die Haut hinweg, ohne sie zu berühren. Als Tarek ihre Familie in Blut zu ertränken drohte, horchte sie auf: »Was hast du da gerade gesagt?«

Er verstummte, wohl überrascht darüber, dass sie mit ihm sprach, denn längst erwartete er keine Antwort mehr von ihr. »Ich habe gesagt, dass ich dich und deine Familie in Blut ertränken werde.«

»Hast du rote Farbe über unser Auto gegossen?«

Kaum waren die Worte heraus, tadelte sie sich selbst. Wo sollte Tarek wohl das Geld für ein Flugticket nach Nigeria herhaben? Und selbst wenn er das Geld hätte – seine Familie brauchte doch jeden Betrag, den er aufbringen konnte. Er hätte die lange Reise hierher nicht angetreten, bloß um ihr Angst einzujagen.

»Hat man dir Farbe übers Auto gekippt?«, klang seine Stimme demonstrativ fröhlich durchs Telefon. Sie wollte nicht antworten, musste ja nicht.

»Man hat dir Farbe übers Auto gekippt«, konstatierte er nun mit Sicherheit, als sei ihr Schweigen auf seine Frage nichts als ein großes Ja gewesen. »Man hat dir rote Farbe übers Auto gegossen, und jetzt hast du Angst. Endlich.«

Sie konnte sich seine Miene lebhaft vorstellen, wie seine Mundwinkel sich zu einem schadenfrohen Grinsen hochzogen. »Du weißt nicht, wer dir das angetan hat und was er weiter machen wird, und stirbst deshalb vor Angst.« Noch nie hatte sie den jungen Mann so zufrieden wie jetzt gehört. »Du stirbst vor Angst«, wiederholte er lachend, »und jetzt weißt du, was es heißt, wie wir zu sein.«

»Wer war das?«, fragte Dana.

»Aus Israel. Verzeih, dass ich dich geweckt habe.«

»Schon okay«, Dana setzte sich in den Korbsessel neben ihr, »ich hoffte für dich, dass Juval dran wäre.«

»Juval ist bis Freitag ohne Empfang«, erwiderte Naomi und unterdrückte ein Seufzen.

»Du und Uri sind herzlich eingeladen, bis zu seiner Rückkehr hierzubleiben«, sagte Dana hastig.

»Danke, aber ich denke, wir gehen morgen doch heim.« Und nach kurzem Zögern fragte sie, ob Dana ihr einen Gefallen tun könne: Sie wolle am Morgen zu Ayobami fahren, um mit ihr zu sprechen. Vielleicht könnte sie sie überreden, eine Berichtigung zu veröffentlichen. Falls der Täter doch von Ayobamis Aufsatz im *Guardian* beeinflusst war, könne das helfen. »Wäre es möglich, Uri für zwei Stunden bei dir zu lassen? Falls das Gespräch lautstark werden sollte, möchte ich ihn nicht dabeihaben.«

Dana sagte, das sei gar kein Problem, und holte den Weißwein aus dem Kühlschrank. Sie tranken eine halbe Flasche auf dem Balkon und die andere Hälfte drinnen. »Du bist die beste Freundin, die sich einer wünschen kann«, sagte Naomi, als sie den Flur entlang zu den Schlafzimmern wankten. »Ich liebe dich.«

# — 28 —

Ayobami stand an der Haustür, in einem kurzärmligen weißen Kleid. Naomi bereute plötzlich ihre Vorankündigung. Vor zwanzig Minuten hatte sie ihr aus dem Auto telefonisch mitgeteilt, dass sie unterwegs zu ihr sei. Ayobami hatte mit einem Okay aufgelegt. Jetzt meinte Naomi, es wäre vielleicht besser gewesen, überraschend aufzukreuzen. Dann hätte sie Ayobami wenigstens einmal unvorbereitet gesehen.

»Möchtest du hereinkommen«, fragte Ayobami. »Guter Kaffee ist da, und Obst.«

»Nein danke.«

Ayobami zuckte mit den Achseln und wartete. Die Sonne stand schon hoch am Himmel, und auf dem Vorplatz war kein bisschen Schatten. Welke rote Frangipani-Blüten schwammen auf der Zierrinne. Die Strömung trug sie langsam zum Pool hinterm Haus.

»Ich versteh nicht, warum du das getan hast«, begann Naomi und ärgerte sich über ihre Stimme, die schon zu Beginn zittrig wurde, »warum du mir derart schaden musstest.«

»Ich wollte dir nicht schaden«, sagte Ayobami, »ich wollte nur, dass die Leute die Wahrheit erfahren.«

Es waren nicht die Worte, die sie sagte, sondern der Gleichmut, mit dem sie sie aussprach. Und Naomi wusste, dass Ayobami sie mit derselben Seelenruhe empfangen hätte, wenn sie ihr völlig überraschend ins Haus geschneit wäre. Sie hätte gern gehofft, ihre

Ruhe sei nur gespielt, die Frau vor ihr auch bis ins Innerste erschüttert. Aber Ayobamis Gesicht war offen und ehrlich. Keinerlei Sturm oder Reue zeichnete sich darin ab, auch kein erbitterter Hass, an den man sich hätte halten können, und Naomi fürchtete, die letzten beiden Tage seien an Ayobami vorübergegangen, ohne dass sie auch nur ein einziges Mal an sie und Juval gedacht hatte. Dieser Gedanke war unerträglich. Er war noch schlimmer als der Artikel.

»Du hattest kein Recht, unser Foto unerlaubt zu veröffentlichen.« Naomis Ton wurde schreiend, und die Tränen, die sie hatte zurückhalten wollen, bis sie wieder allein im Auto säße, rannen ihr über die Wangen. »Ich habe dir erlaubt, uns zu fotografieren, weil du meine Freundin warst! Und du hast es für deinen Artikel ausgenutzt.«

»Das hat dich verletzt«, sagte Ayobami in ruhigem Ton, »deine Privatsphäre wurde angetastet.«

Naomi nickte. Sie hoffte jäh, Ayobami würde sie umarmen, doch die streckte stattdessen die Hand aus und tätschelte ihr langsam die Wange. Vielleicht hätte sie diese untreue Hand zurückstoßen sollen, aber Naomi rührte sich nicht, und kurz darauf zog Ayobami sie zurück und fragte: »Hast du mal an diese Fotos in *National Geographic* gedacht? Mutter mit nackter Brust, Vater mit Farben im Gesicht, Junge mit Speer in der Hand? Meinst du, beim Fotografieren hätte ihnen einer erklärt, wo das nachher veröffentlicht wird?«

»Aber ich habe niemanden für *National Geographic*

fotografiert!« Naomis Stimme bebte. »Hasst du mich wirklich so sehr?«

Ayobami starrte sie überrascht an. »Ich hasse dich kein bisschen, mag dich sogar recht gern«, sagte sie.

»Weißt du, dass Juval seinen Job verlieren kann? Man könnte ihn entlassen wegen dieses Artikels.«

»Natürlich willst du nicht, dass das Einkommen deines Ehemanns leidet.«

»Es ist viel mehr als das – man hat uns den Wagen demoliert, uns ein totes Küken in den Briefkasten geworfen. Dein Artikel gefährdet mein Leben und das meiner Familie.«

Ayobami wirkte neugierig. »Meinst du, das sei meinetwegen?«

Naomi beeilte sich nicht mit der Antwort, beobachtete stattdessen die Miene ihres Gegenübers: Ein Funke blitzte in den braunen Augen auf. Die geschwungenen Brauen hoben sich interessiert. Wie auf einen unsichtbaren Befehl hin zückte Naomi ihr Telefon und zeigte die Fotos vor: Das mit roter Farbe verschmierte Auto. Das tote Küken. Ayobami beugte sich vor, um besser zu sehen, und Naomi roch das Chlor an ihrer Haut und wusste, dass sie diesen Morgen schon geschwommen war. »Ich halte es für höchst unwahrscheinlich, dass mein Artikel so was ausgelöst hat«, sagte Ayobami schließlich, in einem Ton, der fast enttäuscht klang.

Diesen Punkt hatte Naomi erreichen wollen. Sie würde Ayobami die Auswirkungen ihres Artikels schildern und sie bitten, einen neuen zu schreiben. »Natürlich hast du das nicht gewollt, aber übernimm jetzt wenigstens die Verantwortung für die Folgen. Schreib etwas, um diese Sache zu stoppen.«

Das Plätschern des Wassers in der Rinne war jetzt deutlicher zu hören. Ein Vogel zwitscherte im Nachbargarten. Naomi hoffte, ihr Gegenüber würde sich die Sache überlegen. Nach einigen Minuten begriff sie, dass Ayobamis Schweigen kein Innehalten zur Formulierung einer Antwort, sondern die Antwort selbst war.

»Juval hat recht gehabt. Du bist wirklich ein Monster.«

Es gab nichts mehr zu sagen. Naomi machte auf dem Absatz kehrt und durchquerte den vorderen Rasen. Der Wachmann öffnete ihr das Tor. Sie hoffte erst, Ayobami würde ihr nachlaufen, dachte dann, sie sei wieder ins Haus gegangen. Aber als sie auf die Straße hinaustrat, sah sie die Frau in Weiß weiter reglos an der Haustür stehen.

Sie war zu aufgewühlt, um gleich loszufahren, und beschloss daher, erst mal Dana anzurufen, die beim ersten Klingeln antwortete. »Wie ist es gelaufen?«, fragte sie, »ist die Schlampe bereit, was zu schreiben?«

»Ich weiß nicht, was ich mir gedacht hatte, als ich herfuhr«, antwortete Naomi. Jenseits des Tors sah sie Ayobami im Haus verschwinden. Die schwere Holztür fiel hinter ihr ins Schloss, zum letzten Mal.

»Soll sie in der Hölle schmoren«, fauchte Dana. »Gut, dass du's wenigstens versucht hast.«

Naomi startete seufzend den Motor. Ihr Körper war schwer und erschöpft. Sie massierte ihr Brustbein, so als könnte diese Bewegung, bei ausreichender

Fortsetzung, die Beklemmung ein wenig lösen. »Ich fahre jetzt zurück, hoffentlich macht Uri dich in der Zwischenzeit nicht verrückt.«

»Kein bisschen, er ist mit deinem Vater zusammen.«

»Mit wem?«

»Deinem Vater. Er ist vor einer halben Stunde hier angekommen und mit ihm in den Hof runtergegangen.

»Wovon redest du?!«, schrie Naomi.

Dana klang verwirrt. »Er kam kurz nachdem du weg warst. Ich habe verstanden, er sei heute Morgen gelandet, um bis zu Juvals Rückkehr bei dir zu sein.«

»Aber meine Eltern wissen gar nicht, dass Juval weggefahren ist!«

»Er wusste alles – dass du hier übernachtet hast, und er hat mit mir über die schrecklichen Dinge gesprochen, die sie dir mit dem Auto und dem Briefkasten angetan haben.«

Etwas Weißes, Eisiges füllte Naomis Adern, verkrampfte ihren Magen, verstopfte die Kehle. »Wie sah er aus?«, fragte sie.

»Klein. Breit. Helles Haar.«

»Das ist nicht mein Vater.«

Dana Azoulays Stimme wurde hysterisch, aber Naomi hörte sie kaum noch. Die Töne erreichten sie aus der Ferne. »Was soll das heißen?«, schrie Dana, »wer könnte es denn dann sein?«

»Ich alarmiere die Polizei, geh runter, ihn suchen, okay?«

Naomi trennte das Gespräch und rief die Polizei an,

meldete ein vermisstes Kleinkind, verweigerte aber die Bitte der Beamtin am Apparat, auf die Hauptwache zu kommen. »Ich fahre in mein Wohnviertel, um ihn zu suchen. Schicken Sie eine Streife dorthin.« Aber als sie das Lenkrad zu drehen versuchte, merkte sie, dass sie die Hände nicht bewegen konnte. Das Grauen war so groß, lähmte ihre Glieder so sehr, dass sie kaum noch Luft bekam. Sie griff wieder zum Telefon. Ayobami antwortete sofort.

»Du musst runterkommen.«

Ayobamis Fahrer raste wie verrückt, schnitt quer über alle Fahrbahnen und überfuhr drei rote Ampeln. Ayobami hielt ihr die Hand und erteilte einem Offizier der Polizei von Lagos Anweisungen am Telefon. Naomi sprach unterdessen mit der israelischen Botschaft. Ein Junge von zwei Jahren und fünf Monaten. Körperbau drall. Blaue Augen. Helles Haar. Wurde bei einer Freundin von einem Mann abgeholt, der sich als sein Großvater ausgab.

»Sie wollen ein Foto«, sagte Ayobami, »schick mir schnell was in hoher Auflösung.« Naomi scrollte durch ihre Bildergalerie. Hier lächelt Uri auf dem Spielplatz mitten im Viertel. Da lacht er auf dem Teppich in ihrer Wohnung. Dort sitzt er in der Badewanne, schaumbedeckt. Sie schickte die Fotos an Ayobami, damit sie sie der nigerianischen Polizei übermittelte, die sie weiterverbreiten konnte, und sandte sie auch an die israelische Botschaft.

»Ich krieg keine Luft«, sagte sie zu Ayobami, »ich kann nicht atmen.«

»Du atmest durchaus«, beruhigte Ayobami und drückte fest ihre Hand, »wir werden ihn finden.«

Ein klein gewachsener Mann. Breit gebaut. Helles Haar. Und plötzlich wusste sie, wer es war, erkannte es glasklar. Ayobamis Wagen donnerte zum Wohnviertel, und Naomi saß darin und erzählte der Frau neben sich alles, denn jetzt wusste sie genau, wen sie suchen mussten. Wie viele Umwege hatte sie damals in der Stadt eingelegt, um nicht an seinem Lebensmittelladen vorbeizukommen, nicht seinen glühenden Augen zu begegnen. Da ist der Sicherheitszaun, dort das Wachhäuschen. Dahinter stehen die eleganten Wohngebäude mit marmorgefliesten Vorhallen. Da sind die gepflegten, mit Grün gesäumten Straßen. Wie anders ist das alles als ihr Viertel in Israel: holpriger Gehsteig, Gemüsehändler, Lebensmittelladen, der eigene Balkon, der auf die Straße blickt.

Sie fanden die beiden auf dem Spielplatz. Uri schlief im Buggy, Stas Lewajew saß auf der Bank und betrachtete das schlummernde Kind. Als sie aus dem Wagen sprang und hinlief, blickte er nicht mal zu ihr auf. Sie schnappte den Buggy und beugte sich über Uri, um sicherzugehen, dass er atmete.

»Haben Sie ihm was gegeben? Was haben Sie mit ihm gemacht?!«

»Ich habe ihm nichts gegeben«, sagte Stas ruhig, »er hat an den Geräten gespielt, bis er müde war.«

Neben ihm auf der Bank stand ein flacher Pappkarton, dessen Deckel wackelte, als rege sich etwas darunter. Eine Schlange, dachte sie, er hat eine Schlange mitgebracht. Oder einen Skorpion. Was Giftiges. »Zeigen Sie mir, was da drin ist.«

Stas hob mit seiner fleckigen Hand den Deckel an. Gelber Flaum. Schwarze Augen. Körner auf dem Boden verstreut.

»Ich habe sie ihm zu halten gegeben«, sagte er. Seine breiten Hände strichen den Küken über den Rücken. »Ihr Kind mochte das gern.«

»Sie haben uns ein totes Küken in den Briefkasten getan.«

Erstmals blickte er ihr gerade in die Augen. »Ich wollte, dass Sie es spüren«, sagte er, »dass Sie dieses tote Wesen halten und sehen, wie es Sie anschaut.«

Denn man hatte ihn gleich nach dem Vorfall geholt, um Arik zu identifizieren. Sie waren zu ihm in den Laden gekommen, und er war mitgegangen, und seither sieht er nichts anderes mehr. Er steht an der Kasse und sieht Arik, sitzt vorm Fernseher und sieht Arik, liegt auf dem Rücken im Bett und sieht Arik, doch es ist niemals sein Arik, den er da sieht, es ist der Arik mit den glasigen Augen und der grauen Haut und dem Haar, das auf der einen Seite blutverkrustet ist. »Ich hatte vor, Ihnen noch weitere Küken zu bringen«, sagte er zu Naomi. »Ich wollte sie Ihnen vor die Wohnungstür legen, jeden Tag, tote kleine Wesen. Aber ich konnte nicht länger an mich halten und bin ihn holen gegangen.«

In einem jähen Drang riss sie den Buggy an sich, als könnte dieser erloschene Mann hier auf der Bank jeden Augenblick neu entflammen und sich auf Uri stürzen, um ihm etwas anzutun. Er sah es, bewegte sich jedoch nicht. Hinter ihm stiegen Ayobami und der Fahrer aus dem Wagen und kamen auf den Spielplatz zu. Der Fahrer wollte direkt auf den sitzenden Mann losgehen, aber Ayobami bedeutete ihm mit einer Geste Einhalt. Uri bewegte sich im Schlaf in seinem Buggy. Stas Lewajew sah ihn an.

»Ihr Kind ist in Ordnung, Ihr Leben ist in Ordnung«, sagte er. »Wie kann es sein, dass Ihr Leben in Ordnung ist?«

Unvermittelt brach er in Tränen aus, sein breiter Körper bebte im Sitzen. Naomi wusste nicht, was tun, stand nur da mit dem Buggy und schaute ihn an. Minutenlang verharrte sie so. Die Schluchzer schüttelten den fremden Mann, und durch sein Weinen hörte sie auf einmal Ayobamis Absätze klappern, und schon setzte die Nigerianerin sich zu ihm auf die Bank. »Kommen Sie«, sagte sie, als er sich ein wenig beruhigt hatte, »wir fahren Sie.«

Stas Lewajew nickte, ohne sich jedoch zu regen. Kurz darauf wischte er sich die Augen, stand auf und folgte Ayobami und ihrem Fahrer zum Auto, schwerfällig und gehorsam. Naomi sah ihn einsteigen und die Wagentür schließen, ohne zurückzublicken. Sie wartete einige Minuten, bis sie wieder zu Atem kam, und schob dann den Buggy die Straße hinauf, den ganzen Weg bis nach Hause.

Am nächsten Morgen rief sie Ayobami an, um ihr zu danken. »Er war mit einem One-Way-Ticket gekommen«, erzählte ihr Ayobami, »hatte seine ganzen

Ersparnisse dafür ausgegeben. Entweder hatte er vor, sich in Lagos umzubringen, oder er hat gar nicht überlegt, was hinterher geschehen würde.«

»Was wird denn jetzt mit ihm, wenn er kein Geld mehr hat?«, fragte Naomi.

»Ich habe ihm ein Rückflugticket gekauft«, erklärte Ayobami.

Naomi verstummte erst. Dann dankte sie ihr.

»Unsinn«, erwiderte Ayobami. Ihre Stimme, die am Vortag im Auto so nah gewesen war, klang jetzt fern und fremd. »Wir haben genug Irre hier in Lagos, wollen nicht, dass eure Irren aus Israel auch noch bei uns stranden.«

Als sie das Gespräch beendete, stand Uri an der Balkontür und blickte staunend hinaus. Ein Riesenschiff ankerte unweit der Küste, und er deutete darauf. »Ein Schiff«, sagte Naomi, und er sprach ihr das Wort nach. Sie bückte sich zu ihm nieder und schnupperte seinen Duft, drückte die Lippen auf seine Locken. »Schiff.«

## — 29 —

Er trat den Rückflug wie geplant an. Amos fuhr ihn zum Flughafen in Luanda, doch der Abschied fiel bedrückend knapp aus, ohne Umarmung. Er überlegte, ob er Naomi vom Flughafen anrufen sollte, verzichtete jedoch darauf. Er würde sie bei seiner Ankunft in Lagos sehen. Jetzt war er unfähig, mit ihr zu sprechen. Zum ersten Mal seit fünf Tagen schaltete er sein Handy ein und schrieb Noga, um zu fragen, ob er diesen Nachmittag in ihre Praxis kommen könne.

Nach der Landung fuhr er direkt zu ihr. Sie hatte geschrieben, sie könne ihn um vier Uhr nachmittags empfangen, und er wartete auf der Bank vor dem Gebäude, in dem die Praxis untergebracht war. Um zehn vor vier betrat er das Haus und stieg hinauf zu ihrem Stockwerk. Der vorige Patient war noch im Sprechzimmer. Er lehnte sich an die Wand und wartete. Er hatte Kopfschmerzen und konnte sich nicht erinnern, wann er zuletzt was getrunken hatte. Er ging in die Küchenecke und fand dort zu seiner Überraschung dieselbe Glastasse, aus der er bei seinem letzten Besuch getrunken hatte. Am liebsten hätte er sie dort auf dem Boden zertrümmert. Die Kaffeemaschine, der Sessel im Flur, die Farbfotos an der Wand, alle Gegenstände machten mit bei derselben Intrige: Sie waren dort, genau wie zuvor. Die Holztür ging auf, und eine junge Brillenträgerin kam heraus. Einige Minuten später erschien Nogas Gesicht in der Tür.

»Juval?«

Er trat ein und legte sich aufs Sofa. Auch hier genau wie draußen: derselbe blaue Vorhang am Fenster, der weiche Teppich auf dem Boden, Nogas Schrittgeräusche, als sie ihm durchs Zimmer folgt und sich neben ihn in den Sessel setzt.

»Kannst du dich neben mich legen?«

Einen Moment blieb sie stumm sitzen, dann stand sie auf und legte sich zu ihm auf die Coach. Er wandte nicht den Kopf, um sie anzublicken, und auch sie wandte sich nicht ihm zu. Beide lagen sie mit dem Gesicht zur Zimmerdecke, die Arme nahe am Körper. So viele Nächte hatten sie einst in dieser Haltung verbracht, nebeneinander auf dem schmalen Bett in seinem oder ihrem Zimmer, hatten Musik gehört und geredet und geredet, bis der Himmel draußen von schwarz zu dunkelblau zu grau wechselte.

Aber jetzt redeten sie nicht. Kein Wort fiel. Er atmete ihren Duft ein, versuchte sie hinter dem Parfüm zu erahnen, sie nach all den Jahren zu erreichen. Sie drehte sich ihm zu, um ihn anzuschauen, ihre Hand – weich und warm – nahm die seine. Und da reagierte sein Körper auf sie, erwachte mit einem Schlag, als seien all die Jahre nicht gewesen, und obwohl er wusste, dass er heute genau dafür gekommen, genau dafür hergefahren war, überraschte ihn völlig, dass – wie die Tasse in der Küchenecke und der Sessel im Flur – auch sein Körper genau so weitermachte wie zuvor, oder vielleicht sogar stärker, denn nie war er sich so groß, so brennend vorgekommen, noch nie hatte er so mit einer Frau geschlafen wie jetzt mit Noga auf dem Sofa in der Praxis.

Er blieb in ihr, nachdem er gekommen war, und war immer noch in ihr, als er ihr von Angola erzählte. Der Stützpunkt war nicht weit vom Wald gewesen. Jeden Morgen unternahmen die israelischen und die angolesischen Piloten gemeinsame Flüge, während er und Amos und zwei Sanitäter am Funkgerät lauschten, ob es Fallschirmabsprünge gegeben hatte, und im

Übrigen auf einen Basketballkorb zielten, den Amos aus einem Tarnnetz improvisiert hatte. »Es war eine Übungswoche, nichts Operatives. Und die Stimmung war entsprechend, ohne diese Spannung in der Luft vor dem Einsatz.« Neben dem Stützpunkt war ein kleiner Markt, eine schlammige Straße voller Buden. Jeden Mittag war er dort hingegangen, hatte einem freundlichen Händler einen Mango-Shake abgekauft und dabei sein reichlich eingerostetes Portugiesisch aufgefrischt.

»Seit wann sprichst du Portugiesisch?«, fragte Noga und erriet die Antwort, noch ehe sie kam: »Aus Südamerika, bin nach der Wehrentlassung ein Jahr durch Brasilien getourt.« So ist das, sagte sie sich, es gibt ganze Seiten von Juval, die du nicht kennst, die sich nach dir entwickelt haben. Sie fragte nicht nach, ob er allein oder mit Naomi durch Brasilien gezogen war, stellte sich ihn nur kurz vor, den Brasilien-Juval: große Locken, Rucksack auf dem Rücken und eine ganz neue Sprache, die sich in ihm zusammenfügte. Und sie wusste nicht, ob die Schmach, die sie empfand, von seiner neu erlernten Sprache herrührte oder von ihrer gemeinsamen Sprache, die in Vergessenheit geraten war.

»Er hieß José, der Mango-Verkäufer. Während er den Shake zubereitete, fragte er mich nach meinem Zuhause, und ich fragte ihn nach seinem Leben: Wie alt er sei, ob er Kinder habe, das Normale halt. Eines Tages fing er an, mir Fotos von seinen Kindern zu zeigen. Als ich mich am letzten Tag von ihm verabschieden ging, packte er meine Hand und sagte: ›Ich möchte dir meine Telefonnummer aufschreiben.‹ Er zog einen Zettel heraus und notierte sie. Ich fand das merkwürdig und ein bisschen komisch, aber José war todernst. Er sagte mir: ›Falls ihr das Dorf wieder bombardiert, sagst du mir Bescheid, okay? Du rufst mich vorher an und warnst mich.‹ Ich hatte keine Ahnung, wovon er redete, musst du wissen. Mein Portugiesisch reicht, um über Taxigebühren zu feilschen, aber nicht für solche Dinge. Doch er ließ nicht locker, bis ich es ihm versprach.«

Zurück auf dem Stützpunkt, suchte er Amos. Er fand ihn in der Hängematte in derselben Stellung, in der er ihn verlassen hatte, als er zum Markt ging, in der einen Hand ein Buch, in der anderen einen Kaffeebecher. »Ich habe ihn gefragt, ob er weiß, wovon dieser Händler redete. Dachte, er würde sagen, ich hätte ihn falsch verstanden. Die Sonne hätte mir das Hirn ausgetrocknet. Aber Amos erklärte, vor einem Monat hätten die angolesischen Piloten eine Einheit von Milizionären nahe einem der Dörfer ausgemacht und sie bombardiert, und dabei habe es auch im Dorf Verletzte gegeben. Darauf habe ich ihn gefragt: ›Und wenn die Angolaner jetzt beschließen, ein Dorf aus der Luft zu bombardieren, sollen wir zwei diese Aktion auch unterstützen?‹ – ›Kein Mensch bombardiert hier ein Dorf aus der Luft‹, behauptete Amos, ›es ist eine Übungswoche.‹ – ›Und wenn plötzlich Geheiminformationen eintreffen, die das ändern?‹, beharrte ich. ›Wenn die Angolaner auf einmal mitteilen, sie hätten Milizionäre ausgemacht und wollten nun nicht warten, sondern sie sofort erledigen, mit oder ohne Zivilisten ringsum, was dann?‹ – ›Das ist eine völlig theoretische Situation‹, sagte Amos, ›willst du über eine rein theoretische Lage mit mir streiten?‹«

Amos' stets ruhige Stimme blieb auch in diesem Moment ruhig. Er lag immer noch in der Hängematte. Auf dem kleinen Tisch daneben stand nun sein Becher schwarzer Kaffee und wurde kalt, und daneben lag ein Buch von Meir Shalev. Juval wollte auch in ruhigem Ton sprechen, kriegte es aber nicht hin. »Ich will sicher sein, dass ich hier nicht etwa einen angolesischen Piloten unterstütze, der absichtlich ein Dorf bombardiert. Mit so was will ich nichts zu tun haben.«

»Dann geh«, sagte Amos und griff nach dem Buch.

Juval lag neben Noga im dunklen Zimmer. Die Sonne war schon untergegangen, aber keiner von ihnen schaltete Licht an. »Hätte dieser Händler doch bloß kein Gespräch mit mir begonnen«, sagte Juval. Sie stand behutsam auf und setzte sich auf den Sessel neben dem Sofa, froh, dass die Dunkelheit ihren Körper vor ihm verbarg. Sie nahm ein Papiertaschentuch vom Tisch und wischte sich sein Sperma zwischen den Oberschenkeln ab. Behutsam streifte sie das Kleid wieder über und band ihr Haar neu zusammen. Juval blieb auf dem Sofa, nackt wie zuvor. Früher hatte Schuldgefühl mal einen Wert gehabt, dachte sie, dieses Empfinden, das Menschen, die etwas Verbotenes getan hatten, ein Zeichen gab. Jetzt war es nur noch ein unangenehmes Gefühl, das es zu überwinden galt.

Auf der Couch wandte Juval ihr das Gesicht zu. Selbst im Dunkeln konnte sie seine Augen auf sich gerichtet sehen.

»Woran denkst du?«, fragte er. Seine großen Locken fielen ihm in die Stirn, und er wischte sie mit einer schnellen Handbewegung zur Seite, einer Geste, die sie von damals in Erinnerung hatte.

»Ich meine, es ist wirklich schwierig, so etwas gegenüber einem Mann zu empfinden, der einmal dein Befehlshaber gewesen ist.«

»Nein, Noga, was denkst du, du selbst.«

»Dass du nicht gekommen bist, um mir das hier zu erzählen.«

Juval zögerte. Er hatte es Amos nicht erzählt. Nicht seinen Freunden beim Militär und auch nicht seinen Studienkollegen. Er hatte es keinem erzählt, weil er Naomi schützen wollte, oder so hatte er zumindest gedacht. Vielleicht gab es andere Dinge zu schützen. Von Minute zu Minute verstand er deutlicher, dass er sich geirrt hatte. Er hatte nichts geschützt. Das Geheimnis hatte sie beide vor jedem Gift bewahren sollen, aber das Geheimnis selbst war das Gift. Daraufhin erzählte er Noga von dem Unfall. Und von dem Arbeiter. Sie hörte zu, als er ihr die Fahrt ins Dorf schilderte, und erschauerte auf dem Sessel, als er über die Hunde sprach. »Nie im Leben habe ich solche Angst ausgestanden«, erklärte er ihr. »Ich träume manchmal immer noch, dass Uri verschwunden ist.«

Sie strich ihm staunend mit dem Finger über die Narben, die seinen Arm bedeckten, fuhr sie auf und ab, als wollte sie daran ablesen, was in jener Nacht geschehen war. Auf seiner Haut stand ja alles geschrieben, in der Geheimschrift der Zähne im Fleisch, alles stand dort, sie brauchte es bloß zu entziffern. Und er wusste, wenn er reden wollte, musste es jetzt sein. Denn der schwerste Teil war nicht, das zu erzählen, was geschehen war, sondern das, was beinah nicht geschehen wäre. Nicht die Ereignisse verrieten ihn, sondern die Abstände dazwischen.

»Wir haben drei Tage gebraucht, um zur Polizei zu gehen«, sagte er. Und schnell, ehe er ihren Gesichtsausdruck lesen und einen Rückzieher machen konnte: »Dieser Arbeiter hat drei Tage in Haft gesessen, bevor Naomi hinging und ihnen erzählte, was tatsächlich geschehen war.«

Nun sah sie ihn an, aber er vermochte ihre Miene im Dunkeln nicht zu lesen. Er wartete darauf, dass sie etwas sagte, aber sie sagte kein Wort, setzte sich nur wieder auf ihren Sessel. Seine bloßen Beine rieben sich am groben Sofapolster, als er ihr erzählte, dass er seit jenem Vorfall nicht mehr wirklich mit Naomi sprechen könne und, wie sich nun herausstelle, auch mit sonst keinem. Die Woche bei Amos in Angola habe ihm das gezeigt. Früher habe er mit Amos über alles reden können, und jetzt könne er nichts mehr ansprechen, weil am Ende eines jeden Satzes Mohand Abu Eid aufzutauchen drohe, oder Tarek, dieser Störenfried, oder Said, dessen geschundenes Gesicht er auch jetzt hier in Lagos noch glasklar vor sich sehe.

»Wäre es doch bloß nicht geschehen«, sagte er.

Dann schwieg er, wartete, aber Noga sagte nichts. Die Stille war so tief, dass man die Uhr ticken hörte. Sekunden wurden zu Minuten. »Woran denkst du?«, fragte er schließlich. »Und antworte mir bitte nicht als Psychologin, einverstanden?«

Sie sah ihn vom Sessel aus an. Selbst im dunklen Raum zeichneten sich noch seine schwarzen Locken und die glänzenden Augen vor ihr ab. Er wollte nicht mit Noga Beniel, Psychologin, sprechen, sondern mit Noga Sagi. Und Noga Sagi antwortete ihm: »Ich denke, du bist gekommen, damit ich dir Beifall klatsche und dir sage, was für ein guter Mensch du bist.«

»Was sagst du dann wirklich«, er fuhr mit einem Ruck hoch, »dass ich ein Scheißkerl bin?«

Erst als er gegangen war, Minuten nachdem die Tür ins Schloss gefallen war, sah sie die Geldscheine, die er auf dem Tisch zurückgelassen hatte. Honorar für ihre Arbeit. Vielleicht hatte er sie kränken wollen, aber Noga war nicht beleidigt. Sie steckte das Geld in einen Umschlag und schrieb Abados Namen darauf. Wenn er am nächsten Tag zum Putzen käme, würde sie es ihm geben, als Geschenk für den Feiertag. In Nigeria winkte immer irgendein Feiertag am Horizont.

## — 30 —

Die Chanukka-Krapfen wurden jeden Morgen um sechs Uhr angeliefert: zwei Kartons mit Erdbeermarmelade, ein Karton mit Schokoladenfüllung, einer mit Karamell und einer gemischt. Vierundzwanzig Stück pro Karton. Die Morgenkundschaft kaufte sie nicht, zu süß, aber nachmittags kamen Mütter in den Laden und atmeten erleichtert auf, dass noch welche da waren, fragten, ob auch Chanukka-Kerzen und Schokoladentaler vorrätig seien, und bei Ladenschluss waren die vier Kästen schon leer. Der fünfte Kasten, der gemischte für die Diebe, stand nah an der Tür. Wenn jemand eine *Sufganiyah* stibitzen wollte, sollte er es lieber möglichst schnell und ohne Begleitwaren tun. Die Kinder achteten diese Regelung. Wenn Avram ein Kind beim Klauen von Süßigkeiten erwischte, rief er nie dessen Eltern an. Er verlangte nur, dass es als Bezahlung für das Diebesgut den Boden aufwischte. Deshalb strahlte der Boden immer vor Sauberkeit. Als Avram Stas davon erzählte, sagte der, seit Avram ihn im Laden abgelöst habe, sei dieser der sauberste Lebensmittelladen im Land, wenn nicht auf der ganzen Welt geworden. Avram freute sich, als Stas das sagte, denn Stas redete nicht bei all seinen Besuchen im Laden. Die junge Stationsschwester sagte, das sei normal. Manchmal brauche es seine Zeit.

Sie trug Nagellack mit kleinen Wölkchen darauf. So einen Lack hatte Avram im Leben noch nicht gesehen. Sie sagte, die würde man aufkleben, und wenn er wolle, könnte sie ihm auch welche draufmachen, denn vor der Arbeit auf der Station habe sie Nagelpflege gelernt. Nägel seien eigentlich ihre wahre Liebe. Manchmal würde sie Patientinnen die Nägel lackieren, um ihnen eine Freude zu machen. »Das ist besser als alle Pillen, die die Ärzte ihnen geben«, erklärte sie Avram, »wenn die Frau ihre neuen Nägel anschaut, geht es ihr gleich besser.« Er unterhielt sich gern mit ihr. Sie hatte ein hübsches Lächeln und riesige braune Augen und war der einzige Mensch, der ihn nie fragte, wie er mit Stas verbunden sei. An Chanukka sagte er zu ihr, wenn man alle Kerzen, die an den acht Tagen des Lichterfests angezündet wurden, zusammenzähle, käme man auf vierundvierzig. Sie sagte, das seien ziemlich viele, und erbot sich, ihm einen winzigen Chanukkaleuchter auf die Nägel zu kleben. Heutzutage würden auch Männer so was tragen, Männer, die sich was trauten.

Als er Stas dann besuchte, sagte er ihm zum Schluss, er würde sich jetzt die Nägel lackieren lassen, und freute sich, dass Stas »warum?« fragte, denn das zeigte, dass er doch zuhörte. »Jafit hat angeboten, mir die Nägel zu machen«, sagte Avram, und Stas schwieg, als habe er es nicht gehört oder als interessiere es ihn nun nicht mehr. Als Avram sich zum Gehen erhob, wünschte er Stas »Schabbat Schalom«, ohne eine Antwort zu erwarten, nur damit Stas wusste, dass es Freitag war, denn er war auch nicht sicher, ob Stas mit den Wochentagen auf dem Laufenden war. Er stand schon an der Tür, als Stas ihm sagte, »ordere drei Kästen Karamell. Kinder sind ganz wild auf Karamellfüllung.« Avram nickte. »Und lass das Mädel nicht an deine Nägel ran.«

Sie saßen in der Personalküche und hörten Lieder aus seinem Telefon, während Jafit ihm die Bilder aufklebte. Danach tranken sie Mokka und aßen einen Krapfen vom Vortag, den einer vom Personal zurückgelassen hatte. Jafit sagte, Avrams Fingernägel seien klasse. Man sehe, dass er ein Mann mit Mut sei. Sie schmeckte nach schwarzem Kaffee und Erdbeermarmelade.

Auf dem Heimweg rief er die Bäckerei an und bestellte für Sonntagmorgen drei Kästen Karamell statt einem. Er parkte vor dem Laden und ging von dort zu Fuß. Die Straße war ruhig und leer und schön, und Avram blieb stehen und schaute, obwohl er wusste, dass der Schabbat gleich beginnen würde. Ein Auto hielt vor dem renovierten Haus, und ein Mann, ein Kind und eine Frau stiegen aus. Das Kind hielt einen großen Chanukka-Kreisel aus Plastik, der Musik spielte und seine Farben von Grün über Rot zu Blau wechselte. Jedes Mal, wenn der Dreidel die Farbe wechselte, rief das Kind den Namen der neuen Farbe aus. Die Mutter stand neben dem Kleinen und sprach ihm den Namen der Farbe nach. Grün. Rot. Blau. Dann nahm sie den Kleinen an der Hand und verschwand mit ihm im Treppenhaus, in schwankendem Gang, die andere Hand auf den Bauch gelegt. Die beiden merkten nicht, dass Avram ihnen zusah.

Aber der Mann sah es. Der Mann stand auf der Straße und nickte Avram in einem Zeichen des Erkennens zu, und Avram wartete einen langen Moment, bevor er zurücknickte. Der Mann bemerkte diesen Moment. Er betrat langsamen Schritts das Treppenhaus. Die Straßenlaternen leuchteten alle gleichzeitig auf.

AYELET GUNDAR-GOSHEN IM **KEIN&ABER** POCKET

# Wo der Wolf lauert

»Ein Familien-Thriller, den man nicht mehr aus der Hand legt.«
*Deutschlandfunk Kultur*

Für Lilach Schuster war Kalifornien immer ein verheißungsvoller Ort. Er ist ein Versprechen auf Freiheit – von Lilachs nationaler Identität, von ihrer Familie, ihrer Vergangenheit. Nur ungern denkt sie an ihre Heimat Israel zurück, an das Gefühl der ständigen Bedrohung. Doch dann stirbt ein Mitschüler ihres Sohnes Adam, und schlagartig wittert sie Gefahr. Aber aus welcher Richtung wird die Gefahr kommen? Von den Leuten, die antisemitische Parolen an die Schulmauern sprayen? Von Uri, dem undurchsichtigen Trainer von Adam? Oder gar von Adam selbst, der mehr über den Tod seines Mitschülers zu wissen scheint, als er zugibt?

Roman
Broschiert, 352 Seiten
Aus dem Hebräischen von Ruth Achlama
ISBN 978-3-0369-6147-7

Auch als eBook erhältlich
www.keinundaber.ch

AYELET GUNDAR-GOSHEN IM **KEIN & ABER** POCKET

# Löwen wecken

»Ein meisterhaft erzählter Roman.«
*ZDF Das blaue Sofa*

Es ist ein einziger Moment, der das Leben des Neurochirurgen Etan Grien von Grund auf verändert: der Moment, in dem er nachts auf einer einsamen Straße einen illegalen Einwanderer überfährt. Um Karriere und Familie zu schützen, entscheidet sich Etan, den Mann nach dem tödlichen Aufprall liegen zu lassen und den Unfall nicht zu melden. Doch dann kontaktiert ihn plötzlich die Ehefrau des Opfers: Sie habe den Unfall beobachtet, und für ihr Schweigen solle er ab sofort Nacht für Nacht den übrigen Einwanderern medizinische Hilfe leisten. Etan geht darauf ein, doch der gravierenden Auswirkungen dieses Paktes auf sein Leben wird er sich erst bewusst, als er wirklich alles zu verlieren droht.

Roman
Broschiert, 432 Seiten
Aus dem Hebräischen von Ruth Achlama
ISBN 978-3-0369-5940-5

AYELET GUNDAR-GOSHEN IM **KEIN & ABER** POCKET

# Lügnerin

»Ich habe schon lange kein so gutes und berührendes Buch mehr gelesen. Einfach wundervoll.«
*Amos Oz*

Es gibt Leute, die schlagen mit der Faust auf die Theke, und es gibt Leute, die stehen dahinter und fragen: »Und was darf es für Sie sein?« Die junge Eisverkäuferin Nuphar gehört eindeutig in die zweite Kategorie: An dem Gesicht des Mädchens bleibt kein Blick länger hängen als notwendig. Doch als sie eines Tages ein Missverständnis zu einer Lüge formt, ändert sich alles, und sie rückt ins Zentrum des öffentlichen Interesses. Im hellen Licht der Kameras blüht Nuphar auf, und mit ihr wächst und gedeiht die junge Liebe zu Lavie Maimon, der im vierten Stock über der Eisdiele wohnt. Doch wie lange kann sich eine prachtvolle Pflanze halten, wenn ihre Wurzeln in sandigem Grund stecken?

Roman
Broschiert, 336 Seiten
Aus dem Hebräischen von Helene Seidler
ISBN 978-3-0369-5980-1

AYELET GUNDAR-GOSHEN IM KEIN & ABER POCKET

# Eine Nacht, Markowitz

»Rührend, bildhaft und auf altmodische Weise poetisch.«
*FAZ*

Zwei Männer überqueren das Meer mit einem geheimen Auftrag. Im kriegsgebeutelten Europa sollen sie Frauen, die sie nie zuvor getroffen haben, heiraten, um ihnen so die Flucht ins Gelobte Land zu ermöglichen. Seev Feinberg – feuriger Liebhaber und stolzer Besitzer eines glänzenden Schnurrbarts – sehnt sich am meisten danach, möglichst schnell zu einem Mädchen zurückzukehren, dessen Haut nach Orangen duftet. Für Jakob Markowitz aber, den keine Frau jemals eines zweiten Blickes gewürdigt hat, ist seine Scheinehe der Beginn einer lebenslangen Obsession. Anstatt in Palästina, wie zuvor vereinbart, in die Scheidung einzuwilligen, schwört er sich, das Herz seiner schönen Braut Bella zu erobern. Doch diese hat bereits andere Pläne.

Roman
Broschiert, 432 Seiten
Aus dem Hebräischen von Ruth Achlama
ISBN 978-3-0369-5926-9

Deutsche Erstausgabe

Kein & Aber AG, Bäckerstrasse 52, CH-8004 Zürich,
info@keinundaber.ch
Kontakt in der EU: Kein & Aber Verlag, Württembergallee 12,
D-14052 Berlin, berlin@keinundaber.de

Satz: Dörlemann Satz, Lemförde
Druck und Bindung: GGP Media GmbH, Pößneck
ISBN 978-3-0369-5063-1
Auch als eBook erhältlich

www.keinundaber.ch